莎士比亚戏剧故事(新译本)

[英]查尔斯·兰姆,[英]玛丽·兰姆◎改写　一峰◎译

北京联合出版公司
Beijing United Publishing Co.,Ltd.

图书在版编目（CIP）数据

莎士比亚戏剧故事（新译本）/（英）查尔斯·兰姆，（英）玛丽·兰姆改写；一峰译．—北京：北京联合出版公司，2006

ISBN 978-7-80724-208-6

Ⅰ．莎…　Ⅱ．①查…②玛…③一…　Ⅲ．戏剧文学—故事—作品集—英国—近代　Ⅳ．I561.44

中国版本图书馆 CIP 数据核字（2006）第 026101 号

莎士比亚戏剧故事（新译本）

著　　者□（英）查尔斯·兰姆，（英）玛丽·兰姆改写；一峰　译
出版发行□北京联合出版公司
（北京市朝阳区安华西里一区 13 楼 2 层 100011）
（010）64243832　84241642（发行部）　64258473（传真）
（010）64255036（邮购、零售）
（010）64251790　64258472　64255606（编辑部）
E－mail：jinghuafaxing@sina. com
印　　刷□天津冠豪恒胜业印刷有限公司
开　　本□ 710mm × 1000mm　1/16
字　　数□ 200 千字
印 张 数□ 16 印张
印　　数□ 0001—5000
版　　次□ 2006 年 5 月第 1 版
印　　次□ 2019 年 7 月第 2 次印刷
书　　号□ ISBN 978-7-80724-208-6
定　　价□ 68.00 元

目　录

CONTENTS

暴风雨　001

仲夏夜之梦　013

冬天的故事　025

无事生非　037

皆大欢喜　049

维洛那二绅士　063

威尼斯商人　075

辛白林　089

李尔王　101

目 录
CONTENTS

麦克白 113

终成眷属 123

驯悍记 133

错误的喜剧 145

一报还一报 157

第十二夜（或名：各遂所愿） 169

雅典的泰门 183

罗密欧与朱丽叶 195

哈姆莱特 211

奥瑟罗 225

泰尔亲王配力克里斯 237

暴 风 雨

H·J·唐森　C·W·夏普

R·哈斯基逊　J·A·普拉尔

海上有个小岛，上面只住着老人普洛斯彼罗和他年轻漂亮的女儿米兰达。米兰达来到岛上的时候年纪还太小，因此，除了父亲的脸，根本不记得还见过别的什么人。

他们住在一座岩石凿出来的洞室里，叫石窟也行，里边隔了几间屋子，其中一间被普洛斯彼罗命名为书房，他的书大多是关于魔法的。在那个时候，饱学之士都爱研究魔法，而且，普洛斯彼罗觉得魔法的学问也确实有用。普洛斯彼罗漂流到这个岛上真是阴差阳错。这个岛曾被女巫西考拉克斯施过妖术，可在普洛斯彼罗到岛上不久以前，她就死了。普洛斯彼罗凭着自己掌握的魔法，把很多善良的精灵释放出来。原来这些精灵都是因为拒不执行西考拉克斯的邪恶命令，被她囚禁在一些大树的树干里。打那以后，这些温和的精灵便一直谨遵普洛斯彼罗的意愿，爱丽儿是精灵们的头儿。

小精灵爱丽儿活泼可爱，不跟人捣乱，不过他特别爱捉弄一个名叫凯列班的丑妖怪。他憎恨凯列班，因为凯列班是他以前的仇人西考拉克斯的儿子。这个凯列班是普洛斯彼罗在树林中发现的，他生得奇形怪状，连猴子都比他长得有人样儿的多。普洛斯彼罗把他带回洞室，教他说话。普洛斯彼罗本来很想善待他，可他从母亲西考拉克斯身上秉承的丑陋本性，注定了使他什么好的或有用的东西都学不成，只好拿他当奴隶使唤，让他干些拾柴禾和最费体力的活儿。而爱丽儿的职责就是督着他干活儿。

除了普洛斯彼罗谁也看不见凯列班，所以一旦他干活儿时偷奸耍滑，爱丽儿便会悄悄地跑过来，拧他掐他，有时是把他摔到烂泥里之后，再变成一只猴子冲他扮鬼脸。要不就变成一只刺猬，躺在凯列班跟前打滚儿，光着脚丫子的凯列班特怕被刺猬的尖刺扎着。只要凯列班对普洛斯彼罗差遣的活儿稍有怠慢，爱丽儿就会用这样的恶作剧变着花样作弄他。

有这些神通广大的精灵听从调遣，普洛斯彼罗就有能力驾驭海上的风浪了。精灵们得到指令，兴起一股巨浪，而这时候风浪里正好有一条漂亮的大船，在惊涛骇浪里挣扎，随时都会沉入海底。普洛斯彼罗指着那条船对女儿说，船上装满了像他们一样的生灵。“哦，我亲爱的父亲，”米兰达说，“如果是您用魔法兴起了这场可怕的风浪，就请发发慈悲，可怜可怜他们吧。看！船马上就要撞碎了。可怜的人们！他们都会死光的。假使我有力量，我宁愿叫大海沉到地底下去，也不能让这条漂亮的船及船上所有的灵魂遭到毁灭。”

“我的女儿米兰达，用不着如此惊慌，”普洛斯彼罗说，“出不了什么事，我已经下了指令，保证不让船上的人受到丝毫伤害。亲爱的，我这么做可全都是为了你。你不知道自己是谁，也不知道打哪儿来。至于我，你也只知道我是你的父亲，住在这个破洞里。你能记得来这个破洞以前的事情吗？我想不能，因为那个时候你还不到三岁。”

“我能，父亲。”米兰达回答。

“那怎么可能？”普洛斯彼罗问，“你见过别的什么人和房子吗？我的孩子，告诉我你能记得什么。”

米兰达说：“对我那仿佛一场梦。以前我不是有四五个女人伺候吗？”

普洛斯彼罗回答：“没错，而且还要多一些。可这些你是怎么记得的？那你记得你是怎么来这儿的吗？”

“不记得了，父亲。”米兰达说，“别的我就什么也记不起来了。”

“米兰达，十二年前，”普洛斯彼罗接着说，“我是米兰的公爵，你是郡主，我唯一的继承人。我有个弟弟叫安东尼奥，我一切事都信任他。我喜欢过隐居的生活，把自己关起来读书，国事就都托付给你的叔叔，就是我那个不讲信义的弟弟（他确实不讲信义）。我把俗事丢在一边，一头扎到书里，把全部的时间都花在修养德性上。弟弟安东尼奥掌握权力以后，真的开始把自己当成公爵了。我给他机会，让他得到人民的拥戴，却也唤醒了他丑陋天性里的狂妄野心，他要夺取我的公国。没多久，在我的敌人，一位有权势的君主那不勒斯王的帮助下，他的目的终于达到了。”

“为什么那时他们不杀死我们呢？”米兰达说。

“我的孩子，”父亲答道，“他们没有这个胆量，因为人民十分爱戴我。安东尼奥把我们押上一条大船，没驶出几海里，就逼着咱们坐上了一条没有缆索、帆蓬和桅樯的小船。他丢下咱们，以为这样一来，咱们必死无疑。但宫里有个爱我的好心大臣贡柴罗，他偷偷地在船上放了饮水、食品、衣物和一些在我眼里看得比公国还要宝贵的书。”

“哦，父亲，”米兰达说，“那时候我得是多大的一个累赘呀！”

“不，亲爱的。”普洛斯彼罗说，“你是个小天使，幸亏有你，我才不致绝望而死。是你那天真的微笑让我承受了不幸的苦难。一直到在这个荒岛上靠了岸，咱们的食物才吃完。从那一时刻起，我的最大快乐就是教育你，米兰达，我的教育确实让你受益良多。”

“真感谢您啊，亲爱的父亲，”米兰达说，“那现在请您告诉我，为什么要兴起这场风浪呢？”

“不知道吧，”父亲说，“这场风浪会把我的仇敌那不勒斯王和我那个残忍的弟弟冲到这个岛上来。”

说完，普洛斯彼罗用魔杖轻轻碰了女儿一下，米兰达就睡着了。因为此时，精灵爱丽儿出现在了主人面前，他来报告，他是如何刮起风暴，又是怎样处置了船上的人。尽管普洛斯彼罗知道米兰达永远也看不见这些精灵，但他不愿让女儿看到他在跟空气谈话（如果让她看见，她会这么想的）。

“我说，勇敢的精灵，”普洛斯彼罗对爱丽儿说，“你的使命完成得如何啊？”

爱丽儿绘声绘色地把这场风暴描述了一番，还说水手们如何害怕，国王的儿子腓迪南第一个跳到海里，他父亲以为就这么亲眼看着自己心爱的儿子被海浪吞噬掉了。

“但他很安全，”爱丽儿说，“他坐在岛上的一个角落，双臂交抱在胸前，悲伤地哀悼着父王的死——他认为父王也一定是淹死了。其实，他连一根头发都没伤着。他那身王子的衣服，虽然被海浪浸透了，看上去却比以前更鲜亮了。”

“这才是我乖巧的爱丽儿，”普洛斯彼罗说，“把他带这儿来，一定得让我女儿见见这位年轻的王子。还有我那弟弟呢，国王在哪儿？”

“我离开的时候，他们都在找腓迪南，”爱丽儿回答说，“他们并没抱多大希望，因为都以为是眼睁睁地看着他被淹死了。虽然每个人都以为只有自己得了救，但船上的水手一个也没少。尽管他们看不见那只船，可是它现在稳稳当当地停在海港里。”

“爱丽儿，”普洛斯彼罗说，“交你的差事办得不错，可还有些要办的事儿呢。”

“还有事儿要办？”爱丽儿说。“主人，请允许我提醒您，您曾答应过给我自由。您想想我为您做了多少重要的事儿，从没对您撒过一次谎，没出过一次错，伺候您的时候也从没说过一句抱怨的话，或发过一句牢骚。”

“怎么！”普洛斯彼罗说，“难道你忘了是我把你从怎样的一种磨难里救出来的了。你难道忘了那个邪恶的女巫西考拉克斯了吗？她上了岁数；妒忌成性，腰弯得头都快挨着地了。告诉我，她是在哪儿出生的？说。”

“主人，她是在非洲北部的阿尔及尔出生的，”爱丽儿说。

“哦，是吗？”普洛斯彼罗说。“我得说说你的来历，我看八成你是忘了。一听到坏女巫西考拉克斯的妖术，没有谁会不害怕，所以她从阿尔及尔被赶了出来，水手们把她丢在这里。因为你心肠太软，不肯执行她的邪恶命令，她就把你囚在大树里。我发现你时，你正在那儿哇哇大哭呢。记住，是我把你从那场磨难里搭救出来的。”

“对不起，亲爱的主人。”爱丽儿说，他为自己显得有些忘恩而觉得惭愧。“我将听凭您的差遣。”

“好吧，”普洛斯彼罗说，“到时候我会让你自由的。”然后他又吩咐爱丽儿下一步要做的事情。爱丽儿走了以后，他先到刚才丢下腓迪南的地方，看他仍然坐在草地上，还是那副垂头丧气的样子。

“啊，年轻的绅士，”爱丽儿看到他的时候说，“我马上就把你弄走。我一定得把你带到米兰达小姐面前，让她一睹你的潇洒风采。来吧，少爷，跟我走。”然后他开始唱歌：

令尊睡在五英寻下的深渊，
他的骨骼变成了珊瑚，
那些珍珠正是他的眼睛。
周身没有一点点腐烂，
因为受了海水的变幻，
反而变得富丽又珍奇。
海上的女神每小时敲起丧钟，
听！丁当当——我听到了那钟声。

关于国王失踪的这个离奇消息，很快就使王子从昏迷中惊醒了过来。他莫名其妙地跟着爱丽儿的声音走，一直被引到正坐在树荫底下的普洛斯彼罗和米兰达那儿。米兰达除了自己的父亲，还从来没见过其他的男人。

“米兰达，”普洛斯彼罗说，“告诉我，那边儿你看到了什么。”

“哦，父亲，”米兰达非常吃惊地说，“一定是个精灵。天呐！它怎样那么东张西望的啊！父亲，我敢肯定，它长得真好看。它是个精灵吗？”

“不，女儿，”父亲回答，“它也吃也睡，跟咱们一样有各种各样的知觉。你看到的这个年轻人本来是在船上，因为悲伤，才变成现在的样子，要不然你看到的可就是个美男子了。他失去了同伴，此时正在四处寻找他们。”

米兰达本以为所有的人都像父亲一样，一脸严肃，灰白胡子，所以当看到这个英俊的年轻王子，格外喜欢。

腓迪南想不到会在这么一个荒凉的岛上遇到这样一位可爱的姑娘，同时，由于听到了怪声音，他觉得一切都是那么不同寻常。他断定自己来到了一个仙岛上，认为米兰达就是这里的仙女。于是，他索性称呼起她“仙女”。

米兰达略带羞涩地回答，她并非仙女，而只是一个普通的女孩子。她刚要讲自己的身世，正在这时，普洛斯彼罗打断了她的话头。看到他们互相倾心爱慕，他心里非常高兴。因为他看出来，他们已经（像我们平常所说）一见钟情了。但为了考验一下腓迪南的爱情究竟是否靠得住，他决定以自己的方式故意为难他们一下。于是，他走过去，严厉地说，王子是个奸细，上岛的目的是想把这个岛从他这个岛的主人手里夺去。“跟我来，”他说。“我要把你的脖子和脚捆在一起。让你喝海水，吃贝蛤、干树根和橡子壳。”

“不成，”腓迪南说，“我不能接受这样的待遇，除非你能打败我。”说着，他拔出剑来。但见普洛斯彼罗一挥魔杖，就把他固定在原地站着，一动也不能动了。

米兰达紧紧抱住父亲说：“您为什么这么残忍呢？父亲，请您发发慈悲吧，我来作他的担保人。他是我长这么大见到的第二个人，我觉得他是个忠实的人。”

“住嘴！”父亲说，“女儿，你要是再多说一个字，我可要开骂了！怎么，你想袒护一个骗子吗？到现在你只见过他和凯列班，就认为再没有比他更好的男人了。告诉你，傻丫头，就像他比凯列班强，大部分男人都比他强得多。”他这么说也是为试试女儿的爱情是否靠得住。她回答：“我对爱情并不抱什么奢望。我不想看到一个比他更漂亮的男人了。”

“来吧，年轻人，”普洛斯彼罗对王子说，“你没有力量来违背我。”

“我确实没有，”腓迪南回答。他不知道是魔法叫他失去了所有的抵抗力量，他吃惊地发现自己不得不莫名其妙地跟着普洛斯彼罗走。他一步一回头地望着米兰达，一直到看不见为止。当他跟着普洛斯彼罗走进洞窟，他说：“我的精神被束缚住了，仿佛是在梦里。但愿每天能从我的牢笼里哪怕只望一眼这位美丽的姑娘，这个人的威胁、恐吓以及我能感到的身体的软弱，对我就都不算什么了。”

普洛斯彼罗没把腓迪南在这个洞室里关多久，就把他带出来，给他派了一个很苦的活儿，他还特意让他女儿知道他派给腓迪南的是个什么样的苦活儿。然后普洛斯彼罗假装到书房去，偷偷地观察他们俩。

普洛斯彼罗吩咐腓迪南把一些沉重的原木堆起来。王子哪儿干得了这种苦力的活儿，不一会儿，米兰达就见自己的情人快要累死了。

“唉！”她说，“别太累自己了。我父亲正读书呢，三个小时以内他是不会来的，请你歇歇吧。”

“啊，亲爱的小姐，”腓迪南说，“我可不敢，我得先干完了活儿才能歇呢。”

“要是你坐下来，”米兰达说，“我就替你搬一会儿。”腓迪南无论如何也不肯答应。米兰达不但没帮上忙，反而成了累赘，因为他们一下子就没完没了地长谈起来，木头搬得更慢了。

普洛斯彼罗叫腓迪南干这个活儿，只是为了试试他的爱情。他并没像女儿认为的那样，在读书，而是隐着身子站在旁边，偷听他们的谈话。

腓迪南问起她的名字，她告诉了他，还说她说出来自己的名字，已经违背了父亲特别的叮嘱。

普洛斯彼罗对女儿这头一回的违命只是微微笑了笑，因为是他用魔法叫她这么快就堕进情网的，所以对女儿为了表示爱情而忘记服从他的命令，并不生气。他兴致颇浓地听着腓迪南对米兰达讲的一番话，王子表示他对米兰达的爱胜过平生见过的一切女人。

米兰达听他称赞起自己的容貌，说比世界上所有的女人都美，就回答说：“我不记得见过其他什么女人的脸，除了你——我的好朋友，和我亲爱的父亲，我也没见过其他的任何男人。我不知道外面的人都长什么样子，可是相信我，先生，除了你，我在世界上不愿意有别的伴侣；除了你，我也再想象不出一个能叫我喜欢的相貌。可是，先生，我怕我的话讲得有些太随便，把父亲的戒律全忘光了。”

普洛斯彼罗听到这话微笑着点点头，好像是在说：“此事正合我意，我女儿将要去作那不勒斯的王后了。”

然后，腓迪南又动情地讲了很长一段话（年轻的王子们讲话十分文雅），他告诉天真的米兰达，他是那不勒斯的王位继承者，他要她作他的王后。

“啊，先生！”她说，“我真傻，高兴得反而流起眼泪了。我将用纯朴、圣洁的天真来报答你。如果你肯娶我，那我就是你的妻子了。”

就在这时，普洛斯彼罗显了身，弄得腓迪南都没来得及向米兰达道谢。

“我的孩子，一点儿也不用怕，”他说，“你们说的话我都听见了，我很赞同。腓迪南，要是我对你太严厉了，我就好好弥补一下，把我女儿嫁给你吧。你所受的一切折磨、烦恼都不过出于我要考验你的爱情；而你，居然高贵地经受住了考验。作为送给你的礼物，把我的女儿带走吧，——这也是对你的真爱的报偿。你还别笑我夸口，无论你称赞她什么，都赶不上她本人好。”然后，他跟他们说，他有一件事要去办，希望他们坐下来，一直聊到他回来。对这样一个命令，米兰达可一点也不想违背。

普洛斯彼罗离开以后，就召唤他的精灵爱丽儿。爱丽儿很快就出现在他面前，急切地要讲述他是怎么对付普洛斯彼罗的弟弟和那不勒斯王的。爱丽儿说，当他离开他们的时候，他让他们看到和听到的那些希奇古怪的事，已经快把他们吓疯了。他们四处乱走，累得饿得要死，这时，他忽然在他们面前摆上了一桌珍馐美味。他们刚要吃，他又变成一个鸟身女面的怪物，一个生着翅膀、奇丑无比的妖精，出现在他们面前，而那桌酒席顷刻间化为乌有。最令他们大吃一惊的是，这个看似鸟身女面的东西竟跟他们说起话来，叫他们不要忘了，当初把普洛斯彼罗赶出他的公国，叫他及其幼小的女儿淹死在海里有多么残忍；还说，就是因为这才叫他们遭受如此这般的恐怖。

那不勒斯王和那个毫无信义的弟弟安东尼奥，都很懊悔当初不该对普洛斯彼罗那样无情无义。爱丽儿告诉他的主人，他相信他们的忏悔是真诚的，他自己虽然是个精灵，觉得他们也真是怪可怜的。

“那就把他们带到这儿来吧，爱丽儿，”普洛斯彼罗说，“你不过是个精灵，要是连你看了他们受苦都动了恻隐之心，我跟他们同样是人，难道会不同情他们吗？可爱的爱丽儿，快把他们带来吧。”

爱丽儿很快就把国王、安东尼奥和跟在后面的老贡柴罗带了来。为把他们吸引到主人跟前，爱丽儿在空中奏起粗犷的音乐，使他们在惊奇之中便都会跟着他走了。这个贡柴罗就是当年好心替普洛斯彼罗准备书籍和食物的那个人，那时，普洛斯彼罗邪恶的弟弟把他丢在海上一条没有遮拦的船里，以为他会死掉。

悲伤和恐吓使他们麻木到毫无知觉，竟认不出普洛斯彼罗了。普洛斯彼罗先是在好心的老贡柴罗面前显了身，称他是自己的救命恩人，然后，他的弟弟和国王才知道，他就是当年他们图谋害死的那个普洛斯彼罗。

安东尼奥流着泪，用悲痛的话语和真诚的悔过哀求哥哥，希望得到宽恕，国王也诚恳地表示悔不该帮助安东尼奥推翻他哥哥。普洛斯彼罗饶恕了他们。当他们保证一定要恢复他的爵位时，他对那不勒斯王说：“我也给你预备了一件礼物。”他打开一扇门，让他看他的儿子腓迪南正在跟米兰达下棋。

没有什么比让这对父子能如此意外相遇更快乐的事了，他们彼此都认定对方已经在风浪里淹死了。

“哦，多奇妙啊！”米兰达说，“这些人是那么高尚啊！世界上既然住了这样的生灵，它一定是个美丽的世界。”

那不勒斯王见年轻的米兰达长得这么漂亮，气质优雅，也跟他儿子一样吃惊。

“这个女孩儿是谁？”他说，“她怎么好像把我们拆散又叫我们团圆的女神。”

“不，父亲，”腓迪南回答说，他看父亲也像自己刚见米兰达时一样弄错了，不由得笑起来。“她是凡人，不过非凡的上天已经把她给了我。父亲，我选中她的时候没能征得您的同意，因为当时我没想到您还活着。她是这位著名的米兰公爵普洛斯彼罗的女儿，我久仰公爵的大名，只是直到现在才见到他。是他给了我新生命，成为我的第二个父亲，因为他把这位亲爱的姑娘嫁给了我。”

“那我就是她的公公了，”国王说，“但要说起来得有多奇怪，我先得请求我这位儿媳妇的宽宥。”

“旧事不提了，”普洛斯彼罗说，“咱们既然结局如此美满，就别再回想不幸的陈年往事吧。”然后普洛斯彼罗拥抱他的弟弟，再次向他保证一定饶恕他。他还说，是贤明、统领四方的上天，为了叫他女儿能继承那不勒斯的王位，才让他从可怜的米兰公国被赶出来，因为他们只有在这个荒岛上会面，国王的儿子才会爱上米兰达。

普洛斯彼罗安慰弟弟的这番话语宽厚仁慈，使安东尼奥羞愧难当，懊悔不迭，他哭得连话都说不出来了。慈祥和蔼的老贡柴罗看到这令人快乐的和解场景，也禁不住哭了，祈祷上天祝福这一对年轻人。

这时候，普洛斯彼罗告诉他们，他们的船停在海港里，很安全，水手们都在船上，他和女儿第二天早晨陪他们一起回去。“这会儿，”他说，“请来我这寒伧的洞窟，分享品尝一下我所能提供的美味吧。晚上，我要给你们解解闷，讲讲我在这个荒岛上的生活。”然后，他叫凯列班去预备吃的，并把洞窟收拾好。国王一行人看到这个奇形怪状的妖怪，都大吃一惊。普洛斯彼罗说，这个凯列班是他唯一的仆人。

普洛斯彼罗离开荒岛以前，告诉爱丽儿不用在服侍他了，这个活泼可爱的小精灵快乐极了。尽管爱丽儿对主人忠心耿耿，可一直渴望着享受充分的自由，像只野鸟一般无拘无束地在空中遨游，有时候在绿树底下，有时候在悦目的果子和芬香的花丛里。

“伶俐的爱丽儿，”普洛斯彼罗让这个小精灵自由的时候说，“我会想念你的。然而你应该去享受你的自由了。”

“谢谢你，我亲爱的主人，”爱丽儿说，“可还是让我先用和风把你们的船吹送到家，然后再跟我这个忠实的帮助过您的仆人告别吧。主人，我要是恢复了自由，得活得多么开心啊！”

说着，爱丽儿唱起了这支可爱的歌：
蜜蜂吸吮的地方，我也在那儿吸吮，
我躺在莲香花的花冠里入眠，

一直睡到猫头鹰啼叫，
骑在蝙蝠的背上东飞西飞，
追赶着炎夏优哉游哉。
如今在悬挂枝头的花丛下，
我要快快活活地生活。

然后，普洛斯彼罗把他的魔法书和魔杖深深地埋在地下，他下定决心，今后再也不使用魔法了。他既然这样战胜了他的敌人，又跟他弟弟和那不勒斯王和好如初，如今，唯一剩下的最大幸福和快乐，只有等他重新回到本国，恢复爵位，并亲眼看到女儿米兰达跟腓迪南王子举行快乐的婚礼。国王说，一回到那不勒斯，立刻就为他们举行隆重的婚礼。

在精灵爱丽儿的平安护送下，经过一段愉快的航行，他们不久就到了目的地。

仲夏夜之梦

R·哈斯基逊　弗莱德·希思

R・达德 W・M・里查斯

雅典城有这么一条法律，规定市民乐意把女儿嫁给谁，就有权力强迫她嫁给谁。要是女儿不肯嫁给父亲替她选中的丈夫，凭着这条法律，父亲就可以要求判她死罪。但一般作父亲的有谁愿意轻易就把自己女儿的命送掉，所以尽管城里的年轻姑娘们有时不大听话，但这条法律很少或者从来也没有用过，作父母的大都只是时常用这条可怕的法律对她们吓唬一下罢了。

然而有一回却真出了事。一个叫伊吉斯的老人真地跑到忒修斯（当时统治雅典的公爵）那儿控诉说：他要把女儿赫米亚嫁给雅典一个贵族出身的青年狄米特律斯，女儿不同意，非说自己已经爱上了一个名叫拉山德的雅典年轻人。伊吉斯请求忒修斯进行审判，并要求照这条残酷的法律来判女儿死罪。

赫米亚替自己辩解，说她违背父亲的意愿，是因为狄米特律斯曾经向她的好朋友海丽娜求过爱，而且海丽娜也疯狂地爱着这位狄米特律斯。尽管赫米亚提出这个堂皇正大的理由，说明她到底为了什么违背父命，但这并没能打动严厉的伊吉斯。

忒修斯是位伟大而仁慈的公爵，却没有权力改变国家的法律。因此，他只能给赫米亚四天的时间去考虑，四天以后，如果她仍然不肯嫁给狄米特律斯，就得判她死刑。

赫米亚从公爵处退出来以后，马上就去找她的情人拉山德，把目前的危急情形告诉他，说如果不放弃他而嫁给狄米特律斯，就得在四天后死去。

听到这个残酷的消息，拉山德十分悲伤。这时，他想起有个姑妈住在离雅典不远的地方，要是到了那个地方，这条残酷的法律就会因为出了城界而失去效力了。他提议赫米亚当天晚上从父亲家逃出来，跟他一起到他姑妈家去，他们在那儿结婚。“我在离城几英里之外的树林子里等你——”拉山德说，“就是那片咱们在愉快的五月常跟海丽娜一起散步的可爱的树林。”

赫米亚欢快地接受了这个建议。除了她的朋友海丽娜，她再没有把要逃跑的事告诉别人。如我们所知，爱情会让姑娘们做出傻事，海丽娜也表现得非常不仁厚，她决定跑去把这事儿告诉狄米特律斯。把朋友的秘密泄露出去对自己并没有什么好处，也只能是无趣地跟着那位不忠实的爱人到树林里去，因为她准知道狄米特律斯一定跑到那儿去追踪赫米亚。

拉山德跟赫米亚相约见面的那片树林，叫做仙人的那些小东西常喜欢去。

仙王奥布朗和仙后提泰妮娅带着所有的小随从，在林子里举行夜宴。

就在这时，不幸发生了，小仙王和小仙后之间出现了分歧。每逢月照花林的夜晚，他们便会在这片欢快树林的阴凉小道上，一见面就吵，直吵到那些小精灵都害怕得爬到橡果壳儿里藏起来。

这次闹得不愉快，起因是提泰妮娅拒绝把她偷偷换来的小男孩送给奥布朗。因为这个小男孩的妈妈是提泰妮娅的朋友，她一死，仙后就把孩子从乳母那儿偷来，带在林子里抚养。

在这个情人相会树林的夜晚，提泰妮娅正带着几个宫女散步，她遇见奥布朗，及后边跟着的仙宫的侍臣。

“又在月光下遇见了你，真是巧遇啊，骄傲的提泰妮娅！”仙王说。仙后回答：“怎么，妒忌成性的奥布朗，是你吗？仙子们，赶快走开吧，我已经发誓不跟他在一起了！”“等一等，急燥的仙女，”奥布朗说，“难道我不是你的丈夫吗？提泰妮娅干吗要违抗她的奥布朗呢？把你偷偷换来的小男孩给我当侍僮吧。”

“死了心吧你，”仙后说，“就算拿你整个的仙国，也甭想买我这个孩子。”说完，她气冲冲地走了。“好，去你的吧，”奥布朗说，“天亮前一定得给你吃点苦头，来洗刷这一次的屈辱。”

于是，奥布朗叫来了他最宠信的枢密顾问迫克。

迫克（有时候也有人叫他“好人罗宾”）是个精明狡诈的精灵，惯于在邻近的村庄搞些滑稽的恶作剧：有时跑到牛奶房去撇取奶皮，有时又把轻灵的身体钻到搅奶器里。他要是在搅奶器里跳起奇妙的舞蹈，挤奶姑娘无论费多大劲儿也无法把奶油做成黄油，就连村子里的小伙子也做不成。不管什么时候，只要迫克高兴钻到酿酒器里去玩把戏，麦酒就一定被他弄坏。当几个要好的街坊聚在一起，想舒舒服服地喝上几杯麦酒，迫克就变成一只烤熟的野苹果，跳进酒杯里。老太婆刚要喝，他就蹦到她的嘴唇上，在她那干瘪的下巴上洒满了麦酒。过不一会儿，老太婆正要端坐下来，给街坊们讲个悲惨的故事听，迫克又从她身子底下抽出那只三脚凳，把可怜的老太婆摔在地上，逗得那些闲聊的人捧腹大笑，发誓说，他们从来没有过这样的开心一刻。

“迫克，到这儿来，”奥布朗对这个快乐的小夜游神说。“去替我采一朵姑娘们叫作‘轻浮之爱’的花来。人睡着时，把那小紫花的汁液滴在眼皮上，管保叫他们醒来头一眼看见什么就爱上什么。当我的提泰妮娅熟睡时，我要把这花汁滴到她的眼皮上，叫她一睁眼，不管看见的是狮子、熊、爱管闲事的猴子，还是爱凑热闹的无尾猿，她都会爱上。我当然知道怎么可以替她解除这种眼睛上的魔法，但前提是她得先把那个孩子给我作侍僮。”

迫克打心眼里就喜欢搞恶作剧，觉得主人要玩的这个把戏非常有趣，就跑去找花了。奥布朗正等着迫克回来，却看见狄米特律斯和海丽娜走进树林，并偷听到狄米特律斯嗔怪海丽娜不该跟着他。狄米特律斯说了许多无情的话，而海丽娜却还在温柔地劝他，叫他回想当初他是怎样爱她，向她表示忠诚。但他却把海丽娜（如他所说）丢给野兽，可海丽娜呢，就是义无返顾地拼命追他。

仙王向来喜欢情人间的忠贞不渝，对海丽娜寄予深切的同情。也许如拉山德所说，他们在皎皎月光下常到这片愉快的树林散步，没准在狄米特律斯爱着海丽娜的快乐时光，奥布朗还见过她呢。不管怎样，等迫克采了小紫花回来，奥布朗就对他的这位宠儿说：“带上一点儿花，树林里有个可爱的雅典姑娘，爱上了一个傲慢青年。只要一见那个小伙子睡觉，你就在他眼皮上滴一点儿爱汁。记住可一定要等姑娘离他很近的时候再滴，那样他醒来头一眼就会看到这个他不待见的姑娘。那个小伙子穿了一件雅典式长袍，一看就认出来了。”迫克信誓旦旦地答应，他会把这事儿办得很巧妙。然后，奥布朗趁着提泰妮娅没留神，钻到她的卧室里，而此时她正想睡觉。她的仙室是个花坛，长着野麝香草、莲香花和芬芳的紫罗兰，上面盖着金银花、麝香蔷微和野玫瑰。提泰妮娅每天晚上都要在这儿睡上一觉，她盖的被子是打磨光了的蛇皮，虽然是一小块，裹起一个仙人却是足够了。

奥布朗见提泰妮娅正吩咐她的仙人们，在她睡着的时候都该做些什么。“你们当中，”仙后说，“你们得有人去杀死麝香蔷薇嫩苞里的蛀虫，有人去跟蝙蝠打仗，把它们的皮翅膀拿来给我的小仙子们做外衣，还得有人去监视每天晚上都吵闹不休的猫头鹰，别让它靠近我。不过，现在还是先给我唱支催眠曲吧，我好入睡。”于是，她们唱起这支歌：

双舌的花蛇，扎手的刺猬，
远远走开，别让我看见吧；
蝾螈和蜥蜴，千万别捣乱，
也不要走到仙后的身边来。
夜莺，用你那甜蜜的歌喉，
给我们唱上一支催眠曲吧。
睡呀，睡呀，快睡吧！睡呀，睡呀，快睡吧！
灾害、邪魔和符咒都走开，
永远别到美丽仙后的身边。
好啦，催眠曲啊，再见吧！

仙后听着这支可爱的催眠曲，进入了梦乡。唱完歌的仙人们，开始去做仙后分派的重要工作。这时，奥布朗蹑手蹑脚地走到提泰妮娅身边，在她眼皮上滴了一点儿爱汁，说：

等你醒来睁开眼，
看到什么爱什么。

再回过来说赫米亚。为了逃避因不肯嫁给狄米特律斯而注定摊上的死罪，她当天晚上就从父亲家里出逃了。她走进树林，看见心爱的拉山德已经在那儿等她，好跟她一起去他姑妈家。但在林子里还没走到一半，赫米亚就累得走不动了。拉山德对这位亲爱的姑娘体贴入微，赫米亚为了他，甚至不惜豁出性命，可见她对拉山德是真情无限，一片赤诚。拉山德劝她在一片软草地上休息一会儿，等天亮再走，他自己也在离她没多远的地上躺下，两人很快就睡着了。恰在此时，迫克发现了他俩。他见那个睡着了的英俊青年，穿着雅典样式的衣服，离他不远还睡着一个可爱的姑娘，断定他俩肯定是奥布朗派他寻找的那个雅典姑娘和她的那个傲慢情人。既然只有他俩在一起，迫克理所当然地估计等男的醒来，头一眼看到的铁定是那个女的。迫克毫不犹豫，就在他的眼睛里滴了一点儿小紫花的汁液。但事与愿违，海丽娜正好从这儿走，拉山德一睁眼，第一个看见的不是赫米亚，而是海丽娜。说来也怪，爱汁的魔力奇妙无比，拉山德对赫米亚的爱情居然一下子全都烟消云散，他爱上了海丽娜。

假如他醒来头一眼看见的是赫米亚，那迪克的冒失也就无所谓了，因为他已经对那位忠实的姑娘如醉如痴。可仙人的爱汁却硬叫可怜的拉山德忘掉自己忠实的赫米亚，反过来去追求另一位姑娘，深更半夜的把赫米亚一个人孤零零地丢在树林里睡觉，这倒始料不及，真够悲惨的。

不幸的事就这样发生了。如前所述，狄米特律斯粗暴地从海丽娜身边跑开以后，海丽娜使劲追赶他，但这场赛跑比赛双方力量悬殊，她没跑多远就跑不动了，长距离赛跑女人总是比不过男人。不一会儿，海丽娜连狄米特律斯的影儿都看不见了，她忧从中来，落寞徘徊，走着走着不知不觉就走到了拉山德睡觉的地方。“啊，”她说，“地上躺着的是拉山德，他是死了，还是在睡觉？”说着她轻轻碰了他一下：“可敬的先生，你要是活着，就醒醒吧。”拉山德听到这话，睁开了眼睛，爱汁此时已经发生效力，他对她立刻说出了爱慕和赞美的话，缠绵悱恻，说她比赫米亚漂亮多了，就像鸽子比乌鸦漂亮，说为了可爱的海丽娜情愿赴汤蹈火，还说了许多诸如此类的痴情话。海丽娜知道拉山德是她的朋友赫米亚的情人，也知道他们俩已经郑重其事地订了婚，所以当她听到拉山德对她这样说，简直气极了。她以为拉山德完全是在拿她开玩笑，（这当然也怪不得她。）“唉，”她说，“我凭什么生来就是要让大家奚落和嘲弄的呢？年轻人，狄米特律斯永远都不肯温柔地看我一眼，不肯对我说句体己的知心话，难道这还不够，还不够吗？先生，你竟用这种讥笑的态度假装向我示爱。拉山德，我还一直以为你是个诚恳有教养的谦谦君子。”她怒气冲冲地说完，走了。拉山德紧随其后，他早把自己那位还在睡着的赫米亚忘得一干二净了。

赫米亚醒来，发现只剩下自己一个人在那儿，伤心之余不由得害怕起来。她在林子里四处寻找，既不知拉山德出了什么事，也不知该朝哪个方向去找。正在这时，奥布朗看到狄米特律斯睡得正香。他费了半天劲也没找到赫米亚和他的情敌拉山德，倒把自己弄得挺累。奥布朗问了迫克几个问题，就知道他把爱汁滴错了人的眼睛。现在居然得来全不费工夫，一下子就找到了本打算找的那个人，他用爱汁在睡着的狄米特律斯的眼皮上点了一下。狄米特律斯马上就醒了，他头一眼看见的是海丽娜，于是他就像拉山德刚才那样，也对她说起痴痴的情话。这时，拉山德出现了，后面跟着赫米亚。由于迫克无意中造成的失误，现在该轮到赫米亚来追她的情人了。于是，出现的这一幕是：因为拉山德和狄米特律斯都受了同一种强烈的迷药“轻浮之爱”的支配，他们竟同时开口向海丽娜表达爱情。

海丽娜大为惊讶，以为是狄米特律斯、拉山德和曾经跟她十分要好的赫米亚串通一气，故意捉弄她呢。

赫米亚跟海丽娜一样吃惊，本来拉山德和狄米特律斯都爱她，可她弄不明白究竟怎么回事，他们现在都成了海丽娜的情人。赫米亚觉得，这件事不像是在开玩笑。

两个姑娘一直是闺中密友，互为知己，现在开始恶语相向。

“残忍的赫米亚，”海丽娜说，“是你叫拉山德用虚假的溢美之辞来惹恼我。你的另一个情人狄米特律斯，以前恨不得把我踩在脚底下，现在他居然管我叫什么女神、仙女、绝世美人、宝贝、天人，难道不是你教的吗？他恨我，要不是你唆使他来捉弄我，他怎么会对我说这种话。残忍的赫米亚，你竟然跟男人合着伙来嘲笑你可怜的朋友啦。难道我们同学一场，那时结下的友谊你全都忘了吗？赫米亚，有多少回咱们俩都是坐在同一个椅垫上，唱着同一首歌，绣着从一个花样上描下来的花。我们像并蒂的樱桃一起长大，好得就跟一个人似的。赫米亚，你这样跟男人合伙捉弄你可怜的朋友，这未免太不讲情面，太不符合大家闺秀的身份了吧？”

“你这些气话真叫我莫名其妙，”赫米亚说。“我并没有嘲弄你，我看倒像是你在嘲弄我呢。”“唉，”海丽娜说，“你们尽管接着装吧，装得一本正经，等我一转过身再冲我扮鬼脸，然后你们挤眉弄眼，绷着脸把这个好玩的恶作剧搞下去。哪怕你们稍微还有点怜悯之心，稍微懂得点风雅礼仪，也不至于这么对待我呀！”

海丽娜正跟赫米亚斗嘴，这时，狄米特律斯和拉山德离开她们，为争夺海丽娜的爱情到林子里决斗去了。

一发现男人们不在，海丽娜和赫米亚也走开了，尽管疲惫，又打起精神重新在林子里四处徘徊，寻找各自的情人。

仙王跟小迫克一直偷听着她们吵架。她们刚一走开，仙王就对迫克说；“迫克，你可真大意，该不会是你成心捣鬼吧？”“相信我，精灵之王，”迫克说，“是我弄错了。你不是告诉我，从那个男人穿的雅典式样的服饰就能认出他来吗？不过，弄成这样，我一点儿也不难过，我看她们斗嘴倒蛮好玩的。”

“你也听见了，”奥布朗说，“狄米特律斯和拉山德已经去找一个适合决斗的地方。我命令你用浓雾笼罩起黑夜，把斗嘴的情人们引到黑暗中，叫他们迷了路，谁也找不着谁；假装对方的嗓音，用难听的话刺激他们跟你走，让他们每个人都以为是他们的情敌在说话，你要弄得他们疲惫不堪，走不动了为止。等他们睡着了，你再把另一种花的汁液滴在拉山德的眼睛里，等他醒来就会忘掉刚才发生的对海丽娜的爱，而像从前一样，热恋赫米亚。这么一来，两位美丽的姑娘就都能跟她们所爱的男人在一起欢天喜地了，他们大家也都会把过去发生的一切，看作一场恼人的梦境。快点去办吧，迫克，我还要去看看我的提泰妮娅到底找到了怎样一个甜蜜的情人。”

提泰妮娅仍然沉睡未醒，奥布朗看到她旁边有一个在林子里迷了路的乡巴佬，也睡着了。“就让这家伙成为提泰妮娅的真心爱人吧。”说着，他拿出一个驴头套在乡巴佬的头上，驴头大小正合适，好像原来就是长在他脖子上似的。奥布朗放驴头时虽然动作很轻，可还是把他弄醒了。他并不知道奥布朗在他身上做了些什么手脚，直起身径直走到仙后睡觉的花坛上。

“啊！我看见的是一个什么样的天使！”提泰妮娅一边睁开眼睛一边说，那朵小紫花的汁液已经起作用了。“你的聪明跟你的美貌一样超凡脱俗吗？”

“啊，太太，”愚蠢的乡巴佬说，“要是咱能聪明到能走出这片林子，就已经心满意足了。”

“请不要跑出这片林子，”已经变得痴迷的仙后说。“我是个不平凡的精灵。我爱你。跟我一块儿来吧，我会派仙人伺候你的。”

说完，她叫来四个仙人，他们的名字分别是：豆花、蛛网、飞蛾和芥子。

“你们给我好好伺候这位可爱的先生，”仙后说，“他走路时，你们就在他周围蹦；他站着看，你们就围着他跳舞；请他吃葡萄和杏子，把蜜蜂的蜜囊偷来给他。”她又对乡巴佬说：“来，咱们坐一块儿。美丽的驴子，让我摸摸你那可爱的毛茸茸的脸蛋儿！我的开心果，让我吻吻你那对儿漂亮的大耳朵吧！”

“豆花在哪儿？”长着驴头的乡巴佬说。仙后对他所说的情话，他并不怎么在意，而对刚派给他的侍从却感到很得意。

“这儿哪，老爷。”小豆花说。

“给咱抓抓头，”乡巴佬说。“蛛网在哪儿？”

“这儿哪，老爷。”蛛网说。

“好蛛网先生，”愚蠢的乡巴佬说，“把那荆树上红颜色的小蜜蜂给咱杀了；好蛛网先生，把蜜蜂给咱拿来。蛛网先生，做事不要太慌张，留心别把蜜囊弄破了。要是打翻了蜜囊，咱可就难过了。芥子先生在哪儿？”

“在这儿，老爷，”芥子说，“您有何吩咐？”

“没什么，”乡巴佬说，“好芥子先生，你只要帮豆花先生替我挠挠头就行。芥子先生，咱觉得脸上毛喳喳的，好像该去理发了。”

“我的甜心呀，”仙后说，“你想吃点什么？我有个胆子大点儿的仙子，他会找到松鼠的存粮，给你捡些新鲜的坚果。”

“要是有干豌豆，咱倒想吃上它一大把，”乡巴佬说。他戴上了驴头，连胃口都变成了驴的。“可是求你不要让手下来惊动咱，咱想睡一会儿。”

“那就睡吧，”仙后说，“我要把你搂在怀里。啊，我有多爱你！多疼你啊！”

仙王见乡巴佬在仙后怀里睡着了，就走到她跟前，责备她不该在一头驴子身上滥用爱情。这一点她无法否认，因为乡巴佬此时正睡在她怀里，她还在那驴头上插满了鲜花。

奥布朗捉弄了她一会儿，便再次向她提出要那个偷换来的男孩儿。她因自己跟新的如意郎君在一起，被丈夫发现，羞愧难当，自然不敢拒绝。

奥布朗就这样终于把要了那么久的小男孩儿弄到了手，做他的侍僮。而后，他又可怜起了提泰妮娅，觉得都是由于自己恶作剧，害她落到如此难堪的境地。奥布朗往她眼睛里滴了一点儿另外一种花的汁液。仙后的神志立刻变得清醒了，对自己刚才跟乡巴佬昏聩的一见钟情感到非常惊奇，现在再看这个人生得奇形怪状的，真招人讨厌。

奥布朗把驴头从乡巴佬头上取下来，让他肩膀上仍旧顶着原来那颗愚蠢的脑袋，继续睡觉。

奥布朗和他的提泰妮娅破镜重圆了，他把那两对情人的故事和他们半夜吵架的经过讲给她听，她答应跟他一起去看看这桩奇遇的结果。

仙王和仙后找到了那两个情人及他们各自的漂亮小姐，他们都睡在草地上，彼此离得不算远。迫克为了弥补先前的过失，煞费苦心，想尽办法，叫他们彼此在不知不觉间都给带到了同一个地方。他小心谨慎地擦去拉山德眼睛上的迷药，滴上仙王给的解药。

赫米亚第一个醒了过来，看到她失去的拉山德就睡在离她很近的地方。她望着他，对他刚才的反复无常感到惊诧莫名。不一会儿，拉山德睁开了眼睛，一看到赫米亚，先前被迷药蒙蔽的神志也清醒过来，又恢复了对赫米亚的爱。他俩谈起夜间的奇遇，搞不清这些事究竟是真的发生过，还是俩人做了同样荒诞不经的梦。

这时，海丽娜和狄米特律斯也醒了，甜甜的睡眠使海丽娜焦虑、烦躁、气恼的心绪平静下来。她听到狄米特律斯对她表示爱情忠贞不变，心里异常兴奋。她能感到他的真挚，真是令人亦惊亦喜，百感交集。

两位夜间漫游的姑娘，也已不再是情敌，她们言归于好，重新成为忠实的朋友，对彼此说过的刻薄话表示理解和原谅，平心静气地商量目前情形下有什么最佳的解决办法。不久，大家都同意，既然狄米特律斯已经放弃要娶赫米亚了，他就该竭力说服她父亲，取消已经判了她的那残酷的死刑。狄米特律斯正准备回雅典，去为朋友两肋插刀。正在此时，他们看见赫米亚的父亲伊吉斯来了，都吃了一惊。他是到林子里来追逃跑的女儿。

伊吉斯知道狄米特律斯现在已经不想娶他女儿了，也就不再反对她嫁给拉山德，答应他们四天后可以举行婚礼，恰巧那一天原本是要预备处死赫米亚的日子。海丽娜也乐得同意在同一天嫁给她所爱的新郎，因为现在，狄米特律斯对她很忠实。

隐身在旁的仙王和仙后，亲眼目睹了这场和解。由于奥布朗的帮助，两对情人的爱情都有了美满结局，他们心里也感到非常高兴。因此，这些善良的精灵们决定在全仙国举行比赛和欢宴，庆祝即将举行的婚礼。

现在，要是有人在听了这个关于仙人及其恶作剧的故事生起气来，认为离奇得令人难以置信，那也只好由着大家就这么想好了：他们仅仅是自己在睡觉做梦，这些奇遇不过都是他们的梦影幻象。我希望读者中间没有谁这么不可理喻，竟会为一场美妙的、无伤大雅的仲夏夜之梦感到不爽。

冬天的故事

C・R・莱斯里　拉姆・斯道克斯

C・R・莱斯里　拉姆・斯道克斯

从前，西西里国王里昂提斯跟他那位仪态万方、温柔贤慧的美丽王后赫米温妮，相处得琴瑟和谐。里昂提斯与这位出色夫人之间的爱情，让他感到如此幸福，真称得上是万事如意，但只有一件事是个例外：有时他想再去看看他的知交好友、同学——波希米亚国王波力克希尼斯，并想把他引见给王后。里昂提斯跟波力克希尼斯是从小一块儿长大的发小，但两人的父亲相继死去，他们便都被叫回各自的王国继承王位。他们之间经常交换礼物、信件，并派亲信使臣互致问候，但两人已经有好多年没见面了。

后来，经过反复邀请，波力克希尼斯才从波希米亚到了西西里的宫廷，总算来拜访一次他的朋友里昂提斯。

刚开始，这次拜访带给里昂提斯的只有快乐。他特别提请王后要殷勤招待这位儿时的伙伴。知交好友重相聚，他简直幸福到无以复加。他们谈起当年的许多旧事，在校园度过的时光和儿时玩的一些鬼把戏。说给赫米温妮听，她也总是欢快地加入谈话。

住了很长一段时间，波力克希尼斯准备回去了。这时，赫米温妮照着丈夫的意思，跟他一起挽留波力克希尼斯再多住些日子。

然而从此，这位善良的王后开始变得苦恼起来。因为波力克希尼斯拒绝了里昂提斯的挽留，却被赫米温妮有说服力的温柔话语打动了，决定再多住几个星期。这样一来，尽管里昂提斯一向深知波力克希尼斯为人诚实正直，品行高洁，也同样知道贞洁王后的贤德品性，却被一种无法克制的嫉妒心支配了。赫米温妮对波力克希尼斯所表示的殷勤，本来都是她丈夫特别关照的，而她这样做也只是为了叫他高兴，不想这一切却更加深了不幸的国王的嫉妒心。里昂提斯原本是个热诚忠实的朋友，最好的男人，最体贴入微的丈夫，倏忽间变成了一个残暴、毫无人性的怪物。他把宫里一个叫卡密罗的大臣召进来，把自己的猜疑告诉了他，吩咐他去把波力克希尼斯毒死。

卡密罗是个善良的人，他十分清楚里昂提斯的嫉妒实际上一点儿真凭实据都没有，他不但没把波力克希尼斯毒死，反而把国王的命令透露给他，并同意跟他一块儿逃出西西里。靠着卡密罗的帮助，波力克希尼斯平安地回到了自己的波希米亚王国。从此，卡密罗就住在国王的宫廷里，成了波力克希尼斯的知己和宠臣。

波力克希尼斯的出逃，更让嫉妒的里昂提斯妒火中烧。他走进王后的屋里时，这位善良的女人正跟小儿子迈密勒斯坐在一起，迈密勒斯正要给母亲讲一个他最得意的故事为母亲解闷呢。国王进来就把孩子带走了，然后把赫米温妮投进了牢房。

迈密勒斯虽然年纪还小，却从心里爱自己的母亲。他亲眼见母亲遭受了如此屈辱，知道母亲被从他身边带走，投进了牢房，伤心极了。渐渐的，他变得消沉，萎靡不振，连饮食、睡眠都减少了，大家都以为若照这样下去，他会抑郁而死。

国王把王后投到牢房以后，派克里奥米尼斯和狄温这两个西西里的大臣，到德尔福斯的阿波罗神庙去请神谕：王后对他到底是否有过不忠实的行为。

进了牢房不久，赫米温妮生下了一个女儿。这个可怜的女人从自己幼小可爱的骨肉身上，得到了不少安慰。她对着婴儿说：“我可怜的小囚徒啊，我跟你一样纯洁。”

赫米温妮有一个品格高贵的密友叫宝丽娜，她是西西里大臣安提哥纳斯的妻子。宝丽娜夫人一听说王后新生了小孩儿，就来到关着王后的牢房。她对伺候赫米温妮的宫女爱米利娅说：“爱米利娅，我恳求你转告王后，如果她肯把小宝贝儿托付给我，我就抱着她去见她的父王。说不定他见了这个无辜的孩子，他的心会软下来。”“最可敬的夫人，”爱米利娅回答说，“我很愿意把您这个高贵的提议向王后转达。其实她今天正盼着能有个敢把孩子带到国王面前的朋友来呢。”“还请告诉她，”宝丽娜说，“我愿意在里昂提斯面前斗胆替她辩护。”“愿上帝永远保佑您，”爱米利娅说，“您对仁慈的王后真是太好了！”然后，爱米利娅来到赫米温妮那儿，赫米温妮高高兴兴地把孩子托付给宝丽娜，因为她实在担心没有谁把孩子带到她父亲那里。

宝丽娜带着新生婴儿，硬是闯到了国王跟前。她丈夫怕国王生气，极力劝阻，可她还是把孩子放在了她父亲面前。宝丽娜义正词严地替赫米温妮辩护，严厉指责国王没有人性，恳求他可怜那一双清白无辜的妻儿。但宝丽娜冒死劝谏，更增添了里昂提斯心中的怒气，他吩咐宝丽娜的丈夫安提哥纳斯把她赶走。

宝丽娜临走，把孩子留在了她父亲的脚边，心想：只剩下国王和他的小宝贝儿在一起，当他看到这个孤苦无依、清白无辜的孩子，总会生出些怜悯来。

善良的宝丽娜想错了。她前脚刚一走，这个冷酷无情的父亲就吩咐安提哥纳斯把孩子抱走，送到海上，随便丢在荒凉的海岸上让她去死。

安提哥纳斯一点儿也不像好心肠的卡密罗，他对里昂提斯唯命是从，马上抱着孩子坐船到了海上，真打算一找到荒凉的海岸，就赶紧把她丢下。

国王曾派克里奥米尼斯和狄温到德尔福斯的阿波罗神庙去请神谕，但他竟不等他们回来，也不顾王后刚刚生产，身子尚未调养好，而且正沉浸在痛失骨肉的悲伤中，就叫人把她提来，当着宫廷所有大臣和贵族的面，判定她犯下了不忠实的罪。全国所有的大臣、法官和贵族集合在一起来，审问赫米温妮。当不幸的王后作为受审的犯人站在她的臣子们面前时，克里奥米尼斯和狄温走到聚在一起的人中，把加了封的神谕呈给国王。里昂提斯吩咐启开谕封，大声诵读。神谕上赫然写着：“赫米温妮无罪，波力克希尼斯无可指责，卡密罗是个忠臣，里昂提斯是个嫉妒的暴君。如果找不回那已经失去的，国王将永无继承人。”国王不肯相信神谕，他说这些都是王后的朋友生编硬造出来的，并要求法官继续审问王后。正在里昂提斯说这话的时候，进来一个人，他告诉国王，迈密勒斯王子听说要把母亲定成死罪，感到悲伤和耻辱，突然死去了。

赫米温妮刚一听到她所真挚疼爱的孩子竟为了她的不幸抑郁而死，马上昏了过去。里昂提斯的心也被这个消息刺痛了，开始可怜起不幸的王后，吩咐宝丽娜和王后的侍女把她带走，想尽办法把她救醒。宝丽娜很快回来告诉国王，赫米温妮死了。

听说王后死了，里昂提斯后悔对王后过于残忍了。他想，一定是他的虐待让赫米温妮的心都碎了，他开始相信她是清白的了。他也终于相信神谕上的话是真的，因为他意识到“如果找不回那已经失去的”指的就是他的小女儿。现在，年轻的王子迈密勒斯已死，他不会有继承人了。他情愿牺牲自己的王国，也要找回失去的女儿。里昂提斯悔恨不已，打那以后，他在哀痛和懊悔里度过了许多年。

安提哥纳斯带着襁褓中的小公主坐船飘到海上，被一场风暴刮到了波希米亚海岸，那里正好是好心肠的国王波力克希尼斯的王国。安提哥纳斯一上岸，就把这个婴儿遗弃了。

安提哥纳斯再也回不到西西里向里昂提斯禀报他把小公主丢在了什么地方，因为他刚要回到船上，树林里跳出一只熊，把他撕得粉碎。这对他倒算是公正的惩罚，因为他听从了里昂提斯邪恶的命令。

由于赫米温妮把孩子送到国王那儿去的时候，把她打扮得很漂亮，所以孩子的衣着华丽，戴着宝石。另外，安提哥纳斯在她的斗篷上别了一张字条，上面写的名字是“潘狄塔”，还有几句晦涩的话，暗示她出身高贵，并遭遇了不幸的命运。

这个可怜的弃婴被一个心地善良的牧羊人捡到了，他把小潘狄塔抱回家去，交给他的妻子精心喂养。但由于禁不住诱惑，牧人把捡到的宝贝藏了起来。他还为此搬了家，免得让人以为他一夜暴富。他用潘狄塔身上的一部分珠宝买了几群羊，于是他成了个有钱的牧人。他把潘狄塔当作自己的孩子抚养长大，而潘狄塔也认为自己不过是个牧羊人的女儿。

小潘狄塔出落成一个可爱的少女，虽说她所受的不过是一个牧羊人的女儿所能得到的教育，但她先天从作王后的母亲那里继承了优雅的气质，这气质从她那未受启蒙的心灵里放出光采，因为从她的言谈举止，没人会知道她不是在她父亲的王宫里长大的。

波希米亚王波力克希尼斯有一个独生子，名叫弗罗利泽。这位年轻的王子在牧羊人的房子附近打猎时，看见了老人的这个养女。潘狄塔的美貌、腼腆和王后般的仪态风度，一下子使王子坠入了爱河。很快，王子就假扮成平民，化名道里克尔斯，经常到老牧人家来做客。弗罗利泽老不在宫里，这让波力克希尼斯很着急，他派人暗中监视儿子，结果发现原来他爱上了牧羊人的漂亮女儿。

波力克希尼斯召来了卡密罗，就是那个曾在里昂提斯的狂怒下救过他一命的忠实的卡密罗。他让卡密罗陪他到潘狄塔的养父，也就是那个牧人的家里去一趟。

波力克希尼斯和卡密罗都化了装，到了老牧人的家里。而此时，牧人们正在庆祝剪羊毛的节日。虽说是生人，但在剪羊毛的节日里，凡是客人都受欢迎，他们也被邀请进来，参加盛会。宴会充满了欢乐和愉快的气氛。桌子都摆开来，这次乡村宴会准备搞得很隆重。房子前的草地上，有些小伙子和姑娘们跳起了舞，另外还有些小伙子站在门口，从一个摊贩手里买缎带、手套和类似的小物件。

大家这样欢快地热闹着，弗罗利泽和潘狄塔却安安静静地坐在一个僻静的角落，他们似乎更喜欢两个人彼此谈心，并不愿意参加周围人的比赛和无聊的娱乐。

国王很会化装，连儿子都没认出来。他走过去，近到可以听见他们的谈话。看到潘狄塔跟他儿子谈话时的高雅气质，波力克希尼斯着实吃了一惊。他对卡密罗说：“我一生从未见过出身低微而又长得这样漂亮的姑娘。她的言谈举止，都好像要比她的身份高出许多，简直高贵得跟这个地方一点儿也不相称。”

卡密罗说：“真是的，在这些牧羊人家的姑娘里，她可称得上王后了。”

“好朋友，请借问一声，”国王对老牧人说：“跟你女儿聊天的那个英俊的乡村少年是谁啊？”“大家都叫他道里克尔斯，”牧羊人说。“他说他爱我的女儿，说实话，要想从他们的接吻中分辨出谁更爱谁，是不可能的。假如年轻的道里克尔斯能娶到她，她会给他带来意想不到的好处。”他指的当然是潘狄塔剩下的宝石，他买羊用去了一部分，其余的宝石都小心地收藏着，准备给她作嫁妆。

随后，波力克希尼斯跟儿子聊起来。“怎么样，小伙子！”他说，“好像一肚子的心事，连吃酒席的兴致都没有。我年轻时常送许多礼物给我的情人，你却让那个摊贩走过去了，给你的姑娘什么东西也没买。”

年轻的王子怎么也不会想到正跟他说话的是父王，就回答说：“老先生，她看重的不是这些毫无价值的东西。潘狄塔希望从我这儿得到的礼物，是锁在我心里的。”说完他转身对潘狄塔说：“啊，听我说，潘狄塔，看来这位老绅士也是个过来人，那我就把想法向他表白吧。”接着，弗罗利泽就请这位陌生的老人为他向潘狄塔订下郑重的婚约作证。他对波力克希尼斯说：“我恳请您作我们订婚的证人吧。”

“小子，我给你们作离婚的证人吧，”国王说着恢复了本来面目。然后，波力克希尼斯就开始指责儿子，居然敢跟这个出身低贱的丫头订婚。他还用“牧羊崽儿，牧羊拐”和别的带侮辱性的名字称呼潘狄塔。他甚至威胁潘狄塔，如果她再让他的儿子来看她，他就将她和她的父亲老牧人一起处死，决不容情。

龙颜震怒的国王说完就走了，他命令卡密罗带弗罗利泽王子跟他一起回去。

国王波力克希尼斯离开以后，他对潘狄塔的责骂，倒激发起了潘狄塔的高贵天性。她说：“尽管我们一切都结束了，但我丝毫不惧怕。有一两次我的话差点冲出口，我想坦率地告诉他：太阳是一视同仁的，同一个太阳照耀着他的宫殿，却没有撇开我们的茅屋。”然后她悲伤地说：“但现在我已从这场梦中清醒，我以后不再是什么王后了。离开我吧，先生，我要一边挤奶一边哭泣。”

好心的卡密罗十分欣赏潘狄塔的精神和行为举止。他还发觉年轻的王子深深爱着他的情人，决不会因父王的命令而舍弃她。卡密罗像对待朋友似的，帮这对情人想出了一个办法，同时又可以把他藏在心里的一条锦囊妙计付诸实施。

卡密罗早就知道西西里国王里昂提斯已经真心实意地悔过了。虽然卡密罗现在成了受波力克希尼斯王恩惠的朋友，但他禁不住想再次访旧主，看故乡。于是，他向弗罗利泽和潘狄塔提出了自己的打算，让他们跟他一起去西西里的王宫，到了那儿，里昂提斯会对他们加以保护。最后，由他斡旋，他们会得到波力克希尼斯的谅解，并准许他们结婚。

两人听了非常高兴，当即表示同意。卡密罗把逃跑的一切准备就绪了，他还答应让老牧人跟他们一起走。

牧人把潘狄塔剩下的珠宝、襁褓中的婴儿衣服，以及他发现潘狄塔时别在她斗篷上的那张字条，都带在身上。

经过一程一帆风顺的航行，弗罗利泽和潘狄塔、卡密罗和老牧人安全抵达里昂提斯的王宫。里昂提斯一直沉浸在因死去的赫米温妮和丢失的孩子所带来的悲痛中，他特别热情地款待了卡密罗，对弗罗利泽王子也致以热诚的欢迎。但里昂提斯好像全然被潘狄塔吸引住了，弗罗利泽介绍她时，说是他的公主。里昂提斯发现她跟死去的赫米温妮王后长得像极了，这又勾起了他的伤心往事。他说，要不是他极其残忍地把自己的亲生女儿毁掉，她也该长成这样一个可爱的姑娘了。“还有，”他又对弗罗利泽说，“我跟你贤德的父亲也断了交，失去了他的友谊。如今，我盼望的就是能在我有生之年再见他一面。”

听到国王对潘狄塔那么在意，又知道他曾丢过的一个女儿，是在小时扔掉的，老牧人便先在心里把他捡到小潘狄塔的时间和她被遗弃时的情形，还有宝石及其他能证明孩子出身高贵的标记比对了一番。所有这一切，使他不可能不得出这样一个结论：潘狄塔就是国王失去的那个女儿。

想到这儿，老牧人就跟国王把他捡到那个孩子的情形说了一遍，同时告诉他是怎么眼睁睁地看着安提哥纳斯被熊撕了个粉碎。他讲这番话的时候，弗罗利泽和潘狄塔、卡密罗和忠实的宝丽娜都在场。他拿出那件华丽的斗篷，宝丽娜一看就记起，赫米温妮正是用它裹的孩子。他还拿出一颗宝石，宝丽娜记得是赫米温妮把它挂在了潘狄塔的脖子上。接着他又拿出那张字条，宝丽娜认得那是她丈夫的笔迹。毫无疑问，潘狄塔就是里昂提斯的亲生女儿。然而，宝丽娜那颗高贵的心，是多么矛盾啊！她一面为丈夫的死而悲伤，一面又对神谕的应验感到兴奋，国王的继承人，那丢失许久的女儿，又找到了。当里昂提斯听说潘狄塔是他的女儿，马上想到赫米温妮不能活着看到自己的孩子，再次陷入巨大的悲痛，老半天什么也说不出来，只是说着：“啊，你的母亲，你的母亲！”

宝丽娜打断了这悲喜交加的情景，她对里昂提斯说，她有一座雕像，酷似王后，出自杰出的意大利大师裘里奥·罗曼诺之手，刚刚完成不久。如果国王陛下肯屈尊到她府上去看看，他一定会把它当成真的就是赫米温妮在世了。大家都去了。国王急不可耐地要看到他的赫米温妮雕像，潘狄塔也恨不能马上看到她从未见过面的母亲长什么样。

宝丽娜把遮着这座著名雕像的帷幕拉开，雕像简直活像是真的赫米温妮。此情此景，再次让国王悲从中来，过了好久，他都无力开口，甚至连动动身子的力气都没有。

“陛下，我喜欢您的沉默，”宝丽娜说，“这更能显示出您的惊奇。这座雕像是不是很像您的王后啊？”

国王终于开口了，他说：“啊，当初我向她求婚时，她就是这样站着，就是这般端庄优雅。不过，宝丽娜，赫米温妮可没有这座雕像显得那么老。”宝丽娜回答说：“这更见出了雕刻大师的高明，他是要雕得跟今天的赫米温妮一个样，如果她还活着的话。陛下，还是让我把帷幕拉上吧，免得您会以为它在动呢。”

这时，国王说：“我宁可一死，也别把帷幕拉上！瞧，卡密罗，你没觉得她在呼吸吗？她的眼睛似乎在转动。”“我得拉上帷幕了，陛下，”宝丽娜说，“您太激动了，您在让自己相信雕像是有生命的。”“啊，可爱的宝丽娜，”里昂提斯说，“让我再这么想二十年吧！可我仍然觉得空气里有她的呼吸，是什么匠心独运的雕刀能凿出呼吸来呢？谁也别见笑，我要过去吻她。”“啊呀，陛下，这您可得忍住！”宝丽娜说，“她嘴上的红颜色还湿着呢，那油彩会弄脏您的嘴唇。我可以把帷幕拉上吗？”“不，二十年都别拉上。”里昂提斯说。

潘狄塔一直跪在雕像前，默默仰望着她那举世无双的母亲的雕像。这时，她说：“只要能看见我亲爱的母亲，我在这儿也能呆上二十年。”

“还是别太激动吧，”宝丽娜对里昂提斯说，“让我把帷幕拉上，不然，您会看到更令人惊异的事。我真能让这座雕像动起来，叫它从基座上走下来，握住您的手。但您马上会想我是靠了什么妖术神助，这我可不承认。”

“无论你能叫她做什么，”吃惊不小的国王说，“我都拭目以待。不论你能让她说什么，我都洗耳恭听。你既然能让她动，也就能轻易让她开口说话。”

于是，宝丽娜吩咐开始奏舒缓庄严的音乐，这是她为此特地准备的。伴着音乐，雕像真的从基座上走了下来，用胳膊搂住里昂提斯的脖子，这使所有在场的人都吃了一惊。接着，雕像也真的开口说话了，祈求上帝祝福她的丈夫和她的孩子，那刚刚找到的潘狄塔。

雕像会搂着里昂提斯的脖子，祝福她的丈夫和孩子，并没有什么希奇，因为雕像就是真实的、活生生的赫米温妮王后本人。

原来是宝丽娜向国王谎报说赫米温妮死了，因为她认为只有这样才能保住王后的命。从那时起，赫米温妮就一直跟善良的宝丽娜住在一起。如果不是听说潘狄塔找到了，她还不想让里昂提斯知道她仍然活着。虽说她早就原谅了里昂提斯对自己的伤害，但对他对待襁褓中女儿的残暴行为却始终不肯饶恕。

死去的王后就这样又复活了，失去的女儿也找到了，这使忧伤多年的里昂提斯喜不自胜，乐不可支。

所到之处，听到的都是祝贺和热情的问候。现在，沉浸在喜悦里的父王母后向弗罗利泽王子道谢，感谢他爱上了他们这个看似出身卑微的女儿。他们又祝福善良的老牧人，感谢他保全了孩子的性命。卡密罗和宝丽娜为能亲眼见到他们的尽忠效劳所得到如此好的结果，快乐异常。

好像这场奇怪得出乎意料的欢乐，非得有个完美无缺的收场才合适，正这时候，波力克希尼斯来到了王宫。

原来波力克希尼斯知道卡密罗一直就想回西西里，当他发觉儿子和卡密罗失踪了，马上猜想在这儿准能找到那两个逃亡者。他全速追赶，碰巧在里昂提斯一生中的快乐颠峰赶到了。

波力克希尼斯跟大家一起沉浸在欢乐之中，他原谅了朋友里昂提斯过去对他的无端嫉妒，两人再次像儿时一样的相亲相爱了。同时，潘狄塔也不用为波力克希尼斯会反对儿子跟她结婚担惊受怕了。潘狄塔现在已不是“牧羊拐”，而是西西里的王位继承人了。

在受了多年的苦以后，赫米温妮的坚韧品性终于这样得到了报偿。这位杰出的女性，跟她的里昂提斯和潘狄塔一起生活了很多年，她是最幸福的母亲和王后。

无事生非

梅辛那的王宫里住着两位姑娘，一个叫希罗，一个叫贝特丽丝。梅辛那总督叫里奥那托，希罗是他女儿，贝特丽丝是他的侄女。

贝特丽丝性格开朗，总喜欢用轻松的俏皮话，逗堂妹希罗开心。而希罗的性情比较严肃。无论发生什么事，到了无忧无虑的贝特丽丝那儿，都可以拿来开玩笑。

现在可以说关于这两位姑娘的故事了，有几个在军中官衔很高的年轻人，回家路经梅辛那。他们在一场刚刚结束的战争中，凭着超人的勇猛，都立了功，他们一起来拜访里奥那托。他们中有阿拉贡亲王唐·彼德罗和他的朋友、佛罗伦萨的贵族克劳狄奥；还有性情豪放而又不失机智的帕度亚的贵族培尼狄克。

这些异乡人以前都曾到过梅辛那，现在，热情好客的总督把他们当老朋友和知己一样，介绍给他的女儿和侄女。

培尼狄克刚一进屋，就跟里奥那托和亲王聊得火热。不管谁说什么，贝特丽丝都唯恐把自己落下。培尼狄克正跟人说话，她打断说："培尼狄克先生，我奇怪你怎么还跟这儿滔滔不绝的？没人听了。"培尼狄克跟贝特丽丝一样，也是个说起话来喋喋不休的人，但像这种太过随便的招呼，令他有些不悦。他觉得一个有良好教养的姑娘，说话不该如此轻率。他记得上次来梅辛那，贝特丽丝就常拿他开玩笑。爱开玩笑的人最不喜欢的，是别人拿他们自己开玩笑，培尼狄克和贝特丽丝也是这样。这两个说话尖刻风趣的人只要一碰面，就会唇枪舌剑，彼此挖苦一番，分手时又总是气得鼓鼓的。因此，当培尼狄克正说着话，贝特丽丝跑来打断他，告诉他没人听他说，培尼狄克就假装刚才并没有注意到，说："哎，我亲爱的傲慢小姐，您还活着吗？"这下，他们之间的舌战重新开始了，接着就是一场漫长而激烈的争论。争论中，贝特丽丝说她虽然知道培尼狄克在刚结束的这场战争中作战很勇敢，她却要把他在战场上打死的人全部吃光。她观察到亲王很喜欢听培尼狄克的谈话，就称他为"亲王的弄臣"。这句讥讽可比贝特丽丝以前所说过的任何话都更叫培尼狄克难堪。他并不在乎她为了暗讽他是个胆小鬼，说要把他杀死的人全都吃光，因为他知道自己很勇敢。但大智大慧的人最怕别人把他诋毁成个小丑，因为这种指责有时候很接近事实，所以当培尼狄克听到贝特丽丝叫他“亲王的弄臣，”简直恨死她了。

希罗是个庄重的姑娘，在这些贵客面前静默不语。克劳狄奥特别留意到她比以前更漂亮了，他凝视着她优雅自然的身姿（因为她是个令人赞美的年轻姑娘）。亲王对培尼狄克和贝特丽丝之间的唇枪舌剑感到十分有趣。他悄声对里奥那托说：“这真是个活泼欢快的年轻姑娘，我看要是许配给培尼狄克为妻，真是天作之合。”听到这个提议，里奥那托回答说：“啊，殿下，殿下，要是他们结了婚，不出一个星期，谈话都会谈疯了。”尽管里奥那托认为他们做夫妻不会和谐，但亲王并没有放弃把这两个口才敏锐的人结成龙凤配的想法。

亲王和克劳狄奥从王宫回来，发现原来除了他在替培尼狄克和贝特丽丝撮合以外，这伙好朋友中还有旁人也在筹划婚姻大事呢。克劳狄奥极力赞美希罗，让亲王猜出了他的心思。亲王很高兴，问克劳狄奥：“希罗把你迷住了？”克劳狄奥回答说：“啊，殿下，上次来梅辛那，我是在用军人的眼光来看她，心里喜欢，但哪有工夫谈情说爱。现在是和平快乐的日子，不想战争了，脑子刚一空出来，就被缠绵的柔情蜜意挤满了，这种思绪告诉我，年轻的希罗是多么美丽，它提醒我，其实在出征前我就喜欢上她了。”亲王听了克劳狄奥对希罗爱的表白很感动，马不停蹄，立刻去请求里奥那托招克劳狄奥作女婿。里奥那托接受了这个请求，同时，亲王没费吹灰之力又去说服了温柔可爱的希罗，去听高贵的克劳狄奥向她求婚。克劳狄奥天资聪颖，卓有学识，如今又得助于好心肠的亲王，很快就撺掇里奥那托早早定下了他跟希罗举行婚礼的日子。

只要再等几天，克劳狄奥就可以娶到这位美丽的姑娘了。但正像大多数青年人根本没耐心等待心里急切盼望的事情一样，他也在抱怨这段间隔的日子冗长乏味。因此，亲王为让他觉得时间缩短了，提议玩一个有趣的游戏来消遣：想一条锦囊妙计，叫培尼狄克和贝特丽丝恋爱。克劳狄奥对亲王这个一时兴起的怪想法，饶有兴致地参与进来，里奥那托答应帮他们，甚至就连希罗也表示，要尽自己的绵薄之力帮助堂姐得到一个好丈夫。

亲王想出了个计策，让男人们叫培尼狄克相信贝特丽丝已经爱上了他，同时，让希罗叫贝特丽丝相信培尼狄克爱上了她。

亲王、里奥那托和克劳狄奥先开始行动了：当培尼狄克静静地坐在凉亭里看书的时候，他们觉得时机到了，亲王和他的助手们站到凉亭后边的树丛里，距离培尼狄克很近，近得让他没法不把他们的谈话一句不落地全灌进耳朵里。随便聊了一会儿，亲王说："里奥那托，你过来。那天是你跟我说你侄女贝特丽丝爱上了培尼狄克先生的吧？我想这位小姐再也不会爱上什么别的男人了。""是的，殿下，我也没想到。"里奥那托回答说。"最出乎意料的是，她会对培尼狄克这么多情，因为从表面上看，她好像并不喜欢他。"克劳狄奥证实了这番话，说他听希罗说，贝特丽丝很爱培尼狄克，要是培尼狄克不肯爱她，她一定会抑郁而死。里奥那托和克劳狄奥似乎一致认为，培尼狄克向来喜欢逗弄所有的漂亮女人，尤其是贝特丽丝，是绝不可能爱上她的。

亲王听了，装出很同情贝特丽丝的口吻说："要是把这件事儿告诉培尼狄克就好了。""告诉他能怎么着？"克劳狄奥说，"他只能把这当成笑话，那会更增添可怜姑娘的痛苦。""如果真这么做，"亲王说，"那就把他吊死好了，贝特丽丝这姑娘既出色又可爱，除了爱上培尼狄克这件事，事事都体现出她的聪明。"说完，亲王示意同伴们向前走走，让培尼狄克仔细去回味一下他偷听到的话。

培尼狄克以非常热切的心情倾听了这番谈话，听说贝特丽丝爱上了他，自言自语地说："这怎么可能呢？风会吹到那个角落？"他们走了以后，他一个人开始寻思："这不可能是个骗局！他们说得很认真，话又是从希罗嘴里听来的，好像还很同情那个姑娘。爱上我了！我一定得好好报答她啊！我从没想过结婚。当初说要打一辈子光棍，是因为没想到能活到结婚的那一天。他们说这姑娘品行好，又长得漂亮，倒也确实如此。还说她除了爱上我这件事，在别的什么事上都很聪明，可为什么爱上我就是愚蠢了呢。贝特丽丝来了。我对天发誓，她是个美丽的姑娘！从她脸上我真的看出几分对我的爱意了。”

这时，贝特丽丝走近他，以惯用的尖酸口吻说：“是他们硬叫我来请你进去吃饭的，这可不是我的本心。”培尼狄克以前从没想过要像现在这样温文尔雅地对她讲话，他回答说：“美丽的贝特丽丝，辛苦了，谢谢。”贝特丽丝又说了两三句更粗鲁的话就走了。培尼狄克从她所说的那些不客气的话里，感觉到隐隐透出的柔情，他大声说：“要是我不疼她，我就是个恶棍。要是我不爱她，我就是个犹太人。我要去弄一幅她的肖像。”

这位绅士就这样钻进了他们为他铺设好的罗网。现在该轮到希罗扮演她为贝特丽丝设计的角色了。为此，她特地派人把她的两个丫鬟欧苏拉和玛格莱特叫来。她对玛格莱特说：“好玛格莱特，你跑去客厅，我的堂姐贝特丽丝正在那儿跟亲王和克劳狄奥谈话。你悄悄告诉她，就说我和欧苏拉正在果园里散步，谈的全是有关她的事。叫她偷偷溜到那座惬意的凉亭，那儿的金银花被太阳晒得成熟了，却像个无情无义的狗奴才，反而挡住了阳光。”希罗要玛格莱特骗贝特丽丝去的凉亭，就是刚才培尼狄克在里面偷听过谈话的那座可爱的凉亭。“我现在就去，保证把她叫来。”玛格莱特说。

然后，希罗又把欧苏拉带到果园里，跟她说：“欧苏拉，贝特丽丝来的时候，我们就沿着这条小路来回走，必须只谈跟培尼狄克有关的事。我一提到他的名字，你就把他夸上天，仿佛像他这么好的男人天底下再也找不出第二个来。而我跟你说的，就是培尼狄克如何爱上了贝特丽丝。马上开始，瞧，贝特丽丝已经猫着腰，像只田凫鸟似的跑来听咱们谈话了。”说着，她们就聊开了。希罗好像在回答欧苏拉的什么问话似的说：“不，真的，欧苏拉，她太瞧不起人了。她太高傲了，她的性情简直就像岩石上的野鸟。”“但你有把握吗？”欧苏拉说，“培尼狄克真的是全身心地爱着贝特丽丝吗？”希罗回答说：“亲王跟我的未婚夫克劳狄奥都是这么说的，还非要我把这事儿告诉她。不过，我劝他们，如果他们爱培尼狄克，就永远不要让贝特丽丝知道这件事。”“不错，”欧苏拉回答说，“千万别让她知道他爱她，免得她又去嘲弄他。”“唉，说实话，”

希罗说，“不管这个男人有多聪明、高贵、年轻或者品行世间少有，她都把他说得一文不名。”“对，对，要是这样鸡蛋里挑骨头可不大好。”欧苏拉说。“是啊，”希罗回答说，“可谁敢跟她这么说呀？我要是去说，她还不把我嘲弄得无地自容。”“哦！你错怪你的堂姐啦，”欧苏拉说，“她哪能这么没眼力劲儿，居然会拒绝像培尼狄克这样一位真是世间少有的绅士。”“他名声极好，”希罗说，“说实在的，在意大利，除了我亲爱的克劳狄奥，最出众的男人就数他了。”这时，希罗暗示她的丫鬟该换话题了，于是欧苏拉说：“小姐，您什么时候结婚？”希罗说明天就跟克劳狄奥结婚，她要欧苏拉跟她一块儿去挑几件新衣裳，正想跟她商量一下，明天穿什么合适。贝特丽丝一直屏住呼吸急切地偷听着这番谈话。她们走了以后，她大声说：“我耳朵怎么这么热啊？这难道是真的？永别了，轻蔑和嘲笑！少女的骄傲，再见吧！培尼狄克，爱下去！我会报答你的，让你充满挚爱的双手驯服我这一颗狂野的心。”

不论谁看到这对儿老冤家变成了亲密的新朋好友，看到天性愉悦的亲王那令人发笑的巧计，哄得他们俩爱上了以后第一次约会时的情景，都一定会感到高兴。

然而，现在也该提提希罗所遭遇的令人悲伤的逆境了。第二天本来是希罗结婚的大喜日子，却给她和她的好父亲里奥那托的心里带来了忧愁。

亲王还有个同父异母的弟弟，跟他一起从战场上来到了梅辛那。这弟弟名叫唐·约翰，为人阴郁，心存不满，骨子里喜欢变着法儿地栽赃陷害别人。他恨他的亲王哥哥，因为克劳狄奥是亲王的好友，也恨克劳狄奥。为能得到损人的快意，他打定主意要阻止克劳狄奥跟希罗结婚，目的只有一个，就是为了叫克劳狄奥和亲王痛苦。他知道亲王一心想成全这门亲事，而且对这件事的热心一点不亚于克劳狄奥自己。为了达到这个邪恶的目的，他雇了一个跟他自己一样坏的人，名叫波拉契奥。唐·约翰许给他一大笔钱，鼓动他去犯坏。这个波拉契奥正跟希罗的丫鬟玛格莱特谈恋爱。唐·约翰知道了这事儿，就挑唆他去让玛格莱特答应，当天晚上等希罗睡着以后，隔着女主人的卧室窗户跟他谈心，一定要穿上希罗的衣裳，这样更好骗克劳狄奥相信那就是希罗。唐·约翰导演这样一出邪恶的把戏，就是想达到这个目的。

接着，唐·约翰就到了亲王和克劳狄奥那儿，告诉他们，希罗是个轻浮的姑娘，深更半夜的还隔着卧室的窗户跟男人聊天。说这话时，正是结婚的头天晚上，他表示愿意马上领他们去，让他们亲耳听到希罗隔着窗户跟一个男人聊天。他们答应跟他一块儿去，克劳狄奥还说："假如我今天晚上看到了什么叫我不该跟她结婚的事，明天我就准备在跟她结婚的教堂，当着大家的面羞辱她。"亲王也说："既然是我帮你得到的她，我也跟你一起叫她出丑。"

就在那个夜晚，唐·约翰把他们带到了希罗的卧室附近，他们看见波拉契奥站在窗子下面，还看见玛格莱特正从希罗的窗口往外看，而且听到了她跟波拉契奥的谈话。当时玛格莱特穿的恰恰是亲王和克劳狄奥曾看到希罗穿过的衣裳，于是他们确信那就是希罗姑娘无疑了。

没有什么比这一发现（自以为是的发现）更让克劳狄奥气愤的了。他马上把所有对清白无辜的希罗的爱，一股脑转变成了深仇大恨。他决定照他刚才所说，第二天在教堂里揭露这件事。亲王同意了，他觉得对这个不检点的姑娘无论采取什么样的责罚都算不上严苛，因为她就在准备跟高贵的克劳狄奥结婚的头天晚上，居然还隔着窗户跟另外一个男人谈心。

第二天，大家聚在一起举行婚礼。克劳狄奥和希罗站在神父（他也被人叫作托钵修士）面前，神父正要宣布婚礼开始，克劳狄奥却用最激烈的言词宣布了清白的希罗的罪过。听到从他嘴里说出如此不可思议的话，希罗大为吃惊。她温和地说："是不是我的主人病了，他怎么竟会说出这样的胡话？"

里奥那托极度震惊，他对亲王说："殿下，您怎么不说话？""我有什么话好说呢？"亲王说，"我竭力鼓动我的好友跟一个没有自尊的女人结合，我也跟着一起蒙羞。里奥那托，以我的名誉向你起誓，我自己、我弟弟和这位伤了心的克劳狄奥，昨天晚上确实一起看见并且听到她半夜里在卧室的窗口跟一个男人谈心。"

听完这些话，培尼狄克惊讶地说：“这不像是在举行婚礼啊。”

“哦，上帝，真的！”伤心欲绝的希罗回答说。接着这位不幸的姑娘就晕死过去，亲王和克劳狄奥离开了教堂，都没有说留下来看看希罗会不会苏醒过来，也根本不理会这会给里奥那托带来多么大痛苦。愤怒使他们的心肠变得如此冷酷。

培尼狄克留下来，协助贝特丽丝把昏厥中的希罗唤醒过来。他说：“她怎么样？”“我想她死了，”贝特丽丝极其痛苦地回答。她深爱自己的堂妹，知道她品行端正，对听来的那些攻击她的坏话压根儿就不信。可怜的老父亲却并非如此，他相信了这个让自己孩子蒙羞的故事。这时，希罗像个死人似的躺在父亲的面前。父亲为女儿出了这样的事感到痛惜不已，说恨不得希罗再也别睁开双眼，听了真是令人怜悯。

老修士是个聪明人，善于察言观色。他特别注意观察姑娘的神色，他看见当她听到别人的指责时，脸上瞬间被蒙受的耻辱涨得通红，紧接着，天神般的白色又把羞红赶走了。她的眼睛里充满了一团火，这火分明显示着，亲王指责她这个不贞少女的话毫无事实根据。于是，他对这位悲伤中的父亲说：“要不是这位温柔的姑娘平白无故地受了冤枉，你就叫我傻子，也别再相信我的学问和我的观察力，别再相信我的年龄、我的身分或是我的天职。”

希罗从昏迷中苏醒过来，老修士对她说：“姑娘，他们指责你跟他谈心的是个什么样的男人？”希罗回答：“那些指责我的人心里清楚，我什么也不知道。”说完，她回过头，对里奥那托说：“啊，父亲，要是您能证明我曾在不适当的时候跟什么人谈过心，或哪怕我昨天晚上跟什么人说过一句话，您就别再认我这个女儿，您尽管恨我，折磨死我好了。”

“看起来啊，”老修士说，“一定是亲王和克劳狄奥产生了莫名其妙的误会。”他劝里奥那托干脆宣布，希罗已死。他说，他们离开希罗的时候，她正处在昏死状态，他们会很容易相信。他还劝他穿上丧服，给她立一座纪念碑，凡属于葬礼的仪式一切照办。

“干吗要这么做？”里奥那托说。“这样做有什么好处吗？”

神父回答说："宣布她死亡会把诽谤变成怜悯，自然会有些好处，但这远不是我所盼望的好处的全部。当克劳狄奥听说她就是被他那些话给气死的，她生前美丽的身影便会在他的想象里悄然浮现。如果爱情曾经打动过他的心，他一定会表示哀悼。尽管他仍旧自以为揭发的事属实，他也会后悔当初不该那么羞辱她。"

这时，培尼狄克说："里奥那托，你就听神父的吧。你知道我有多么爱亲王和克劳狄奥，但我还是以我的人格担保，不会把这个秘密泄露给他们。"

经过这样的劝说，里奥那托答应了。他伤心地说："我真是太伤心了，哪怕一根最细的线都能把我牵着走。"然后，仁慈的修士把里奥那托和希罗带走，继续劝慰他们，只剩下贝特丽丝和培尼狄克两个人了。原来是那几位朋友巧施妙计安排下这次会面，本指望大大地寻他们一下开心。现在，那些朋友都被痛苦折磨得不胜悲伤，似乎再也没心思来开他们的玩笑了。

培尼狄克先开口了，他说："贝特丽丝姑娘，你一直在哭吗？""是啊，还得再哭一阵呢。"贝特丽丝说。"真的，"培尼狄克说，"我确实相信你可爱的堂妹被冤枉了。""唉！"贝特丽丝说，"要是有谁能帮她恢复名誉，我得怎样酬谢他啊！"培尼狄克说："有什么办法能表示这种友谊吗？除了你，世界上我再没有所爱，这不是很奇怪吗？""我也可以说，"贝特丽丝说，"在这个世界上，你是我最爱的人。但是别信我，不过我也没说谎。我不承认什么，也不否认什么。我替我的堂妹难过。""以我的剑起誓，"培尼狄克说，"你爱我，我也申明我爱你。来，随你吩咐我做什么事。""杀死克劳狄奥。"贝特丽丝说。"啊！这绝对不行。"培尼狄克说。因为他爱他的朋友克劳狄奥，相信他一定是被人利用了。"克劳狄奥如此侮辱、诽谤、诋毁我的堂妹，难道还不是个坏蛋？"贝特丽丝说，"哎，真希望我此时是个男人！""听我说，贝特丽丝！"培尼狄克说。

可是，替克劳狄奥辩解的话，贝特丽丝一句也不想听。她继续逼迫培尼狄克替她蒙冤的堂妹报仇。她说："隔着窗户跟一个男人谈心，说得多体面！可爱的希罗！她被冤枉了，她被诽谤了，这辈子算是给毁了。哦，我愿为了克劳狄奥把自己变成一个男人！或者我能有个朋友，为了我愿作一条好汉！但勇猛都已融化成了礼貌和恭维。既然我不能如愿地变成男人，那就只好作一个在忧伤中死掉的女人。""等一等，好贝特丽丝，"培尼狄克说，"我举手发誓，我爱你。""你要是爱我，就用你的手去干点别的，我用不着它来发什么誓。"贝特丽丝说。"说真心话，你认为是克劳狄奥冤枉了希罗吗？"培尼狄克问。"当然，"贝特丽丝回答说，"就像我知道我有思想，有灵魂一样千真万确。""那好吧，"培尼狄克说，"我答应你去向他挑战决斗。让我亲亲你的手再走。我举手发誓，克劳狄奥将在这只手下屈服！等我的消息，想我啊。去安慰安慰你的堂妹。"

正当贝特丽丝这样竭力撺掇培尼狄克，并用激愤的话唤起他的侠肝义胆，让他为希罗去向亲密的朋友克劳狄奥挑战的时候，里奥那托也向亲王和克劳狄奥发出了挑战，让他们用剑来回答给女儿造成的伤害，并郑重声明，她已因悲伤而死。但出于尊重他年事已高，并同情他的悲伤，他们都说："不，善良的老人家，别跟我们吵架吧。"这时，培尼狄克来了，他向克劳狄奥挑战，要他用剑来答复加给希罗的伤害。克劳狄奥和亲王互相说："一定是贝特丽丝叫他这么干的。"若非正义的天庭恰在此时给希罗的清白，带来了比决斗那样难以确定的命运更好的证明，克劳狄奥一定会接受培尼狄克的挑战。

亲王和克劳狄奥还在谈论培尼狄克的挑战，一个狱卒把波拉契奥当犯人押到了亲王这儿来。原来，当波拉契奥跟他的同伴谈起唐·约翰雇他去干这挑拨离间的勾当时，被人听见了。

波拉契奥当着克劳狄奥的面，对亲王交代了事情的全部经过。他说穿着小姐的衣裳隔着窗户跟他谈心的是玛格莱特，而他们错把她当成了希罗姑娘本人。毫无疑问，克劳狄奥和亲王不再怀疑希罗的清白了。哪怕还有点儿疑心，唐·约翰一逃跑，也就把他们的猜疑清除了。唐·约翰发现自己的恶劣行经已经败露，哥哥一定怒不可遏，便逃离了梅辛那。

克劳狄奥知道错怪了希罗，心里悲痛已极。他真的以为，希罗一听到他那些冷酷无情的话立刻就死了。他所爱的希罗的影像又在他的记忆里复活了，还是像他最初爱上她时那样美丽。亲王问他，刚才所听到的话是不是像烧红的烙铁一样熨透了他的心。他回答说，刚听波拉契奥说话时，他觉得自己活像吃了毒药。

为此事感到懊悔不已的克劳狄奥，请求里奥那托老人宽恕自己给他孩子造成的伤害。他发誓说，他由于轻信而诋毁了未婚妻，对于这个过错，随便里奥那托给他什么样的惩罚，他都愿意承受，因为只有这样才对得起他亲爱的希罗。

里奥那托对他的惩罚是，要他第二天早晨跟希罗的一个堂妹结婚。他说这个姑娘不仅长得很像希罗，而且现在已经是他的继承人了。为承诺对里奥那托所发的庄重誓言，克劳狄奥只好答应跟这个素不相识的姑娘结婚，即使她是个黑人也认了。但他的内心极度忧伤。当天晚上，他在里奥那托为希罗立的纪念碑前，以泪洗面，忏悔了一夜。

清晨，亲王陪克劳狄奥来到了教堂。那位仁慈的神父、里奥那托和他的“侄女”已经到了，准备举行第二次婚礼。里奥那托把许给克劳狄奥的新娘介绍给他。为不让克劳狄奥看到自己的脸，新娘戴了一副面罩。克劳狄奥对这位戴面罩的姑娘说：“在这位神圣的神父面前，把你的手递给我。如果你愿意嫁给我，我就是你的丈夫。”“我活着的时候，已经作过一回你的妻子了。”这个不相识的姑娘一边说，一边把面罩揭开。原来她并不是什么侄女（像她所假装的），而是里奥那托的亲生女儿希罗姑娘。对认为希罗已死的克劳狄奥来说，这简直是太出乎意外的惊喜了，他高兴得几乎不敢相信自己的眼睛。看到这一切，亲王也同样吃惊。他大声说：“这不是希罗吗，不就是那个死了的希罗吗？”里奥那托回答说：“殿下，面对活着的诽谤，她是死了。”神父答应，等举行完仪式，就把这个貌似奇迹的事解释给他们听。

婚礼刚要开始，培尼狄克拦住说，他跟贝特丽丝的婚礼要同时一起进行。贝特丽丝对此稍加反对，于是培尼狄克就拿贝特丽丝对他表示过的爱情，这他是从希罗那儿听来的，向她发出质问。这自然引出一场愉快的解释，两人这才发现他们都上了当，以为对方爱上了自己，其实这爱情根本就不存在。不想正是这场糊弄人的把戏，使他们成了真正的情人。但他们由这条妙计彼此产生的感情，现在已经强烈到任凭什么正儿八经的解释无法动摇了。培尼狄克既然提出跟她结婚，随便人们用什么法子来反对，他才不会理睬呢。他又欢快地跟贝特丽丝开起了玩笑，对她发誓：他听说她憔悴得快要死了，纯粹是出于可怜才娶她的。贝特丽丝反唇相讥：她是听说他快被相思病害死了，经过好久的劝说才做出让步，一半原因也是为了要救他一命。于是两个善于将俏皮话说到疯狂地步的人和解了，并要等克劳狄奥和希罗举行完婚礼，也跟着结婚。

在故事的结尾特别说明一下：策划那个罪恶行为的唐·约翰，在逃跑的路上被捉，押回了梅辛那。这个阴暗、心存不满的人，亲眼看到了自己诡计的失败，梅辛那王宫沉浸在喜悦和欢宴之中，这本身就是对他的严厉惩罚。

皆大欢喜

D·麦克利斯　C·W·夏普

W·默尔莱德　H·博恩

D·麦克利斯　C·W·夏普

在法兰西还被分成若干省份（或照当时所说，被分成若干公国）的时候，有一个省的公爵是位篡位者，他哥哥是合法的公爵。他把他废掉，并流放了。

这位从自己的领地被赶出来的公爵，带着几个忠实的随从，在亚登森林里隐居起来。这位好公爵跟他所爱的朋友们住在这儿，他们为了公爵，心甘情愿地跟他一起放逐，而他们的土地和收入却在养活那个不讲信义的篡位者。他们很快就习惯了这里无拘无束的生活，觉得比宫廷里那种奢靡虚饰的排场可爱多了。他们在这儿生活得像古英格兰的罗宾汉，而且，每天都有许多贵族青年从宫廷跑到这个树林子里来，大家仿佛生活在黄金时代，任时间逍遥自在地流逝。夏天，他们并排躺在清爽怡人的巨大树荫下，看野鹿奔逐嬉戏。野鹿好像是林子里的天然住户，他们特别喜爱这些可怜的带斑纹的傻瓜。因此，当为弄些鹿肉来充饥，不得不下手杀死它们的时候，心里总有一股说不出的难受劲儿。冬天的寒风叫公爵感到了命途多舛，他耐心地忍受着寒风的侵袭，说："刮在我身上的寒风都是忠臣，他们不会对我谄媚，而是把我的处境真实表现出来。风虽然刀割般刺骨，牙齿却不像残暴和忘恩负义的行为那样锋利。我发现，人们身处逆境无论怎样抱怨，总可以从中汲取一些有益的东西，就像那可以做珍贵药材的宝石，却是从有毒的、遭人蔑视的蟾蜍脑袋里提取出来的。"这位有耐性的公爵，就这样从他所看到的每一件东西上汲取有益的教训。尽管生活在这个远离人烟的地方，但他凭着这种喜欢在事物中求道的个性，也能从树上找到言语，从潺潺的溪流里找到书本，从岩石上找到训诫，从一切事物中受益。

这位被放逐的公爵有个独生女，叫罗瑟琳。篡位的弗莱德里克公爵把她父亲流放以后，为让她陪伴自己的女儿西莉娅，仍把她留在宫里。两位姑娘亲密无间，她们的友谊并没因两位父亲的反目成仇受到任何影响。西莉娅觉得自己的父亲废黜罗瑟琳的父亲，这种做法是不公正的，为能有所弥补，她竭力讨罗瑟琳的欢心。每当罗瑟琳想起放逐的父亲，或一想到寄居在这个奸诈篡位者的宫殿里而悲伤的时候，西莉娅就极力给她舒心的安慰。

一天，西莉娅像平时一样，温和地对罗瑟琳说："罗瑟琳，我的好姐姐，请你快活起来吧。"这时，公爵派了一个人来，告诉她们：有一场摔跤比赛就要开始了，如果她们想去看，就立刻到宫殿前面的广场上来。西莉娅觉得这会叫罗瑟琳开心，就同意了。

如今只有马戏团的小丑才玩摔跤，可那个时候，摔跤是宫廷里喜欢的一种游戏，而且较量是在美丽的夫人和公主们面前展开。因此，西莉娅和罗瑟琳就看这场角斗了。她们发现，这场摔跤结果一定很惨，因为一个人身体强壮、浑身蛮力，又是摔跤老手，曾在这种比赛中摔死过许多人。而要跟他摔的人，年纪轻轻，对竞技摔跤没有经验，观众都认为他一定会被摔死。

公爵看见西莉娅和罗瑟琳来了，就说："怎么，女儿和侄女，你们悄悄跑这儿来是要看摔跤吗？你们不会觉得有什么意思，比赛双方力量悬殊，差太远了。我同情这个年轻人，想劝他别去比赛了。姑娘们，你们去跟他谈谈，看是否能说得动他。"

对这种人道之举，姑娘们乐意前往。西莉娅率先开口，恳求这个陌生的年轻人放弃比赛，接着罗瑟琳又极其诚恳地跟他谈，替他将要冒的危险非常担心，结果这些温柔体己的话非但没能说服他放弃，倒反而叫他从这位可爱姑娘的眼神里凭添了求胜的勇气。

他用那么文雅的言辞婉言谢绝了西莉娅和罗瑟琳的请求，这使得她们对他更加担心了。最后，他这样拒绝说："没能答应这样两位如此美丽出众的姑娘的请求，我感到非常抱歉。不如让你们美丽的眼睛和温柔的期待，陪伴我来参加这场角逐。我要是输了，丢脸的不过是一个从没人疼过的人；要是我死了，也不过死了一个情愿去死的人。我没什么对不起朋友的，因为我也没有朋友来哀悼我。世间也不会有什么损害，因为我对凡尘百无一用；如果把我在世上的位置空出来，倒可以由更好的人来补缺。"

现在，摔跤比赛开始了。西莉娅希望这个年轻的陌生人可别受伤，而对他最为担心的是罗瑟琳。他刚才所说没有朋友的处境和他情愿去死的话，让罗瑟琳觉得他们同是命运不幸的天涯沦落人，她非常同情他。摔跤的时候，罗瑟琳揪着心，生怕他有什么危险。几乎可以说，她当时已经爱上了他了。

两位美丽高贵的姑娘，对这个不知名的年轻人所表现出的关心，给了他勇气和力量，使他创造了奇迹。最后，他彻底征服了对手，使其受伤很重，半天说不出话，连身子都不能动了。

看到这个年轻陌生人所表现出来的勇气和摔跤技巧，弗莱德里克公爵非常兴奋。他想了解一下他的姓名和家世，加以提拔重用。

陌生人说他叫奥兰多，是罗兰·德·鲍埃爵士的小儿子。

奥兰多的父亲罗兰·德·鲍埃爵士过世已经有几年了，但他在世的时候，是那被放逐的公爵的贤臣密友。因此，当弗莱德里克听奥兰多说到，他父亲是被他流放的哥哥的朋友，对这个勇猛年轻人的好感，顿时变成恼怒，悻悻地从那儿离开了。只要听到他哥哥随便哪个朋友的名字，他都讨厌。可他还是禁不住称赞这个勇猛的青年，他走出去的时候说，真希望奥兰多是别人的儿子。

罗瑟琳听到她刚看上的意中人，是她父亲老朋友的儿子，惊喜异常。她对西莉娅说："我父亲很爱罗兰·德·鲍埃爵士，如果早知道这个年轻人是他的儿子，我就会流着眼泪乞求他不要冒这个险了。"

然后，两位姑娘走到他面前，见他正因公爵的突然发怒感到很尴尬，就对他说了些亲切和鼓励的话。临走了，罗瑟琳又回身对她父亲老朋友的这个年轻英俊的儿子，说了些更为体己的话。她从脖子上摘下一条项链，说："先生，请你为我戴上这个吧。我运气不好，不然我会送你一件更贵重的礼物。"

两位姑娘单独在一起的时候，罗瑟琳嘴里说的还净是奥兰多。西莉娅看出她的堂姐已经爱上这个英俊潇洒的年轻摔跤手了。她对罗瑟琳说："你这么对他一见钟情可能吗？"罗瑟琳说："我的公爵父亲曾经很爱他的父亲。""可是，"西莉娅说，"难道你就该因此去热恋他的儿子吗？照此说来，因为我父亲恨他父亲，那我岂不是应该恨他了？不过我并不恨奥兰多。"

弗莱德里克见到罗兰·德·鲍埃爵士的儿子以后，心里很恼火。他由此想起在贵族中还有许多被放逐的公爵的朋友，同时，还因为大家称赞他侄女的德行，看在她善良父亲的面子上同情她，罗瑟琳也早让弗莱德里克心生不悦了。他突然对她起了恶念，正当西莉娅跟罗瑟琳谈论奥兰多的时候，弗莱德里克走进屋子，怒容满面地命令罗瑟琳立刻离开王宫，跟她父亲一起去过流亡的生活。西莉娅求情也没用，他告诉西莉娅，当初只是为她才把罗瑟琳留在了宫里。"可是，"西莉娅说，"并不是我请求您让她留下的，那时候我还太小，不懂得她的好处，现在我忘记认识到她的价值。我们一直同睡同起，学习、玩耍、吃饭，什么都在一起，要是没她陪着，我简直没法活了。"弗莱德里克回答说："你对她难以捉摸。她的圆滑、那样的沉默、她的忍耐，都是在向大家发出呼吁，他们可怜她。替她求情，你才是傻子呢。她一走，你就会显得更聪明和有德行了。因此，不要替她说情，我对她的判决已经是不可改变的了。”

西莉娅发现无法劝说父亲把罗瑟琳留在身边，便毅然决定跟罗瑟琳一起走。当天晚上，她就离开了父亲的宫殿，陪着她的朋友，到亚登森林去找罗瑟琳的父亲，那被放逐的公爵。

出发前，西莉娅觉得两个年轻姑娘出门在外，穿着华贵的衣裳恐怕路上不安全，就提议为了隐瞒身份，不如扮成乡下姑娘的模样。罗瑟琳说，要是谁装扮成男人，那就更万无一失了。于是，两人很快商定，罗瑟琳个子高，穿上年轻庄稼汉的衣裳，西莉娅则打扮成乡下姑娘。还有，她们得对人说是兄妹，罗瑟琳想化名叫盖尼米德，西莉娅取了个爱莲娜的名字。

两位美丽的郡主装扮成这个样子，随身带着些钱和珠宝当盘缠，开始了长途跋涉。亚登森林离得很远，在公爵领地的边界以外。

罗瑟琳姑娘（现在该叫她盖尼米德了）一穿上男人的衣裳，仿佛也有了男人的英武豪气。西莉娅在陪罗瑟琳走的这许多英里令人疲乏的路上，所表现出的忠实友谊，令这位新哥哥也尽力用欢快的情绪来回报这诚挚的爱，好像他真成了爱莲娜这位温柔的乡下姑娘质朴、勇敢的哥哥盖尼米德。

到了亚登森林，可没处再找一路上所遇到的那样方便的旅店了，住的条件也很差。本来盖尼米德一路都在用活泼欢快的话，兴高采烈地鼓励着妹妹，由于没了饮食，得不到休息，这会儿也跟爱莲娜承认，累得真想打心眼里干脆给他这身男人打扮丢脸，像个女人似的大哭一场算了。爱莲娜也说走不动了，于是盖尼米德再次努力唤回了男人的责任，安慰、劝解女人，因为女人是弱者。为了在新妹妹面前显出勇敢，他说：“来吧，爱莲娜妹妹，坚强一点儿，我们的旅行马上就要结束了，这里就是亚登森林。”然而，佯装的男子气概和强打精神的勇气，都再也撑不住她们了。虽然她们已经到了亚登森林，但她们不知道该到哪儿去找公爵。两位姑娘累得筋疲力尽，她们想这趟旅行会有一个悲惨的结局，可能因迷路而饿死在半路上。正当她们坐在草地上累得快要死，也没得救的指望了，此时恰好有个乡下人打这儿路过。盖尼米德又装出男子气的果敢，他说：“牧羊人，假如能凭着人情或金钱在这荒凉之地找到吃喝，恳请你带我们去一个能休息的地方吧，因为这个年轻姑娘，我的妹妹，走得太累了，由于没吃东西，都饿昏过去了。”

那人回答说，他只不过是个牧羊人的仆人，因为他的主人要卖房子，所以只能找到一点儿可怜的吃喝。但要是她们肯跟他走，到了那儿，有什么都欢迎她们一起分享。她们就跟着这个人走了，眼见可以得救的希望给了她们新生的力量。她们买下了牧羊人的房子和羊群，把引她们来的这个人留下来服侍她们。她们如此走运，得到了一间干净的茅屋和充足的食物。她们决定住下来，一直到她们打听出公爵在森林里的位置。

她们从旅途的劳顿中刚一恢复过来，就开始喜欢起这种新的生活方式了，几乎真把自己当成了假扮的牧羊人和牧羊女。不过，盖尼米德有时还是能记起他曾经是罗瑟琳姑娘，痴情地爱上了勇敢的奥兰多，奥兰多是她父亲的朋友老罗兰爵士的儿子。尽管盖尼米德以为，奥兰多远在许多英里以外，距离就跟她们所走过这段叫人疲惫不堪的路一样长。但她不久发现，原来奥兰多也在亚登森林里。这件离奇的事是这样发生的。

奥兰多是罗兰 · 德 · 鲍埃爵士的小儿子。爵士死的时候，他还很小，便交由他的大哥奥列佛抚养。爵士在祝福奥列佛的时候，叮嘱他要让小弟受很好的教育，把他供养成跟其古老门第的尊严相称的人。但奥列佛是个不称职的哥哥，他一点也不顾及父亲的临死嘱托，一直也没把弟弟送进学校，就让他待在家里，没人教育，没人照顾。然而，奥兰多的天性和高贵品质很像他那杰出的父亲，虽然没受过什么教育，他却像个被特别精心养大的青年。奥列佛对他这个没受过教育却优秀，举止又很庄重高贵的弟弟，是如此的嫉妒，最终想把他害死。他是为了达到这个目的，才叫人去劝他跟那个有名的摔跤手角逐。前面已经说过，这个摔跤手摔死过许多人。奥兰多也正是因为这个残忍的哥哥对他冷漠无情，才说出自己没有朋友、情愿去死的话。

事实正与奥列佛邪恶的希望相反，他的弟弟在角逐中获胜，这下他的嫉妒和歹心更难以遏止了，他发誓要放火烧掉奥兰多睡觉的房子。他发誓的时候，刚巧被服侍过他们父亲的一位忠实的老仆人听到。因为奥兰多跟罗兰爵士长得像，老仆人很爱他。奥兰多从公爵的宫殿一回来，老人就迎了出来。见到奥兰多，想起亲爱的少爷所处的危险，放开嗓门激动地大声说：“啊，我仁慈的主人，我亲爱的主人，啊，您叫人想起老罗兰爵爷！您的品德为什么这般高尚？您怎么这样善良、健壮、英勇无畏？您干吗非要把那个著名的摔跤手打败？别人对您的赞美，已经快得先到家了。”奥兰多对这些话摸不着头脑，不知所云，就问他到底怎么回事。老人告诉他说，他那邪恶的哥哥本来就妒忌大家对他的爱戴，现在又听说他在公爵的宫殿里赢了那个摔跤手，也有了声望，打算当天晚上就放火烧了他的房子，害死他。最后，他劝奥兰多避免危险，立刻逃走。这位善良的老人叫亚当，他知道奥兰多没钱，早把他自己那点儿储蓄带在身上。他说：“我手头儿有五百个克郎，这点儿钱是我在您父亲手下做事的时候，从工钱里省吃俭用攒下来的，本来预备着等我这把老骨头干不动活儿的时候花。您拿着，我虽然上了岁数，可渡鸦有点吃的就能活。这是那笔钱，您都拿着！我把它全交给您，让我当您的仆人吧。我虽然看着老朽，但只要您有事儿吩咐，我做的一点儿不比年轻人差。”“啊，善良的老人！”奥兰多说，“从你身上可以多么清晰地见出古人的那种忠心耿介啊！您生不逢时。咱们一起走，等不到把你年轻时赚来的钱花光，我就能有办法赚点儿钱维持咱俩的生计。”

于是，这个忠实的仆人与他所爱戴的主人一起出发了。奥兰多和亚当只顾朝前走，并不知道该怎么走，最后来到了亚登森林，在这儿找不到吃的，遇到了同盖尼米德和爱莲娜一样的困难。他们只得漫无目的地乱走，寻找人居的地方，直到累得饥饿交迫，浑身无力。亚当终于说：“啊，我亲爱的主人，我饿得快死了，再也走不动了！”说完，他就躺了下来，就想把那地方当成他的坟墓，要跟主人告别。奥兰多看到老仆人已经如此衰弱，把他抱到一片舒适的树荫下，对他说：“振作点儿，老亚当，跟这儿歇歇身子。别说什么死不死的！”

奥兰多四处找吃的，刚好来到森林里公爵住的地方。公爵跟朋友们正准备开饭，这位尊贵的公爵坐在草地上，头顶除了几棵大树的遮荫，看不到别的什么华盖。

奥兰多被饥饿逼得已经不要命了，他拔出剑，打算靠武力硬去抢他们的吃的。他说：“住手，别再吃了，把你们吃的东西给我！”公爵问他是因为窘迫变得这般粗鲁豪横，还是天生就是个不懂规矩礼貌的野蛮人。听了这话，奥兰多说，他快要饿死了。于是，公爵对他说，欢迎他坐下来跟他们一块儿吃饭。听他说话这么温和，奥兰多连忙收剑，想到刚才向他们要吃的时的鲁莽劲儿，脸羞得通红。“请您原谅，”他说，“我还以为这儿所有一切都是野蛮的呢，所以才弄出一副粗暴严厉的表情。无论你们是些什么人，待在这处荒野，躺在忧郁的树荫下，就会忘记时间的流逝。但只要你们曾经见过好日子，去过敲钟召集礼拜的教堂，参加过上流社会的宴会，从眼皮上擦过泪水，就会懂得同情和被同情是怎么一回事。要是我这些文雅的话语打动了你们，就请善待我吧！”公爵回答说：“如你所说，我们的确曾见过好日子，尽管现在住的是一片荒凉的树林，我们也曾在大小城市里住过；也曾被神圣的钟声招引到教堂，参加过上流社会的宴会，也从眼皮上擦过因神圣的同情而流下的泪水。所以请你坐下来，放开肚量吃吧，管够。”“还有位可怜的老人家，”奥兰多回答说，“就是为了爱我，跟着我一瘸一拐地走了这么多的路，饥饿加上年老体衰，已经疲惫不堪。要是不等他先吃饱了，我一点儿吃的也不会碰。”“快去找，把他带这儿来，”公爵说，“我们等你回来一起吃。”奥兰多走了，他就像一只母鹿去找寻它的小鹿，要喂它吃的。不一会儿，他抱着亚当回来了。公爵说：“把你背上那位可敬的老人放下，我们欢迎二位。”说着，他们喂老人吃了点儿东西，他的心跳有了活力，苏醒过来，健康和体力恢复了过来。

公爵问奥兰多是什么人，当他知道了奥兰多是他老朋友罗兰·德·鲍埃的儿子，就把他留在了自己身边。奥兰多和他的老仆人就跟公爵一块儿在森林里住了下来。

奥兰多来森林里没几天，如前所述，盖尼米德和爱莲娜也到了这里，还买下了牧羊人的茅屋。盖尼米德和爱莲娜看到许多树上都刻着“罗瑟琳”的名字，有的树上还拴着写给“罗瑟琳”的十四行情诗，十分惊讶。她们正纳闷这是怎么回事呢，就遇到了奥兰多，见他脖子上挂着罗瑟琳送的项链。

奥兰多怎么也不会想到，盖尼米德就是那位美丽的罗瑟琳郡主。她那么高贵的身份，会对他产生好感，顿时赢得了他的爱慕之心，使他一天到晚都在树上刻她的名字，写十四行情诗，赞美她的美丽。不过，当他看到眼前这个俊秀的年轻牧人，神情是那样的优雅，也十分喜欢，就攀谈起来。他觉得盖尼米德跟他心爱的罗瑟琳长得有点儿像，只是没有那位高贵小姐的高贵的气质，这是因为盖尼米德故意装出了小伙子走向成熟男人时，常带来的那股鲁莽劲儿。他以非常顽皮而又不失幽默的口吻，跟奥兰多谈起一个情人的事。他说：“这个人经常在我们的树林里出没，在娇嫩的树皮上刻满了‘罗瑟琳’的名字，把树都给损坏了。他在山楂树上挂起颂诗，在野生黑莓上吊着哀歌，赞美的全是同一个罗瑟琳。要是我能找到这个情人，给他出个好主意，很快就能治好他的相思病。”

奥兰多承认他就是盖尼米德所说的那个情人，他要求盖尼米德把刚提到的好主意告诉他。盖尼米德的治疗方法和给他出的主意是，要奥兰多每天到他和妹妹爱莲娜住的茅屋里来。“然后，”盖尼米德说，“我假装罗瑟琳，你就把我当成真的罗瑟琳，假装向我求爱。我呢，就模仿异想天开的姑娘，跟她们的情人变着法儿玩希奇古怪的花样，一直玩到你会为自己的痴情感到羞愧。这就是我提出的治好你相思病的办法。”奥兰多对这个治法谈不上有什么信心，不过他还是同意每天到盖尼米德的茅屋里来，假装演一出闹着玩的求爱戏。于是，奥兰多每天都来拜访盖尼米德和爱莲娜，奥兰多管牧羊人盖尼米德称为他的罗瑟琳，每天都说些年轻人在向他们喜欢的情人求爱时，喜欢说的讨好、恭维的漂亮话。不过，盖尼米德对于治疗奥兰多对他的情人罗瑟琳所犯的相思病，好像疗效不大。

虽然奥兰多以为这不过是闹着玩，他做梦也不会想到盖尼米德就是他的罗瑟琳，但这却给了他一个机会，把所有的知心话都说出来。盖尼米德当然知道这些甜蜜的情话都是说给她的，她偷偷地享受着一种快乐，不过，奥兰多的快乐几乎也不比盖尼米德的少。

三个年轻人就以这样的方式，度过了许多快乐的日子。性格温和的爱莲娜看到盖尼米德玩得那么有兴致，也就由着他了，反正假扮的这出求婚戏挺好玩，所以她也没有提醒盖尼米德，罗瑟琳姑娘到现在还没有让她的公爵父亲知道她在这里，而她们已经从奥兰多那里打听到她父亲在森林里的住处。有一天，盖尼米德遇到公爵，跟他随便聊了几句，公爵还问起他的家世。盖尼米德回答说，他的出身跟公爵的一样。这话让公爵脸上露出了微笑，因为他怎么可能相信这个美貌的牧羊童身上会有王族血统。盖尼米德看到公爵气色很好，心情愉快，也就想等过几天再跟公爵详细解释吧。

一天早晨，奥兰多正要去拜访盖尼米德，看见一个人躺在地上睡觉，有一条大绿蛇绕在他脖子上。那条蛇见奥兰多走近了，就蛇行进灌木丛中。奥兰多走近了些，发现有只母狮子蹲伏在那儿，头贴着地面，像猫一样注视着，直等那个睡觉的人醒来，因为据说狮子不肯吃死的或是睡着的动物。似乎是上帝刻意派了奥兰多来，要把这个人从身陷蛇和母狮的危险中救出来。奥兰多朝那个睡觉的人脸上看了一眼，却发现这个生命处在双重威胁下的人，正是他的哥哥奥列佛。奥列佛曾经对他是如此地残忍，还威胁说要烧死他。他差一点儿就离开了，真想把他哥哥留给那只饥饿的母狮子当猎物算了。但兄弟情谊和他善良的天性，马上压倒了他最初对哥哥的怨恨。他拔出剑，向那只狮子发起攻击，把它杀死，把哥哥的命从毒蛇和猛狮口中救了下来。但在奥兰多杀死那只母狮前，他的一只胳膊被狮子的利爪撕破了。

奥兰多正跟母狮搏斗时，奥列佛醒了。看到曾被他那么残忍虐待过的弟弟奥兰多，正豁出性命把他从狂怒的猛兽嘴里救出，立刻感到悔恨不已。他以泪洗面，对自己以前的邪恶行为表示忏悔，请求弟弟饶恕他曾经造成的伤害。奥兰多看到他如此后悔，非常高兴，欣然原谅了他。兄弟俩拥抱在一起。其实，奥列佛到森林里来，原是想杀死弟弟的，但从那一刻起，他真的用兄长之爱来对待奥兰多了。

奥兰多胳膊上的伤口流了很多血，他觉得自己很虚弱，无法去拜访盖尼米德了，便希望哥哥能去把他受伤的情形告诉盖尼米德。奥兰多说："我管那个盖尼米德开玩笑地称为是我的罗瑟琳。"

奥列佛到了那儿，就把奥兰多是如何救了他一命，告诉了盖尼米德和爱莲娜。讲完了奥兰多的勇猛和自己得以侥幸活命以后，他向他们承认，他就是曾对奥兰多极其残忍的那个哥哥，接着又说，现在兄弟俩已经和好了。

奥列佛真挚的悲伤，在仁慈的爱莲娜心中留下了强烈的印象，她立刻爱上了他。奥列佛注意观察到，爱莲娜在听他忏悔自己的过错时，表现出那么深切的同情，他也立刻爱上了她。爱情就这样偷偷钻进了爱莲娜和奥列佛的心里，但此时奥列佛又得为盖尼米德忙乎了。盖尼米德听说奥兰多遇到危险，被狮子抓伤，一下子就晕过去了。等他醒来，他假装说是为了模仿想象中的罗瑟琳的样子才晕过去的。盖尼米德对奥列佛说："告诉你弟弟奥兰多，我假装晕倒装得多像是真的晕倒啊。"不过，奥列佛从他惨白的脸色看出，他是真晕过去了。这个年轻人怎会如此脆弱，他觉得很奇怪，就说："好，你要真假晕，就打起精神，装成个男子汉吧。""我是在这样做，"盖尼米德老实回答，"可我本该是个女人。"

这次拜访奥列佛待了很久，当他最后回到弟弟那儿时，给奥兰多带回了很多消息。除了盖尼米德听到他受伤就晕了过去，奥列佛还告诉他，他是怎样爱上了那个美丽的牧羊女爱莲娜。虽说这次拜访是他们的初次见面，爱莲娜听了他向她求婚，却表示了好感。他告诉弟弟他要跟爱莲娜结婚，谈的仿佛是一件已经决定了的事情。他说他是如此爱她，想住在这里作个牧羊人，把家里的庄园和房子都转赠给奥兰多。

"我同意，"奥兰多说。"明天你们就举行婚礼吧，我把公爵和他的朋友们都请来。你也去说服你的牧羊女同意这样做吧，现在那儿只剩她一个人了，你看，她哥哥来了。”奥列佛到爱莲娜那儿去了。奥兰多看见盖尼米德走近了，他是来探望他这个受伤的朋友的。

当奥兰多和盖尼米德开始谈论奥列佛和爱莲娜之间突然发生的爱情，奥兰多说，他给哥哥出主意，让他去劝说那个美丽的牧羊女，第二天就跟他结婚。说完又补了一句：他多么希望能在同一天跟他的罗瑟琳结婚啊。

盖尼米德表示非常赞同，他说如果奥兰多真如自己所说，是那么的爱罗瑟琳，他的愿望应该可以实现，因为他第二天就会安排好，让罗瑟琳亲自出面。他还说，罗瑟琳也一定愿意嫁给奥兰多。

他说他叔叔是个著名的魔法师，他跟他学过一种魔法，能让此事成真。既然盖尼米德就是罗瑟琳姑娘，这件表面看似离奇的事，自然就很容易办到了。

不过，这位痴情的恋人奥兰多，对盖尼米德所说的事还是半信半疑，他问他说这话时是否神志清醒。“以我的生命起誓，我很清醒，”盖尼米德说。“把你最好的衣裳穿上，请公爵和你的朋友们都来参加婚礼吧。只要你愿意明天跟罗瑟琳结婚，她明天就一定会到这儿来。”

奥列佛已经得到爱莲娜的同意。第二天早晨，他们俩来到公爵那儿，奥兰多也跟着一起来了。

大家聚在一起，庆祝这成双的婚姻。可到场的只有一个新郎，大家充满了好奇，纷纷猜测，但大多数人都觉得，盖尼米德是在跟奥兰多开玩笑。

公爵听说自己的女儿将被人用一种离奇的方式带来，就问奥兰多是否相信牧羊童真的能办到他所允诺的那件事。奥兰多正回答说，他自己也不知该怎样想好了。正在这时，盖尼米德进来了，他问公爵，如果他把他的女儿带了来，他是否同意让她跟奥兰多结婚。“那还用问，”公爵说：“要是我还有几个王国，也都拿来给她陪嫁。”然后，盖尼米德对奥兰多说：“是你说要是我把她带到这儿来，你就跟她结婚的吗？”“没错，”奥兰多说：“即使我是统治着许多王国的国王，也愿意这么做。”

盖尼米德和爱莲娜一起走了出去。盖尼米德脱下男装，重新换上女人的服饰，不靠魔力很快就变成了罗瑟琳。爱莲娜脱下乡下姑娘的装束，也把自己的华丽服装换上，没有半点儿麻烦地就变成了西莉娅姑娘。

他们刚一离开，公爵就对奥兰多说，他觉得牧羊童盖尼米德长得跟他女儿罗瑟琳像极了。奥兰多说，他也注意到有长得相像的地方。

不等他们把这事儿推测下去，罗瑟琳和西莉娅已经穿着自己的衣裳进来了。罗瑟琳不再假装是靠魔力到这儿来的，她跪在父亲面前，求他祝福。她这么突然的出现，在场的人都十分惊奇，倒觉得好像真是借了魔力似的。罗瑟琳可不愿再跟父亲开玩笑了，她把自己是如何被放逐的，告诉了他，自然提到她假扮牧羊童住在树林里，她的堂妹西莉娅扮成她的妹妹。

公爵信守刚才许下的诺言，同意他们结婚，奥兰多跟罗瑟琳、奥列佛跟西莉娅便同时结婚了。在这个荒凉的树林子举行婚礼，当然不可能有与以往这样的婚礼场合相应的仪仗或壮观的场面，尽管如此，但这么过一个快乐无比的大喜日子，也是从来没有经历过的。正当大家在清爽怡人的树荫底下吃着鹿肉，仿佛完全沉浸在这位好公爵和两对忠实新人的美满幸福里，对一切无欲无求了的时候，忽然来了个送信人，报告公爵一个喜讯：公爵的领地又归还给他了。

原来，那个篡位的公爵对女儿西莉娅的逃走极为愤怒，还听说每天都有贤德之士投奔亚登森林，加入到被放逐的合法公爵的行列。他尤其嫉妒哥哥在逆境中竟还如此受人尊敬，于是率领大军挥师向森林赶来，打算抓住哥哥，把他及其所有的忠实随从都杀死。然而，天意巧合，这个坏弟弟改变了他的邪恶图谋。当他刚走到这个荒凉的森林边缘，碰到一个年迈的修道士，也是一位隐士。隐士跟他谈了好久，最后把他心里的邪恶企图彻底改变了。从此，他真诚悔过，决定放弃他以不公正手段获得的领地，退居到一个修道院里聊度余生。他洗心革面以后干的第一件事，就是如前文所说，派人给哥哥送信，表示要把自己篡位已久的公国归还给他。同时也要把他的朋友们，那些与他共患难的忠实随从们的土地和收入还给他们。

这个出人意料的喜讯来得真是时候，大家听了都高兴异常，更增添了两位郡主婚礼的喜庆和快乐气氛。西莉娅为罗瑟琳的公爵父亲时来运转，向她的堂姐祝贺，真诚地祝她快乐。尽管她已不再是公国的继承人，但由于老公爵复位，罗瑟琳现在成为继承人。堂姐妹俩之间感情十分融洽，没有搀杂一点儿嫉妒或是羡慕。

公爵现在有机会来报答那些流放中始终跟他在一起的忠实朋友了。这些值得尊敬的人在他遭遇不幸命运的时候，曾坚忍地跟他患难与共，如今也都很高兴回到他们合法公爵的宫殿里，过起太平、富足的生活。

维洛那二绅士

维洛那城里住着两个年轻的绅士，一个叫凡伦丁，一个叫普洛丢斯。两人之间牢不可破的友谊由来已久，从未间断过。他们一起读书，除了普洛丢斯有时去拜访他所爱的一位小姐，闲暇时间总是两人一起度过。

但在看待普洛丢斯去看望心爱的女子美丽的朱利亚及其对她的感情上，两位朋友意见不同了，这是他们唯一的分歧。因为凡伦丁自己没恋爱，听到朋友老是没完没了谈他的朱利亚，难免有时感到厌倦。于是，他嘲笑普洛丢斯，用俏皮话奚落他的这种痴情，还说自己绝不让这种无聊的胡思乱想钻进脑子。他要像他所说的，宁可过无拘无束、逍遥自在的快活日子，也不愿品尝当了情人的普洛丢斯所感受到的那种焦灼期盼和担惊害怕的心情。

一天早晨，凡伦丁来找普洛丢斯，说他要去米兰，两人得暂时分开一下。普洛丢斯不愿朋友离开，费劲唇舌劝凡伦丁别走。但凡伦丁说：“我亲爱的普洛丢斯，别再劝了。我不愿像个懒汉似的待在家里，把青春岁月无谓地耗尽。年轻人老待在家里，只能是井底之蛙，不会有什么远见卓识。要不是你的情感被可敬的朱利亚温情的眼神拴住了，我会约你陪我一起去见识一下外面世界的神奇。可既然你成了人家的情人，那就爱下去吧，祝你的爱情美满！”

临别，两人相互表示，他们之间的友谊是不可改变的。

“再见了，可爱的凡伦丁，”普洛丢斯说。“要是在路上看到什么稀罕的值得欣赏的珍奇宝物，希望你能想起让我与你一起分享快乐。”

凡伦丁当天即起身前往米兰。等朋友离开以后，普洛丢斯坐下来，给朱利亚写信。他把信交给朱利亚的女仆露西塔，叫她转交给女主人。

朱利亚和普洛丢斯互相爱慕，但这位心性高傲的小姐觉得，要是让普洛丢斯轻易就赢得了她的芳心，有失少女的自尊。因此，对他的爱情，她假装视而不见，毫无感觉，使他在求爱时感到极度心神不安。

所以，当露西塔把信交给朱利亚时，她不肯收下，还怪那个女仆不该从普洛丢斯手里把信接过来，吩咐她离开房间。可朱利亚很想看看信里写了些什么，便马上又把女仆叫了回来。露西塔回来后，她问：“几点钟啦？”露西塔知道女主人想看这封信的心情，比想知道几点钟还要迫切，没有回答几点，却把那封她拒绝收下的信又递了过去。朱利亚见女仆似乎是看透了她的心思，很生气，把信撕碎了扔在地上，吩咐女仆再一次离开房间。露西塔往外走着，又停下来捡信的碎片。但朱利亚并不想让她把碎纸片拿走，假装发脾气说：“走，给我出去，这些纸片就让它留在地上好了。别弄来弄去的惹我生气！”

然后，朱利亚尽量把碎纸片拼凑起来。她最先认出了“为爱所伤的普洛丢斯”这几个字。尽管这几个字和其他类似痴情的爱语情话，都给撕碎了，或如她所说是这封信“受伤”了。朱利亚是从“为爱所伤的普洛丢斯”这句话，想起了“受伤”这个字眼儿。她为这些碎纸片痛心不已，跟它们说着缠绵的话，告诉它们，她要让它们把自己的胸口当眠床，直到伤口愈合。她还要亲吻每一个碎片，向它们赔罪。

一个可爱的大家闺秀就这么孩子气地自言自语着，直到发现无法把信完全拼起来，便恼恨起自己不该那么忘恩负义，竟把这封如她所说的柔情蜜意的信给撕了。于是，她给普洛丢斯写了一封，措辞比以往温情了许多。

普洛丢斯收到这封热情的回信非常兴奋，他一边读一边大声说：“甜蜜的爱情！甜蜜的字句！甜蜜的人生！”他正读得欣喜若狂，父亲打断了他。“喂，”老先生说，“你在那儿读什么信呢？”

“父亲，”普洛丢斯回答说，“信是我的朋友凡伦丁从米兰写来的。”

“把信拿给我，”他父亲说，“让我看看信里有些什么消息。”

“没什么消息，父亲，”普洛丢斯惊慌失措地说，“他只是说米兰公爵对他十分器重，每天都礼遇有加，他还说多希望我跟他在一起，分享他的好运。”

“那你对他这种希望怎么想呢？”父亲问。

“我听从您老人家的意愿，而不是朋友的希望。”普洛丢斯说。

其实，普洛丢斯的父亲正跟他的一个朋友谈到这个特别的话题。那位朋友说，大多数人都把儿子送到海外去闯荡，而他老人家却让儿子把青春打发在家里，对此他觉得很奇怪，还说：“有些人去打仗，到战场上碰运气；有些人去发现遥远的海岛；有些人到国外的大学去学习；现在，他的朋友凡伦丁也去了米兰公爵的宫廷。这些事你儿子都能做，要是不趁年轻出去游历，对他的成熟大为不利。”

普洛丢斯的父亲觉得他朋友的忠告说得很对，所以一听普洛丢斯说，凡伦丁“多希望我跟他在一起，分享他的好运”，便马上决定叫儿子去米兰。这个固执己见的倔老头儿，已经养成了习惯，跟儿子从来不商量，都是命令他做这做那。这次也一样，他并没告诉普洛丢斯为什么做出了这个突然决定，只是说：“我是想叫你跟凡伦丁所希望的一样。”看到他儿子吃惊的表情，他补充说：“对我这么突然决定让你到米兰公爵的宫廷里去些时候，没什么好奇怪的。我怎么决定，就怎样做，没商量，别推三推四的，明天就准备动身。我就这么霸道。”

普洛丢斯知道反对也没用，因为他父亲从来不许违背他的意愿。怪只怪自己没对父亲如实相告，说那是朱利亚来的信，现在也只能接受跟她离别所带来的忧伤。

朱利亚知道要跟普洛丢斯分别很长一段时间，再也不假装无动于衷了。他们伤心地告别，山盟海誓，相爱到永远。普洛丢斯跟朱利亚交换了戒指，发誓互相留作永久的纪念。这样伤感地分手以后，普洛丢斯踏上旅途，前往他的朋友凡伦丁在米兰的住处。

事实上，正如普洛丢斯向父亲谎报的，凡伦丁的确倍受米兰公爵的器重。另外，在他身上还发生了一件事，这是普洛丢斯做梦也想不到的，凡伦丁已经放弃了他平日吹嘘的要过无拘无束的生活，跟普洛丢斯一样变成了一个恋爱中的情人。

原来是米兰公爵的女儿西尔维亚小姐使凡伦丁发生了这个令人惊讶的变化，她也爱上了凡伦丁。但他们的恋爱还瞒着公爵，因为尽管公爵对凡伦丁极为热情友好，每天都把他请到宫中，可公爵想的是把女儿嫁给年轻的朝臣修里奥。而西尔维亚看不起这个修里奥，因为他丝毫也没有凡伦丁的那种高尚的品格和卓越的才能。

一天，修里奥和凡伦丁这两个情敌同时去拜访西尔维亚。凡伦丁把修里奥说的每一句话，都拿来当笑柄，正逗得西尔维亚开心，公爵走进屋，告诉凡伦丁一个令人愉快的消息，他的朋友普洛丢斯到了。

凡伦丁说：“如果现在让我许个愿，那就是能在这儿见到他。”说完，他便向公爵盛赞起了普洛丢斯：“殿下，虽然我当初不知道珍惜时光，可我这位朋友却不曾虚度美好年华。他德才兼备，具有一个绅士所有的优雅、高贵。”

“既然他这样好，那咱们就热情欢迎吧，”公爵说。“西尔维亚，这话我是对你说的；修里奥，也是对你说的；因为凡伦丁是用不着我嘱咐的。”

刚说到这儿，普洛丢斯进来了。凡伦丁把他介绍给西尔维亚说：“可爱的小姐，请接受他，让他跟我一样作您的仆从。”

拜访完西尔维亚，凡伦丁和普洛丢斯单独在一起的时候，凡伦丁说：“现在跟我说家里的情形。你那位小姐好吗？你们的恋爱怎么样了？”

普洛丢斯回答说：“以前一跟你说我恋爱的事儿你就烦，我知道你不喜欢听谈情说爱的事儿。”

“啊，普洛丢斯，”凡伦丁接过话茬，“我现在的生活发生了改变。我因谴责爱情受到了惩罚，为报复我以前对爱情的轻蔑，现在它总叫我睁着眼睛发呆，把睡眠全赶跑了。啊，好普洛丢斯，爱情真是一个权力无边的君王，我被它打得惨败。我承认，世上再没有什么比爱情的惩罚更使人忧伤，也没有什么比服侍它更快乐的事了。现在，除了情呀爱的，我已经什么都不愿讲，只要一提爱情这个字眼儿，我就能茶饭不思，寝席难安。”

凡伦丁承认是爱情使他的性情发生了这样的改变，对他的朋友普洛丢斯来说，这可是个很大的胜利。但普洛丢斯已经不能再被称作“朋友”，因为他们一起谈着的那同一个万能的主宰（甚至正当他们谈着爱情怎样使凡伦丁发生变化的时候），也在普洛丢斯的心里活动起来。直到这个时候，普洛丢斯还一直是忠实情人和真挚朋友的楷模。可自打见了西尔维亚短短一面，他已经变成了一个无信义的朋友和不忠实的情人。从见到西尔维亚的第一眼，他对朱利亚所有的爱就像梦一样地消失了，而且，他跟凡伦丁这么多年的交情，也没能阻止他要竭力攫取他在西尔维亚心目中的位置。正像许多天性善良的人在开始变得不义时一样，普洛丢斯在决定抛弃朱利亚成为凡伦丁情敌的时候，心里也是顾虑重重；但他最终还是战胜了道义感，几乎毫无悔意地便把自己投进了这个新的不幸的情网。

凡伦丁把他跟西尔维亚恋爱的经过，都深信不疑地告诉了普洛丢斯。谈到他们是如何小心地瞒过了她的公爵父亲时，还说看情形公爵永远也不会答应他们的婚事，他已经说服西尔维亚当天晚上逃离父亲的宫殿，跟他去曼多亚。然后，他又给普洛丢斯看一个用绳子做成的梯子，他想等天黑以后，就用这个绳梯帮西尔维亚从宫里的一个窗口逃出来。

听了朋友把最隐私的秘密和盘托出，普洛丢斯决定跑到公爵那儿，把事情原原本本地透露给他。这令人难以置信，可事实确实如此。

这个无情无义的朋友鼓起如簧的唇舌开始向公爵讲他的故事，比如他说，以朋友间的道义，他本该把他要透露的事情隐瞒起来，但公爵如此的盛情款待，使他对公爵真是感铭于心，若非如此，随便世间的什么利益诱惑都不能叫他泄露实情。说完，他就把从凡伦丁那儿听来的话一句不落地告诉了公爵，当然没有忽略那个绳梯，以及凡伦丁想把梯子藏在长长的披风下面。

公爵觉得普洛丢斯简直诚实得出奇，因为他宁可把朋友不正当的行为意图说出来，也不肯替他隐瞒，对他极为赞赏，并允诺不会让凡伦丁知道他是从哪儿了解的底细，他要略施巧计让凡伦丁自己泄密。为此，公爵晚上就去等凡伦丁的到来。不久，果然看到凡伦丁急匆匆地向宫里走来，他的披风下好像藏了什么。他断定那一定是绳梯。

公爵见了拦住他，说：“凡伦丁，走得这么匆匆忙忙的，去哪儿呀？”

“殿下，”凡伦丁说，“我给几个朋友写了几封信，有个信差正等在外面，我去交给他，让他把信捎走。”

凡伦丁撒的这个谎，也跟普洛丢斯对他父亲撒的谎一样没有成功。

“是很重要的信吗？”公爵问。

“不太重要，殿下，”凡伦丁说，“只不过告诉家父，我在大人您这儿平安、快乐。”

“那有什么要紧，”公爵说，“别管信了，陪我呆一会儿，有些与我密切相关的事，想听听你的意见。”然后，为了套出凡伦丁的秘密，他就编了个故事做诱饵。他说，凡伦丁一定知道他想把他女儿嫁给修里奥，可她是一个固执、不守规矩的孩子。“她也不想想，”他说，“他是我的女儿，一点儿也不敬畏我这个当父亲的。实不相瞒，她如此妄自尊大，已经夺走了我对她的爱。本想让她尽一份作儿女的孝心，好使我颐养天年。现在我决定续弦了，至于这个女儿，就把她赶出去，谁愿意要她就让她跟谁走，让她的美貌当陪嫁好了。她既然瞧不起我，也自然不会把我的财产放在眼里。”

凡伦丁搞不清公爵是什么用意，就回答说：“不知在这件事上，殿下对我有何吩咐？”

“我想娶的这位姑娘很漂亮，但十分腼腆，”公爵说，“我这一把岁数了，也不能说会道，怕她看不上。而且，眼下谈恋爱的方式跟我年轻时也不一样了。因此，我现在想请你当我老师，教我怎么求婚。”

凡伦丁就把时下年轻人为赢得漂亮姑娘的芳心一般所采取的方法讲给他听，比如赠送礼物，时常去拜访，等等。

公爵说他送过礼，可那位姑娘不收。她父亲对她的管教极为严格，任何男人白天都甭想接近她。

“那殿下就只好晚上去看她了。”凡伦丁说。

“可是到了晚上，”狡猾的公爵正在把话锋转到他想说的话题，就说，“她的门都上了锁。”

糟糕的是，凡伦丁提议公爵可以借助一个绳梯在晚上爬进姑娘的闺房，并答应帮他弄一个合用的绳梯。最后，他还建议公爵把绳梯藏在像他现在穿的这种长披风的下面。“把你的披风借我用一下吧。”公爵说。他故意编了这么一个长故事，就是想找个借口把凡伦丁的披风脱下来。因此，刚说完这些话，他一把抓住凡伦丁的披风，往后一掀，不但露出了那个绳梯，还有西尔维亚的一封情书。他马上打开看了信，里面详细写着他们私奔的意图打算。公爵申斥凡伦丁不该这样忘恩负义，他对他盛情款待，而他却竭力想拐走他的女儿。他把凡伦丁从宫里和米兰城赶出去，永远不许他回来。凡伦丁连一眼也没能见到西尔维亚，当天晚上就给赶走了。

正当普洛丢斯在米兰如此这般陷害凡伦丁的时候，朱利亚却正在维洛那思念着不在身边的普洛丢斯。这种思念终于使她不再顾忌什么规矩体面，她决定离开维洛那，去找她在米兰的情人。为确保路上安全，她的女仆露西塔和她女扮男装。她们就这样一身男人的打扮上了路，在凡伦丁被普洛丢斯出卖，并被赶出城之后不久，到了米兰。

朱利亚是中午时分进的米兰城，她先找了一家旅店住下来。她的心思全在她亲爱的普洛丢斯身上，为能打听到一点普洛丢斯的消息，她跟旅店老板（或称呼店主人，他们都是这么叫他的）聊了一会儿。

店主人为能跟这位英俊潇洒的年轻绅士（他认为她是这样的人）这么随意地聊天，感到非常高兴。因为他从外表判断，这位年轻绅士的身份一定非常显贵。他是个热心肠，见客人如此伤感，于心不忍。为使年轻的客人开心，他说愿意陪他去听点儿优美的音乐。他说，当天晚上正好有位先生要用温柔悦耳的乐曲向他的情人求爱。

朱利亚如此忧愁，是因为她实在拿不准普洛丢斯对她的冒失之举究竟会怎么想。她知道普洛丢斯爱的是她那高贵的、少女的傲气和她的端庄尊严。她是担心他会看不起她，才显出一副愁眉不展，心事重重的样子。

她非常高兴地接受了店主人的邀请，决定跟他一起去听音乐，她心里想说不定能在路上碰到普洛丢斯呢。

但当好心的店主人把她带到宫里，所起的效果却与他的初衷截然相反。因为在那儿，她看到她的情人，那个对爱情不专的普洛丢斯，正在用音乐向西尔维亚小姐求爱，诉说着心中的倾慕与赞美，这使她伤透了心。朱利亚还无意中听到西尔维亚从窗口对普洛丢斯说的话，指责他不该遗弃忠实自己的情人，也不该对他的朋友凡伦丁忘恩负义。然后，西尔维亚离开窗口，对他的音乐和那些甜言蜜语不屑一顾，因为西尔维亚十分忠于她那被驱逐的凡伦丁，对这个背信弃义的朋友普洛丢斯的卑鄙行为深恶痛绝。

看到这样的事，朱利亚感到绝望，可她依然在心里爱着这个放浪的普洛丢斯。她正好听说普洛丢斯刚走了一个仆人，便靠着店主人，这位善良的旅店老板的帮忙，想法让普洛丢斯雇她当上了他的侍僮。普洛丢斯不知道她就是朱利亚，还派她去给她的情敌西尔维亚送信、送礼物，他甚至把朱利亚在维洛那分手时送他作纪念的戒指也让她送去。

朱利亚带着戒指去见西尔维亚，而西尔维亚完全回绝了普洛丢斯的求婚，朱利亚为此感到非常高兴，她（或像人们称呼她的，叫侍僮西巴斯辛）还跟西尔维亚谈起了普洛丢斯的前一个情人，那个被抛弃的朱利亚小姐。也可以说，她先为自己说了几句，然后说她认识朱利亚；既然她本身就是自己所提到的朱利亚，她当然认识她。她告诉西尔维亚，那个朱利亚对她的主人普洛丢斯是多么一往情深，如果知道他对她那么冷酷无情，狠心冷淡起来，一定伤心死了。然后她又说了一句巧妙的双关语：“朱利亚个头儿几乎跟我一样高，她的肤色，眼睛和头发的颜色也跟我一样。”一身男孩装束的朱利亚，也的确是个美少年。

受了感动的西尔维亚，对这个不幸被她所爱的男人遗弃的可爱姑娘十分同情。当朱利亚把普洛丢斯叫她带来的那枚戒指送给她时，西尔维亚拒绝了。她说：“他要送我这个戒指就更无耻了。我不会收的，因为我常听他说，这是他的朱利亚送给他的。就因为你同情那位可怜的小姐，温柔的小伙子，我喜欢你。这儿有个钱袋，为了朱利亚，我把它送给你。”这位乔装的小姐，从她那好心的情敌嘴里听到这些温暖的话语，沮丧的情绪又重新振作起来。

现在话题转到被驱逐的凡伦丁，他根本不知该往何处去，一个遭受屈辱和被驱逐的人，不愿再回家见他的父亲。米兰是他的伤心地，他就是在那儿离开了他心里最爱的西尔维亚小姐。离米兰不远，有一片荒凉的森林，他正在森林里徘徊，几个强盗围上来，向他要钱。

凡伦丁告诉他们，他刚交了厄运，是被人赶出来的，一个子儿也没有，身上这套衣服就是所有的财产。

强盗们听说他遭到了不幸，再看到他气质高雅，举止不凡，受了感动，对他说：如果他肯跟他们住在一起，就来当他们的头领或大王，他们都会听从他的命令；如果他不肯接受这个建议，他们就杀了他。

凡伦丁已经不在乎自己会有怎样的境遇，就说只要他们不欺负凌辱妇女和过路的穷人，他就愿跟他们住在一起，并当他们的大王。

于是，高贵的凡伦丁就像歌谣里念到的罗宾汉，变成了一伙强盗和打家劫舍的绿林好汉的大王。而西尔维亚就在这种境况下找到了他。事情的经过是这样的：

西尔维亚的父亲逼她马上跟修里奥结婚，不许再拒绝。为了逃婚，西尔维亚终于下决心到曼多亚去找凡伦丁，她听说她的情人逃到那儿去了。显然她听到的这个消息并不可靠，因为凡伦丁仍然跟强盗们一起住在森林里。他顶着强盗大王的头衔，可从来不参与抢劫，而只在迫使强盗对过往的路人手下留情时，才行使他们强加给他的权力。

西尔维亚想法找到了一位可敬的老先生，陪她一起从父亲的宫里逃出来，这人名叫爱格勒莫。她把他带在身边，是为了让他一路上保护自己。当她不得不穿过凡伦丁和那伙儿强盗住着的森林时，一个强盗抓住了西尔维亚，爱格勒莫也差点儿被捉，但他跑掉了。

那个抓住西尔维亚的强盗见她十分害怕，就告诉她不用担心，他只是把她带到他们大王住的山洞。他还叫她放心，因为他们的大王是一个正直高尚的人，对妇女总是充满了同情。西尔维亚听说要把她当作一个俘虏带去见无法无天的强盗头儿，心里一点儿也没感到安慰。“啊，凡伦丁，”她喊到，“这都是我为你受的罪。”

正当那个强盗要把她带到大王的山洞里，却被普洛丢斯拦住了。普洛丢斯一听说西尔维亚逃跑了，就紧追不舍寻踪追到森林里，朱利亚仍旧假扮成侍僮儿跟在后边。普洛丢斯把西尔维亚从强盗手里救下来，可还没等她为此向他把感谢的话说完，普洛丢斯就又向她求起婚来。正当普洛丢斯粗鲁地逼西尔维亚答应嫁给他，他的侍僮，也就是那个被抛弃的朱利亚，站在旁边，心里焦急万分，尤其担心西尔维亚会因普洛丢斯刚才搭救她的大恩而对他产生好感的时候，凡伦丁突然出现了，他们都十分惊讶。原来，是凡伦丁听说了手下的喽罗捉到一位小姐，特意跑来安慰和解救她来了。

普洛丢斯在向西尔维亚求爱，正被他的朋友撞见，他感到非常惭愧，立刻追悔莫及，对他给凡伦丁造成的伤害，由衷地表示真诚的悔过。凡伦丁天性高贵，胸襟豪爽，甚至到了浪漫的程度，他不但马上宽恕了普洛丢斯，恢复了他们旧日的友谊，而且倏忽间迸发出一种英雄主义，他说：“我不仅毫无保留地原谅你对我所做过的一切，而且还要把我在西尔维亚心里的位置也让给你。”

站在主人身边乔装成侍僮的朱利亚，听到这个莫名其妙的赠予，十分担心刚刚浪子回头的普洛丢斯很有可能接受西尔维亚的爱，就晕倒了。多亏大家一齐动手帮她苏醒过来，否则，尽管西尔维亚很难想象凡伦丁这种勉为其难、过分慷慨的友情能坚持多久，她一定会对凡伦丁居然这样把她转让给普洛丢斯，生起气来。

朱利亚醒过来以后，说：“我忘了，我的主人叫我把这枚戒指交给西尔维亚。”

朱利亚曾经送给普洛丢斯一枚戒指，作为回礼，普洛丢斯也送给朱利亚一枚戒指。普洛丢斯派这个假扮的侍僮把朱利亚送给他的戒指转送给西尔维亚，可现在看到侍僮手里正拿着他送给朱利亚的那枚戒指。

“这是怎么回事？”他说，“这是朱利亚的戒指，侍僮，它怎么会在你手上？”

朱利亚回答说：“是朱利亚亲自给了我，又是朱利亚亲自把它带到这儿来。”

这时，普洛丢斯仔细地凝视着她，一下子认出来，这个侍僮西巴斯辛不是别人，正是朱利亚小姐。朱利亚用行动证明了自己的爱情是忠贞不渝的，她的忠实爱情深深感动了普洛丢斯，使他回心转意，恢复了对朱利亚的爱情。他重新接受了属于他自己的亲爱姑娘，欢快地放弃了对西尔维亚小姐的一切要求，把她仍然还给了理应得到她的爱情的凡伦丁。

普洛丢斯和凡伦丁正在谈论他们的友谊现在恢复了，两位忠实的姑娘有多么爱他们，他们为此感到无比幸福。这时，他们吃惊地看到米兰公爵和修里奥追西尔维亚来了。

修里奥先走了过来，想一把抓住西尔维亚，他说：“西尔维亚是我的。”听到这话，凡伦丁情绪异常激动地对他说：“修里奥，给我滚回去！如果你再说一句西尔维亚是你的，我就叫你死。她就站在这儿，你碰她一下试试！看你敢朝我的情人吹一口气！”

修里奥本来就是个可怜的胆小鬼，听到这样的威吓，便缩了回去，说他才不在乎她呢，只有傻瓜才会去为一个不爱他的姑娘决斗。

公爵倒是个十分勇敢的人，听了修里奥的话，他非常气愤地说：“你这人真够真卑鄙无耻的！以前你是怎么苦苦相求的，眼前遇到这么一点事儿你就把她给放弃了。”说完，他转过身对凡伦丁说：“凡伦丁，我很佩服你的勇气，我想你理应得到一位女皇的爱。你将得到西尔维亚，因为你很值得她爱。”

凡伦丁非常谦恭地亲吻了公爵的手，十分感激地接受了公爵把女儿嫁给他这一高贵的赠予。凡伦丁又趁着快乐时刻，恳求心情愉快的公爵赦免跟他在森林里结伙的强盗，并向他保证，一旦他们改过自新，重新回到社会，会发现他们中有不少是好人，而且很能有所作为。因为他们大多像凡伦丁一样，是由于触犯了官府被放逐的，并非什么刑事犯。对这一点，公爵立刻就答应了。现在，一切事情都已结束，只剩下这个不忠实的朋友普洛丢斯。为他在爱情驱使下做的错事赎罪，他必须得听人在公爵面前，讲述他那不忠实的爱情经历和欺骗的手段。这令他羞愧难当，唤醒了他的良知，大家觉得这个惩罚对他也已经足够了。所有该说的都说完了，两对情人一起回到米兰，在狂欢的气氛里摆起宴席，在公爵面前隆重地举行了婚礼。

威尼斯商人

J · 吉伯特　G · 格雷巴克

犹太人夏洛克住在威尼斯，他是放债者，靠给信基督教的商人放高利贷，积聚起了一笔巨大的财产。这个夏洛克心如铁石，讨债非常严酷苛刻，所有善良的人都不喜欢他，尤其威尼斯的年轻商人安东尼奥，对夏洛克简直厌恶透了。夏洛克也同样恨安东尼奥，因为他时常借钱给落难的人，而且从来不收利息。因此，这个贪婪吝啬的犹太人跟慷慨大方的商人安东尼奥之间，结下了深仇大恨。每当安东尼奥在市场（或交易所）遇到夏洛克，总是指责他不该放高利贷，不该对人那么刻薄。这个犹太人表面装出一副耐心听的样子，心里却盘算着如何进行报复。

安东尼奥是世界上最慈善的人，家境优裕，乐于助人。事实上，所有生长在意大利的人，没有谁比他更能弘扬古罗马的荣光了。全城的市民都深深爱戴他，他最亲密的莫逆之交的好友，是威尼斯的一个贵族巴萨尼奥。巴萨尼奥的家底本来就不厚，却挥霍无度，那点儿家产几乎都花光了。凡是有身份而又没什么钱财的少爷，身上还大都有这种习气。巴萨尼奥一缺钱了，安东尼奥就接济他，看来他们俩真是共有一颗心，共用一个钱袋。

一天，巴萨尼奥来找安东尼奥，说他想跟他深爱的一位小姐攀一门富贵亲，以恢复家产。这位小姐的父亲刚刚去世，她便成为父亲遗留的一笔巨额资产的唯一继承人。她父亲在世时，巴萨尼奥常去她家拜访，有时觉得她对他好像是在眉目传情，意思是如果他向她求爱，是会被接受的。可他连置办一身像样行头的钱都没有，怎么去跟这位如此富有的女继承人谈恋爱，就恳求安东尼奥在过去帮过他许多忙之外，再伸出援手，借他三千块金币。

不巧，安东尼奥身边没钱借给他的朋友，但不久他就会有满载货物的船开回来。他说他要去找那个有钱的放债者夏洛克，用那些船作抵押，向他借笔钱。

安东尼奥和巴萨尼奥一起去找夏洛克。安东尼奥要按照这个犹太人的利息算法，向他借三千块金币，到时连本带息用海上那些船载的货物来偿还。

这时，夏洛克心里想的是：“这回要是让我抓到了把柄，看我不把往日跟他结下的深仇宿怨做个了断。他恨我们犹太民族，白白借钱给人，还在商人们中间严厉责备我和我费劲赚来的钱，他管那叫作利息。我要是饶了他，就让我的犹太民族受诅咒吧。”

安东尼奥发现夏洛克心里正盘算什么，却不回答。他急等着钱用，就说：“夏洛克，你听见了吗？你到底借不借钱呀？”

犹太人回答说：“安东尼奥先生，您在交易所里屡次三番地骂我借钱给人是为盘剥利息，我都耸耸肩，没当一回事就忍下去了。忍受本是我们犹太民族的特色，可您又管我叫异教徒，一条能咬断喉咙的狗，往我的犹太衣服上吐唾沫，用脚踢我，好像我真是一条杂种狗。好啊，现在您也用着我帮忙了，跑来跟我说：夏洛克，把钱借给我！一条狗能有钱借吗？一条杂种狗能借得出三千块金币吗？我是不是得哈着腰说：好先生，上个星期三您刚啐过我，又管我叫了一回狗。为报答您这些好意，我得借钱给您。”

安东尼奥回答说：“我很可能还会那样叫你，再啐你，而且会再踢你。如果你借钱给我，别当是借给一个朋友，宁可当成是借给一个仇人。我要是到时还不上，你就甭留情面照约惩罚就是了。”

“哎呀，”夏洛克说，“瞧您这么大的火气！我愿跟您交个朋友，得到您的友谊。我愿忘掉您对我的羞辱。您想借多少，我借多少，一个子儿的利息也不要。”

这个看似慷慨的提议使安东尼奥大为吃惊。夏洛克依然假装仁慈地说，他这么做都是为了要得到安东尼奥的友谊。他再次表示愿意借他三千块金币，而且不要利息。但有一条，安东尼奥得跟他去见一个律师，开玩笑似地签一张借据：若在某一天不能如期还钱，就罚安东尼奥身上的一磅肉，随便夏洛克割他身上的哪块儿。”

“我同意，”安东尼奥说，“我愿签这样的契约，我还要对人说，犹太人有多么善良。”

巴萨尼奥劝安东尼奥不要签这样的契约，但安东尼奥坚持要签，因为不到那天他的船就会回来，船上所载货物的价值要比借的钱多许多倍。

听到他们之间的争论，夏洛克大声说："先祖亚伯拉罕啊！这些基督教徒怎么那么多疑呀！他们自己的心肠硬，所以就怀疑别人也有这种想法。巴萨尼奥，恳请你告诉我，如果他到期还不上钱，我逼着处罚他一磅肉，我能得到什么好处吗？从人身上割下来的一磅肉，还比不上一磅羊肉或牛肉值钱呢，也没什么赚头儿。我是为了讨好他才卖这么一个交情。如果接受，就这么办；如果不接受，咱们就拜拜！"

尽管这个犹太人说他的用意有多么善意，巴萨尼奥还是不愿他的朋友为他而冒险接受这一骇人听闻的惩罚。但安东尼奥不听巴萨尼奥的劝告，终于还是在契约上签了字，他心想，这也却如那个犹太人所言，不过是个玩笑罢了。

巴萨尼奥想娶的那位富有的女继承人叫鲍细娅，就住在离威尼斯不远的一个叫贝尔蒙脱的地方。她的人品和聪慧，绝不在我们在书上读过的那个鲍细娅（凯图的女儿，勃鲁托斯的妻子）之下。

巴萨尼奥在得到安东尼奥冒了生命危险给他的慷慨资助以后，带领着一批衣着华贵的侍从，由一位名叫葛莱西安诺的先生陪着向贝尔蒙脱出发了。

巴萨尼奥的求婚很顺利，没多久，鲍细娅就答应嫁给他。

巴萨尼奥向鲍细娅坦白，他并没有什么财产，所值得夸耀的只是出身高贵，属贵族世家。鲍细娅自己很有钱，因此并不在乎丈夫是否有钱，她爱上他，是因为他有高尚的品德。她十分谦逊地说，但愿自己能有一千倍的美丽，一万倍的富有，才配得上他。然后，多才多艺的鲍细娅又有意自我贬低地说：她是个没怎么受过教育，没念过什么书，也没有什么经验的女孩子，幸好年纪小，还能学习，她要把自己温柔的心灵托付给他，所有一切都听从他的指导、支配。她说："我自己和我所有的一切，现在都是你的了。巴萨尼奥，昨天我还拥有这座漂亮的宅院，我还是自己的女王，是这些仆人的女主人。从现在起，我的夫君，这座宅院、这些仆人连同我自己，都是你的了。以这枚戒指为凭，我把一切献给你。"说着，她送给巴萨尼奥一枚戒指。

富有而高贵的鲍细娅，竟以这样谦恭的态度接受了巴萨尼奥这样一位没有什么钱财的人的爱，使他感到万分感激和惊奇。他被深深感动了，对如此尊重他的亲爱的小姐，不知该怎样表示快乐，也不知该如何表示崇敬了。他断断续续地说了一些爱慕和感谢的话，接过戒指，发誓说戴着它永不离手。

鲍细娅如此优雅得体地答应嫁给巴萨尼奥，成为他恭顺妻子的时候，葛莱西安诺和鲍细娅的女仆尼莉莎也都在场，各自服侍着他们的少爷和小姐。葛莱西安诺向巴萨尼奥和那位慷慨的小姐道了喜，要求准许他也同时结婚。

“我全身心地赞成，葛莱西安诺，”巴萨尼奥说，“只要你能找到一个妻子。”

葛莱西安诺说，他爱上了鲍细娅那位漂亮的女仆尼莉莎，而她已经答应，只要她的女主人嫁给巴萨尼奥，她也会嫁给他。

鲍细娅问尼莉莎是真的吗?

尼莉莎回答说：“是真的，夫人，如果您赞成的话。”

鲍细娅欣然表示同意。巴萨尼奥愉快地说：“葛莱西安诺，你们的婚礼是在给我们的婚宴锦上添花啊。”

正在此时，两对新人的幸福快乐，遗憾地被进来的一个送信人打断了。安东尼奥让他带来一封信，里面写着可怕的消息。巴萨尼奥看信的时候，脸色十分惨白，鲍细娅担心是他的什么好朋友死了。她问是什么消息叫他这样痛苦悲伤，他说：“哦，亲爱的鲍细娅，这封信里所写是落在纸面上的最令人不快的话。温柔的夫人，我最初向你求爱的时候，就跟你坦白了，我仅有的财产就是我的贵族血统。但我应该说，我不仅一无所有，而且还负债累累。”然后，巴萨尼奥便把前边提到的一切经过，告诉了鲍细娅，说他怎样向安东尼奥借钱，安东尼奥又去向犹太人夏洛克借钱，还说到安东尼奥签了张契约，债务哪天到期，如果逾期不还，答应赔一磅肉。随后，巴萨尼奥开始念安东尼奥的信，信里说：

亲爱的巴萨尼奥，我的船全都沉了，跟犹太人签的那张契约已经到期，钱还不上了，按照上面的规定必须接受惩罚。如果履行惩罚，性命难保，我希望临死前能见你一面。当然，这还要看你的兴致，如果你对我的爱尚不足以邀请你来，倒也不必专为这封信而来。

“哦，我亲爱的，”鲍细娅说，“赶快把手头儿所有的事情料理一下就去吧。你带上比所负债务数多二十倍的钱，绝不能因为我的巴萨尼奥的过失，让这位好心的朋友损伤一根头发。既然你是以昂贵的代价买来的，我也会以昂贵的代价来爱你。”

然后，鲍细娅说，她得在巴萨尼奥动身前跟他结婚，因为这样他才能获得使用她钱财的合法权利。他们当天就结了婚，葛莱西安诺也娶了尼莉莎。婚礼刚一结束，巴萨尼奥跟葛莱西安诺就马不停蹄地匆忙赶往威尼斯。在威尼斯，巴萨尼奥见到了关在监牢里的安东尼奥。

债务已经过期，残忍的犹太人不肯收巴萨尼奥的钱，坚持要割安东尼奥身上的一磅肉。这件令人震惊的案子，将由威尼斯公爵审判，日期已经确定了。巴萨尼奥提心吊胆地等待着这场审判。

鲍细娅与丈夫分手时，跟他欢快地交谈，叮嘱他回来时一定要把他的好朋友也带来。然而，她为安东尼奥的命运揪着心，等剩她一个人的时候，她开始反复琢磨，能以什么方式把她亲爱的巴萨尼奥的朋友的命救下来。虽然鲍细娅为了尊重她的巴萨尼奥，表现出她作为一个妻子有那么温顺、贤惠，说他比她更富于智慧，因此，一切都听凭他的支配。可眼下，她所敬重的丈夫的朋友正处在危险中，她得有所行动。她丝毫不怀疑自己的能力，仅凭着自己真实而完美的判断力的引导，马上决定亲自到威尼斯去替安东尼奥辩护。

鲍细娅有个当律师的亲戚名叫培拉里奥。她给这位先生写了一封信，把案情告诉他，征求他的意见，并希望随同意见寄给她一套律师穿的衣裳。派去的送信人回来，带回了培拉里奥关于怎样进行辩护的意见以及鲍细娅所需要的一切服装。

鲍细娅和她的女仆尼莉莎都穿上了男人的衣裳，鲍细娅还披上律师的长袍。她让尼莉莎跟随，作她的书记员。她们马上动身，在开庭的当天赶到了威尼斯。当案子刚要当着威尼斯公爵和元老们的面在元老院开审，鲍细娅走进了这个高等法庭。她递上那位博学的律师培拉里奥写给公爵的一封信，说他本想亲自来替安东尼奥辩护，却因病不能出庭，因而他请求允许让这位卓有学识的年轻博士包尔萨泽（他这样称呼鲍细娅）代表他出庭辩护。对于这个请求，公爵表示同意。但他觉得眼前这个年轻陌生人的打扮十分奇怪，她披着律师的袍子，戴着很大的一具假发，乔装得倒很好看。

现在，一场重大的庭审开始了。鲍细娅环视一周，看到那个冷酷无情的犹太人，也看到了巴萨尼奥。巴萨尼奥没有认出乔装的鲍细娅，他正站在安东尼奥旁边，替他朋友的处境担心，看上去极为痛苦。

温柔的鲍细娅一想到自己担任的这件艰难工作的重要性，勇气就来了。她勇敢地履行了她所承担的职责。她首先对夏洛克说，她承认，按照威尼斯的法律，他有权利获取契约里写明要罚没给他的东西，然后她又用如此悦耳的声调说起仁慈的高贵品性，除了冷漠无情的夏洛克，无论谁心肠都会软下来。她说：仁慈好比天降甘霖。仁慈是双重的幸福，对别人施与仁慈的人感到幸福，接受别人仁慈的人也感到幸福。仁慈是上帝本身的一种属性，对于君王，它比王冠更为至尊。仁慈一旦与正义公道相和谐，世俗的权力就是最接近上帝的权力。她要夏洛克记住，既然我们都祈祷得到上帝的仁慈，这样的祈祷也应当教我们对别人仁慈。

夏洛克只是回答，他就要契约上规定处罚的东西。

“难道他不能还你钱吗？”鲍细娅问。巴萨尼奥表示除了三千块金币，随便夏洛克加多少倍的钱都可以给，却被夏洛克一口回绝，他死活非要安东尼奥身上的一磅肉。巴萨尼奥乞求这位博学的年轻律师为能救安东尼奥一命，将法律条文尽力变通一下。但鲍细娅严肃地回答，法律一经制定，就绝对不能改变。夏洛克听到鲍细娅说法律是不可改变的，觉得她好像是在帮他辩护了，就说：“是但尼尔下界来判案了！哦，博学的年轻律师，我多么崇敬你啊！你的学识要比你的年纪大多了！”

这时，鲍细娅要夏洛克给她看一看那张契约。看完以后，她说：“应该按照契约来处罚。根据这份契约，这个犹太人提出从安东尼奥胸部最靠近心脏的部位割下一磅肉的要求，是符合法律的。”然后，她又对夏洛克说，“我看你还是以慈悲为怀，拿了钱，让我把这张契约撕掉算了。”

然而，残忍的夏洛克是一点菩萨心肠也没有。他说：“以我的灵魂起誓，谁也甭想光凭口舌就让我改变。”

“这样的话，安东尼奥。”鲍细娅说，“你就得准备好让他的刀子扎进你的胸膛。”夏洛克为割那一磅肉，急不可耐地磨着一把长刀。鲍细娅对安东尼奥说，“你有什么话说吗？”

安东尼奥镇定从容地回答说，他无话可说，因为他早就准备好去死了。说完，他对巴萨尼奥说：“巴萨尼奥，把手伸给我！永别了！别因我为你所遭受的这种不幸而难过。替我问候尊夫人，告诉她我是怎样爱过你！”

巴萨尼奥痛不欲生，他回答说：“安东尼奥，我娶了一个妻子，对于我，她就像我自己的生命一样宝贵。可是在我眼里，你生命的价值超过了我的生命、我的妻子和整个的世界。为了救你的命，我情愿丢掉所有的一切，把所有的一切都送给这个魔鬼做牺牲。”

善良的鲍细娅听到丈夫用这么激烈的言词来表示他对安东尼奥这位忠实朋友的爱，尽管一点儿也没觉得被冒犯，却禁不住说了一句：“如果尊夫人在这儿，听到您的这番表达，不一定会感激您吧。”

紧接着，什么都喜欢模仿主人的葛莱西安诺，觉得他也该像巴萨尼奥一样表述一番。扮作律师书记员的尼莉莎此时正在鲍细娅身边写着什么，葛莱西安诺就当着她说：“我有一个妻子，我庄严声明我是爱她的。但只要她能乞求神灵改变这条犹太恶狗的残忍性情，我倒希望她在天堂。”

“多亏你的希望是背着她说的，不然，你们家可一定会不得安宁。”尼莉莎说。

这时，失去了耐心的夏洛克大声嚷道：“咱们是在浪费时间。我请求宣判！”

法庭里所有人都提心吊胆地期待着，每颗心都为安东尼奥充满了悲伤。

鲍细娅问称肉的天秤是否准备好了，然后对那个犹太人说："夏洛克，你必须得请几个外科大夫在旁边，免得他因流血过多送了命。"夏洛克整个的打算就是想叫安东尼奥流血致死，因此说："契约里没有这一条。"鲍细娅回答说："契约里确实没有写明这一条，那又怎样呢？积德行善对你没有坏处。"对这一请求，夏洛克只回答一句："我没处去找外科大夫。契约里根本就没这一条。""那好吧，"鲍细娅说，"安东尼奥身上的一磅肉归你了。法律许可你，法庭判给你，你可以从他的胸部割这块肉，法律许可你，法庭判给了你。"夏洛克再次大声嚷道："聪明正直的法官！"说完，他重新磨起他那把长刀，望着安东尼奥急切地说："来，准备好！"

"等一下，犹太人，"鲍细娅说，"我还有一点没说，这契约可没许给你一滴血。条文明确规定是'一磅肉'。如果你在割这一磅肉时，让这个基督教徒流出了哪怕一滴血，你的田地和财产就要依法充公，归威尼斯官府所有。"

割掉一磅肉又不让安东尼奥流哪怕一点儿血，夏洛克是绝对办不到的。契约里只写了肉而没有写血，鲍细娅这个聪明的发现救了安东尼奥的命。大家无不钦佩想出这条妙计的年轻律师机敏过人，元老院里的每个角落都响起了欢呼声。葛莱西安诺用夏洛克的话大声嚷道："哦，聪明正直的法官！犹太人，你看吧，这样的裁决简直是但尼尔下凡！"

夏洛克发现自己残忍的图谋没有得逞，便带着一副沮丧的神情说，他愿意接受钱。巴萨尼奥因为安东尼奥意外得救，喜出望外，大声嚷着："钱在这儿呢！"

但鲍细娅拦住了他，说："等一下，不急。这个犹太人不能接受钱，只能接受规定的判罚。因此，夏洛克，准备好割那块肉，但注意不能流血。而且，割的肉既不能超过一磅，也不能比一磅少。如果比一磅多了一点儿或是少了一点儿，就等于在分量上出现了差别，按照威尼斯的法律就要判你死罪，财产全部充公，归元老院所有。"

“把我的钱给我，让我走吧！”夏洛克说。

“我都准备好了，”巴萨尼奥说，“钱就在这儿。”

夏洛克正准备接钱，鲍细娅又把他拦住了，说：“稍等片刻。犹太人，我还抓住你一个把柄，根据威尼斯的法律，因为你阴谋策划要害死一个市民的生命，你的财产已经充公。而且，你的生与死就全看公爵是否发慈悲了。因此，现在跪下求他饶恕吧。”

然后，公爵对夏洛克说：“为了让你看到我们基督精神的不同，不等你开口求饶，我就免你一死。但你的财产一半要归安东尼奥，另一半充公。”

慷慨的安东尼奥说，假如夏洛克肯立个字据，答应在他死前把财产留给他女儿女婿的话，安东尼奥情愿放弃夏洛克应该归他的那一半财产。原来，安东尼奥知道这个犹太人有个独生女，违背父命，刚跟一个年轻的基督徒罗兰佐结婚，他是安东尼奥的朋友。这门婚事惹得夏洛克大为光火，他已经宣布取消女儿的财产继承权。

犹太人同意了。他的报复计划被挫败，财产也给剥夺了，就说：“让我回家吧，我不大舒服。字据写好给我送来就行了，我会签字同意把我的财产分一半给我的女儿。”

“那你去吧，”公爵说，“不过，你一定得在字据上签字。假如你对你的残忍能有所忏悔，变成一个基督徒，我还可以把已经充公的那一半财产也赦免了。”

公爵宣布安东尼奥当庭释放，审判结束。然后，他极力称赞这位年轻的律师足智多谋、机敏过人，并邀请他到家中吃饭。鲍细娅一心想着要赶在丈夫之前回到贝尔蒙脱，便回答说：“您的好意在下心领了，但我必须立刻就走。”公爵说，他为律师没有空闲留下来一起吃顿饭感到遗憾。然后，他转过身，对安东尼奥补了一句说：“得好好酬谢这位先生，我认为你欠了他一份很大的人情。”

公爵和他的元老们离开了法庭。巴萨尼奥对鲍细娅说：“最可尊敬的先生，多亏您的机智，我和我这位朋友安东尼奥今天才得以幸免于难，这是本应还给那犹太人的三千块金币，请您收下吧！”

“除了这点薄酬，我们将对您感恩不尽，”安东尼奥说，“我们会怀着敬爱的心情，乐意为您效劳。”

无论怎么说，鲍细娅就是不肯收这笔钱。但当巴萨尼奥一再坚持她得接受报酬的时候，她说：“那就把你的手套送我吧，我要戴着它作个纪念。”巴萨尼奥脱手套时，她一眼看到他手指上戴着她送给他的那枚戒指。原来，这位狡黠的夫人正是想把那枚戒指弄到手，好在再次见到巴萨尼奥的时候捉弄他，才向他要的手套。她看见那枚戒指，就说：“既然盛情难却，那你就把这枚戒指送我吧。”

巴萨尼奥感到非常为难，因为律师要的东西是他唯一不能给的。他十分惊慌地说，这枚戒指是妻子送的信物，不能送人。而且，他发誓要永远戴着它。不过，他愿意公开征求，把威尼斯最贵重的戒指弄来送给他。

听了这话，鲍细娅故意装出一副受了冒犯的样子。她一边往法庭外走，一边说：“是您教会我应该给乞丐一个怎样的答复。”

“亲爱的巴萨尼奥，”安东尼奥说，“要不就把戒指送给他吧！看在你我的友情和他给我帮那么大忙的分上，就得罪一回夫人吧。”

巴萨尼奥为自己显得如此忘恩负义感到羞愧，就让步了。他派葛莱西安诺拿着戒指追上并送给了鲍细娅。随后，曾送给葛莱西安诺一枚戒指的那个书记员尼莉莎，也照样管他要戒指。葛莱西安诺随手就给了她（他可不不甘心把慷慨落在主人后头）。两位夫人一想到，等丈夫回了家，她们可以怎样责备他们把戒指送了人，而且敢赌咒说他们一定是把戒指当礼物送给了什么女人，便不由得大笑起来。

一个人意识到自己做了件好事，心情总是愉快的。鲍细娅回家以后，心里就感到无比舒畅。在这种快乐的心情下，她见什么都觉得好，就连月光也似乎从没有那天晚上那么皎洁。当那轮令人愉快的皎月躲到了一块云彩后面，鲍细娅看见贝尔蒙脱家里透出来的一缕光线，也同样能激发她神奇的幻想。她对尼莉莎说：“咱们看见的这缕光线是从我家门厅里射出来的。一枝小小的蜡烛，它的光线可以照得多远啊！其实，在这个邪恶的世界上，做一件好事也能把光照得很远。”听到从家里传出的音乐声，她说：“我觉得那乐声比白天悦耳动听得多呢。”

这时，鲍细娅和尼莉莎进了房间，各自换上原来的衣服，等候她们的丈夫归来。不一会儿，他们就带着安东尼奥一道赶来了。巴萨尼奥把他亲密的朋友介绍给他的夫人鲍细娅，鲍细娅表示祝贺和欢迎的话音未落，就见尼莉莎跟她的丈夫在屋子的一个角落里吵起架来。

“怎么吵起来了？”鲍细娅说，“为什么事儿呀？”

葛莱西安诺回答说：“夫人，为的就是尼莉莎送我的一枚值不了几个钱的镀金戒指。上面刻着诗句，就像刀匠刻在刀子上的那种：爱我，不离不弃。”

“你还管什么诗句，值钱不值钱？”尼莉莎说，“我给你的时候，你发过誓，说要戴在手上，一直到死。可现在，你却说送给律师的书记员了。我就知道，你准是把它给了一个女人。”

“我举手向你起誓，”葛莱西安诺回答说，“我给了一个年轻人，一个可爱的男孩子，一个还没完全发育好的小男孩儿，个子不比你高。他是那位年轻律师的书记员，而那位律师就是靠着聪明的辩护才救了安东尼奥的命。那个唠叨起来没完没了的孩子向我要它作酬劳，我豁出命去也得给呀。”

鲍细娅说：“葛莱西安诺，这就是你的不对了，你怎么能把妻子送给你的第一件礼物给了别人。我也给过我丈夫巴萨尼奥一枚戒指，我敢肯定，无论发生什么他都不会让戒指离开他的手指。”

为了替自己的过失开脱，葛莱西安诺赶紧说：“是我的主人巴萨尼奥先把他的戒指给了那个律师，然后那个在边上费劲儿抄写的孩子，律师的书记员，也把我的戒指要了去。”

听了这话，鲍细娅假装很生气，责备巴萨尼奥不该把她的戒指送人。她说，她相信尼莉莎的话，戒指一定是给了什么女人。

巴萨尼奥为惹得他亲爱的夫人如此伤心，心里很不是滋味。他极其恳切地说：“不，我以人格担保，戒指并没给什么女人，而是给了一位法学博士。他不肯接受我的三千块金币，非要那枚戒指。我没答应，他就生气地走了。亲爱的鲍细娅，你说我该怎么办？这样一来，我对他似乎成了忘恩负义的人，我惭愧得无地自容，只好叫人追上去，把戒指给了他。原谅我吧，好夫人。如果你当时在场，我想你也一定会求我把戒指送给那位值得尊敬的博士。”

“啊！”安东尼奥说，“你们这样争吵，我是不幸的根源。”

鲍细娅请安东尼奥不必为此感到悲伤，因为无论发生什么，他都是受欢迎的。然后，安东尼奥说：“我曾为了巴萨尼奥，把自己的身体抵押给别人。要没有那位拿了您丈夫送的戒指的先生，我现在已经没命了。我敢再立一张字据，拿我的灵魂作抵押，您丈夫再也不会做出失信于您的事了。”

“那您就是他的保人了，”鲍细娅说，“请您把这枚戒指给他，叫他保存得要比上一枚还要精心。”

巴萨尼奥一看，发现这枚戒指跟他送掉的那枚一模一样，非常惊奇。这时，鲍细娅告诉他，她就是那个年轻的律师，尼莉莎是她的书记员。巴萨尼奥恍然大悟，原来正是靠了妻子高贵的勇气和智慧，才救了安东尼奥的命，心里的那份惊喜交加，真是难以言表。

鲍细娅再次对安东尼奥表示欢迎。她把几封刚好落在她手里的信交给他，信里说到，安东尼奥原以为全部损失了那些船，正安全抵达港口。于是，这个富商的故事的悲剧开端，就在后来接踵而来的出乎意料的善缘好运中被遗忘了。他们在闲暇时，笑那两枚戒指的滑稽奇遇，还笑那两个认不出自己妻子的丈夫。葛莱西安诺欢快地用一句押韵的话发誓说：

“哪怕只活一天，天不怕，地不怕，

最操心的是怎么保护好尼莉莎的戒指。”

辛白林

J·格拉厄姆　D·I·德瓦谢

在罗马皇帝奥古斯特斯·凯撒的时代，英国（那时叫不列颠）的统治者是一个叫辛白林的国王。

辛白林有三个孩子，两儿一女，在他们还很小的时候，结发妻子就过世了。最大的长女伊摩琴在父亲的王宫里抚养长大，但奇怪的是，辛白林的两个儿子却被人从育儿室里偷走了，当时大的才三岁，小的还是个吃奶的婴儿。辛白林始终无法弄清他们被偷以后的情形，也不知道是被谁偷走的。

辛白林第二次结婚，续弦的妻子是个邪恶、刻薄、阴险的女人，对辛白林前妻的女儿伊摩琴来说，是个残忍的继母。

王后憎恨伊摩琴，可她却希望伊摩琴嫁给自己跟前夫（她也是再婚）所生的儿子。因为这样，辛白林一死，不列颠的王冠就可以落在她自己的儿子克洛顿头上。她很清楚，如果国王的两个儿子找不回来，公主伊摩琴就一定是王位的继承者。但这个计谋被伊摩琴阻止了，她未经父亲和王后的同意，甚至都没让他们知道，就结了婚。

波塞摩斯（这就是伊摩琴丈夫的名字）是那个时代最出色的学者，也是最有造诣的绅士。他父亲在为辛白林打仗的时候战死沙场。波塞摩斯生下之后不久，母亲因丧夫悲痛而死。

辛白林可怜这个无依无靠的孤儿，就把波塞摩斯（因为波塞摩斯是在父亲去世以后生下来的，辛白林给他起了这个名字，意思是遗腹子）收留了，并让他在宫里受教育。

伊摩琴和波塞摩斯跟着同一位先生念书，是两小无猜的玩伴。他们在还是孩子的时候，就已经柔情缱绻地相爱了。他们的爱情随着年龄的增长日益加深，长大以后就悄悄结了婚。

计谋破灭的王后经常派人监视继女的行动，她很快就发现了这个秘密，马上把伊摩琴跟波塞摩斯结婚的事告诉了国王。

辛白林听说女儿如此不顾自己的高贵身份，竟嫁给了一个臣民，怒不可遏。他命令波塞摩斯离开不列颠，把他流放，永远也不许回到祖国。

王后假意对伊摩琴失去丈夫的痛苦表示同情，提出在波塞摩斯起身去罗马以前（他选择罗马作为流放期间的居住地）想法促成他们私下见一面。她这番装出来的好意，为的只是将来能更好替儿子克洛顿的长远目的打算。她想等伊摩琴的丈夫走了以后，说服她，由于他们婚约没有得到国王的同意，他们的婚姻是不合法的。

伊摩琴跟波塞摩斯两人的分别是最深情动人的一幕。伊摩琴送给丈夫一枚钻石戒指，那是母亲留给她的，波塞摩斯答应戒指永不离手。他把一只手镯套在妻子的胳膊上，作为爱情的纪念，要她好好保存。他们反复起誓，一定要永远相爱，忠贞不渝，然后分了手。

于是，伊摩琴在父亲的王宫里成为一个孤独寂寞、垂头丧气的公主，波塞摩斯到了他为自己选择的流放地罗马。

波塞摩斯在罗马结交了一帮来自不同国家的放荡子弟，他们毫无顾及地谈论着女人，每个人都对本国的女人和自己的情人赞不绝口。波塞摩斯心里惦念着他自己亲爱的夫人，庄严宣称，他的妻子，美丽的伊摩琴，是世界上最贞洁、最聪慧、最忠诚的女人。

他们中间有个叫阿埃基摩的绅士，听到有人极力赞美不列颠的女人，认为比他本国罗马的女人还好，心里非常不舒服。他假装不相信波塞摩斯如此盛赞的妻子对他的忠贞会始终不渝，以此来激怒他。费了不少唇舌争辩，最后，波塞摩斯接受了阿埃基摩的提议，即由阿埃基摩到不列颠去，试试看能否赢得已婚的伊摩琴的爱情。然后，他们打了一个赌，如果阿埃基摩这个邪恶的计划失败了，他就输给波塞摩斯一大笔钱；可要是他得到了伊摩琴的好感，并能从她的手里拿到波塞摩斯恳求她当爱情信物好好保存的那只手镯，那波塞摩斯就得把伊摩琴跟他分手时当爱情纪念送给他的那枚戒指，输给阿埃基摩。波塞摩斯对伊摩琴的忠实坚信不疑，觉得在这场对他妻子是否贞洁的考验中，不会有任何意外发生。

阿埃基摩到了不列颠，以伊摩琴丈夫朋友的名义见到了她，受到殷勤款待。但当他开口表达爱慕的时候，她鄙夷地拒绝了。他很快就发现他这个卑鄙的计策没有成功的希望。

一心想赢得赌注的阿埃基摩，又使出一个策略来欺骗波塞摩斯。为达到这个目的，他收买了伊摩琴身边的一些女仆，叫她们把他偷偷带进伊摩琴的闺房，藏在一只大箱子里。等伊摩琴回房休息，睡熟了以后，他从箱子里钻出来，全神贯注地仔细观察那间卧室，记下所看到的每一样东西，还特别留意到伊摩琴的脖子上长着一颗痣。然后，他把波塞摩斯送给她的那只手镯从她胳膊上轻轻撸下来，又钻回了箱子。第二天，他无比迅速地回到罗马，向波塞摩斯夸口说，伊摩琴已经把镯子送给他了，而且还让他在她的卧房里过了一夜。阿埃基摩编出了这样的谎言：“她的卧房里挂着丝和银线织成的挂毯，上面绣的是骄傲的克莉奥佩特拉与安东尼会面的故事，手工精美极了。”

“确实这样，”波塞摩斯说，“但你可能是听来的，不是亲眼见的。”

“还有，壁炉在卧室的南面，”阿埃基摩说，“壁炉台上是狄安娜沐浴，我从未见过如此生动的雕像。”

“这你也可能是从什么人那儿听到的，”波塞摩斯说，“因为它时常被人谈及。”

阿埃基摩同样精确地描绘了一番卧室的屋顶，又补充说，“我差点把她壁炉里的柴架给忘了，它是一对白银铸成的眉目传情的丘比特，每个还都跷着一只脚。”然后，他拿出那只手镯，说：“先生，你认得这件宝贝吧？她把这只手镯给了我。她是从胳膊上摘下来的。我现在似乎还能看见她当时的样子。她摘手镯时的优雅姿势比这份礼物更有价值，也使这礼物显得更加珍贵。她递给我镯子时，还说，她曾珍爱过它。”最后，他又极尽所能地把他在伊摩琴脖子上观察到的那颗痣描绘了一番。

波塞摩斯一直以一种极度痛苦的怀疑心情听着这番巧妙编织的谎言，听完，他用最激动的言辞对伊摩琴破口大骂。当初他答应只要阿埃基摩从伊摩琴那里拿到手镯，他就把伊摩琴送给他的钻石戒指输给他。现在，他把那枚戒指递给阿埃基摩。

波塞摩斯妒火中烧，就给不列颠的一位绅士毕萨尼奥写了封信，这人是伊摩琴的一名侍从，也是波塞摩斯相交多年的忠实朋友。他先把妻子对他不忠的证据告诉了毕萨尼奥，然后要毕萨尼奥把伊摩琴带到威尔士的密尔福特港，在那里把她杀掉。同时，他又给伊摩琴写了一封信，骗她说，见不到她实在无法活下去，尽管国王不许他踏上不列颠的国土，一踏上就会被处死，但他还是决定到密尔福特港，恳求她跟毕萨尼奥一起去那儿跟他会面。伊摩琴是个善良的从不起疑心的女人，她爱丈夫胜过爱世间所有，想见到他的渴望比保全自己的生命还迫切。于是，在收到那封信的当天晚上，她就带着毕萨尼奥匆忙动身了。

毕萨尼奥虽然忠实于波塞摩斯，但在做坏事儿上，他可不肯忠实效命。所以，在他们的行程快要结束时候，他把接到的残忍命令透露给了伊摩琴。

伊摩琴发觉这哪里是去见那个爱她、又为她所爱的丈夫，分明注定是要给丈夫害死，心里痛苦万分。

毕萨尼奥劝她别着急，要有耐心，波塞摩斯终有清醒，并对他所做坏事悔恨的那一天。同时，既然落难中的她不肯回到父亲的王宫，为了路上安全，他建议她穿上男装。她同意了，并想就这样乔装到罗马去见丈夫。尽管波塞摩斯对她如此残忍，可她却仍然旧情不忘。

毕萨尼奥必须回王宫，所以为她预备好新装，只能把不可知的命运留给她一个人了。临走，他送给伊摩琴一小瓶补药，说这是王后送给他的一种是包治百病的特效药。

因毕萨尼奥是伊摩琴和波塞摩斯的朋友，王后恨他，给了他这瓶药。原来，是她命御医给她准备点毒药，让动物吃了试试效果（她是这么说的），所以她认定这药里有毒。但御医知道她阴险歹毒，没把真的毒药给她，给她的药只能叫吃的人酣睡几个钟头，看起来就跟死了一样，并没什么害处。而毕萨尼奥把这瓶药当成极好的补品给了伊摩琴，让她在路上生病的时候吃。然后，他祈祷祝福她一路平安，希望她能从这不该有的困境中解脱出来。说完，他就离开了。

天缘巧合竟将伊摩琴带到了她那两个在襁褓中被偷走的弟弟的住处。当初偷他们的，是辛白林宫里的一个贵族培拉律斯。他被人诬陷叛国，国王把他从宫里放逐出去。为了报复，他把辛白林的两个儿子偷走，在一处森林里将他们抚养成人，他就隐居在森林里的一个山洞里。偷的时候原本是为了报复，但很快他就像对待自己的孩子一样疼爱起他们来，给以精心的教育，使他们成长为英俊的少年，都有着高贵的心灵，做起事来坚韧、果敢。因为是靠打猎维生，他们行动敏捷，吃苦耐劳，总要求以为是自己生父的培拉律斯让他们到战场上去碰碰运气。

是伊摩琴幸运，将她带到了这两个少年住的山洞。她本想穿过大森林，就能走上那条去密尔福特港的大路（她想从那儿乘船去罗马），可是她迷了路，找不到任何可以买到食物的地方，连饿带累，几乎快要死了。因为一个在蜜罐里被养大的年轻小姐，并非穿上男人的衣裳，就能像男人似的那样经受得起疲劳，在荒凉的森林里四处奔跑。她见有山洞，就走了进去，希望在洞里遇到一个人，弄点东西吃。她发现山洞是空的，四下里看看，找到些冷肉。她实在是饿极了，不等人请，就坐下开吃起来。

“啊，”她自言自语地说，“如今我总算知道男人的生活有多无聊。我累死了！我已经有两夜以地当床，要不是靠意志力支撑着，早就病倒了。当毕萨尼奥在山顶上指给我看密尔福特港的时候，它显得多近啊！”随后，想到丈夫和他那道残忍的命令，她说：“我亲爱的波塞摩斯，你是个背信弃义的人！”

这时，她那两个跟着他们挂名的父亲培拉律斯出去打猎的弟弟，也回来了。培拉律斯早给他们起了名字：一个叫波里多，另一个叫凯德华尔。他们对自己的身世一无所知，以为培拉律斯就是他们的生父。这两个王子的真名字一个是吉德律斯，另一个是阿维拉古斯。

培拉律斯最先进了山洞。他看到伊摩琴，拦住两个孩子说：“先别进去，有人在吃咱们的东西，要不然，我就把它当成小精灵了。”

“怎么啦，父亲？”年轻人说。

“天神哪，”培拉律斯又说，“山洞里来了个天使，如果不是天使，就是人间绝世的美少年。”因为穿上男装的伊摩琴，看上去真是漂亮极了。

听到有说话声，伊摩琴从洞里走出来，对他们说：“好朋友，别伤害我。进洞前本想向你们讨点儿吃的，或者花钱买你们的。我真的什么也没偷，就是地上撒满了金子我也不会拿。这是给你们的肉钱。我原来打算等吃饱了把钱放在桌上，替给我肉吃的人祷告完了再走。”他们极其诚恳地谢绝了她的钱。“我看出你们在生我的气，”胆怯的伊摩琴说，“但是，先生，如果你们因为我的过失而杀了我，你们得知道，如果我没有这个过失也是要死的。”

“你要去哪儿？”培拉律斯问，“你叫什么名字？”

“我叫斐苔尔，”伊摩琴回答说。“我有个亲戚要去意大利，在密尔福特港乘船。我正要去找他，走在路上快饿死了，才有了这个过失。”

“美少年，”老培拉律斯说，“请你别把我们当成乡巴佬，也不要凭我们住的这个粗陋的地方来衡量我们的善心。赶早不如赶巧，天马上就黑了，在你离开前，我们要好好款待你一下，赏光留下来吃点儿东西。孩子们，向他表示欢迎啊。”

于是，两个温文尔雅的少年（她的弟弟）就说了很多热情洋溢表示欢迎的话，把伊摩琴迎进了山洞，还说他们一定把她（或者，照他们所说，是把他）当亲兄弟看待。进了山洞（刚才打猎，他们打死了一只鹿），伊摩琴在洞里施展出她操持家务的本领，帮他们做晚饭，他们很高兴。尽管现在出身高贵的年轻妇女对烹饪不必都在行，但那个时候还是都要会的，而且，伊摩琴称得上厨技高超。还是她的弟弟们会说，斐苔尔在切菜根上显出刀功的精湛，把汤调得就像朱诺生病时他曾经侍候过她的饮食一样。“还有，”波里多对弟弟说，“他歌唱得多像个天使啊。”

他们又相互说，斐苔尔笑的时候十分甜蜜，但一股忧伤的愁云笼罩着他那张可爱的脸庞，好像整个人都被悲痛和忍耐占据了。

伊摩琴身上的高贵气质（或许这是因为血缘相近，虽然他们自己并不知道），使得两个弟弟非常爱她（或者像两个男孩子称呼她的：斐苔尔），她也同样爱他们。伊摩琴心想，要不是惦念着亲爱的波塞摩斯，倒不如索性跟这森林里的两个野少年一起住在洞里，死在洞里得了。她很高兴地答应留下来，表示一直待到等身体疲劳完全恢复了，能上路到密尔福特港的时候再走。

当打回的鹿肉都吃光了，他们又出去打猎。斐苔尔感觉身体不舒服，不能陪他们一起去。无疑，她是因一想起丈夫对她的残忍行为就伤心，再加上在森林里奔波，才得的病。

于是，他们跟她告别，打猎去了，一路上还在对斐苔尔这个少年的高贵气质和优雅风度赞不绝口。

他们刚走，伊摩琴一个人在洞里想起了毕萨尼奥给她的那瓶补药。她一口气喝下去，立刻就睡着了，睡得跟死了一般。

当培拉律斯和伊摩琴的两个弟弟打猎回来，波里多第一个进洞。他以为她睡着了，怕惊醒她，就脱掉笨重的鞋子，蹑手蹑脚地走。这两个在森林里长大的高贵的野孩子是如此有教养，但很快，他发现不论什么声音都吵不醒她，就以为她已经死了。波里多像失去手足兄弟般深切痛悼，好像他们从孩提时就没有分开过似的。

培拉律斯提议，把她抬到森林里，按照当时的习俗，用挽歌和庄重悲哀的安魂曲来举行葬礼。

于是，伊摩琴的两个弟弟把她抬到树荫下，轻轻地放到草地上，为她的亡灵魂唱起了挽歌。波里多把树叶和鲜花盖在她的身上，说："斐苔尔，只要夏天还没过去，我也还住在这儿，我每天都会把鲜花和树叶撒在你的坟墓上。我要去采苍白的樱草花，它最像是你的脸；还有蓝铃草，它就像是你洁净的血管；还有野蔷薇的花瓣，你的呼吸比它的香气还要芬芳；我要把所有这些花草撒在你的身上。是的，等到了冬天，找不到花，我也要在你可爱的躯体上盖满苍苔。"

葬礼办完以后，他们怀着极大的悲伤离开了墓地。

留下伊摩琴一个人没多久，安眠药的药力一过，她醒了过来，很容易就把覆盖在她身上的薄薄一层树叶和鲜花抖开了。她站起身，还以为自己是在做梦。她说："记得我是个看山洞的人，给几个诚实的人做饭。我怎么会跑到这儿来，身上盖满了鲜花？"她不认识回山洞的路，又看不见新伙伴，便断定是在做梦。于是，伊摩琴再次动身，踏上令人疲惫不堪的漫长旅程，希望最后能走到密尔福特港，从那儿乘船去意大利。她的整个心思仍然在她的丈夫波塞摩斯身上，她想装扮成一个侍僮去找他。

但正在这个时候，发生了一件大事，伊摩琴一无所知。罗马皇帝奥古斯特斯·凯撒跟不列颠国王辛白林之间，忽然爆发了战争。一支罗马军队已经登陆入侵不列颠，行进到伊摩琴正在经过的这座森林。波塞摩斯跟着这支军队一起来了。

尽管波塞摩斯随罗马军队来到不列颠，可他并不想站在罗马那边跟本国人作战。他想加入不列颠军队，去为那个放逐他的国王打仗。

波塞摩斯仍然相信伊摩琴对他不忠，可曾经让他那样深爱着的人死了，而且是他亲自下的命令叫她死（毕萨尼奥给他写过一封信，说命令交办的事已经照办，伊摩琴死了），心里痛苦万分。因此，他回到不列颠，想要么索性战死沙场，要么就让辛白林因他从流放中回来，把他处死。

伊摩琴还没走到密尔福特港，就落到了罗马军队手里。罗马人对他的仪表、风度十分赏识，派她给罗马将军路歇斯当侍僮。

这时，辛白林的军队前来与敌人交锋。军队开进森林，波里多和凯德华尔加入到国王的军队。虽然两个年轻人并不知道他们是在替自己的父王作战，但他们急于在战场上有所作为。老培拉律斯也跟着他们一起上了战场。他早已后悔偷走了辛白林的两个儿子，给他带来伤害。他年轻时也曾是个战士，很高兴入伍，为那曾经被他伤害过的国王而战。

双方军队现在展开了一场恶战，如果不是波塞摩斯、培拉律斯和辛白林的两个儿子勇猛异常，不列颠人就战败了，辛白林本人也会战死。是他们救了国王，保住了他的性命，彻底扭转了整个战局，使不列颠人赢得了胜利。

战事结束了，本想来寻死的波塞摩斯发现自己没有死，就向辛白林手下的一名军官自首，表示愿意因他从流放中私自回国而受死。

伊摩琴和她所服侍的主人也成了俘虏，被带到辛白林的面前。被带上来的还有她以前的仇人阿埃基摩，他是罗马军队里的一名军官。当这些俘虏来到国王的面前，波塞摩斯也被带上来接受死刑的宣判。正在这奇妙的危机时刻，培拉律斯、波里多和凯德华尔也都被人带到辛白林面前，他们为国王拼死作战，立了大功，是来领赏的。作为国王的一个侍从，毕萨尼奥也在场。

因此，大家都站在了国王面前，（而此时每个人心里所怀的希望和恐惧却各不相同），他们是波塞摩斯，跟着那位新主人罗马将军的伊摩琴，忠实的仆人毕萨尼奥，背信弃义的朋友阿埃基摩，还有辛白林两个丢失的儿子，以及当初偷走他们的培拉律斯。

罗马将军是第一个开口说话的，其余的人就站在国王面前，虽然其中许多人的心狂跳不已，却都一言不发。

尽管波塞摩斯一身农民装扮，伊摩琴还是看到并认出他来。但波塞摩斯却没有认出穿了男装的伊摩琴。伊摩琴还认出了阿埃基摩，见他手上戴着一枚戒指，发现那正是她自己的。然而，她还不知道，他就是带给她所有灾难的始作俑者。此时，她作为一名战俘站在自己父亲的跟前。

因为是毕萨尼奥用一身男孩装束把伊摩琴打扮起来的，他一眼就认出了她。“这是我的女主人，”他想，“既然她还活着，不论是好还是坏，听天由命吧。”

培拉律斯也认出她来，悄声对凯德华尔说：“这不是那个死里复生的男孩儿吗？”

“那个面色红润的可爱少年，”凯德华尔回答说，“真是跟死去的斐苔尔长得一模一样，就算两粒沙子也不会完全一样。”

“就是他死而复活了。”波里多说。

“静一静，静一静，”培拉律斯说，“如果真是他，我肯定他会跟咱们说话。”

“可我们是亲眼看见他死的。”波里多又嘀咕了一句。

“别出声。”培拉律斯说。

波塞摩斯默默地等候着，他希望听到宣判自己死刑，又唯恐辛白林受了感动，赦免他，便决定不让国王知道，是他曾在战场上救过国王的命。

如前所述，把伊摩琴留下作侍僮的那个罗马将军路歇斯是第一个开口说话的。他勇猛过人，举止高贵。他对国王这样说：

“我听说凡是被你俘虏的人都要处死，不许赎身。我是个罗马人，会以一颗罗马人的心来承受死亡。但我要恳求你一件事。”然后，他把伊摩琴领到国王面前，接着说：“这个男孩是在不列颠出生的，请让他赎命吧。他是我的侍僮。从没有主人能遇到这样一个善良、尽职的侍僮，随时随地他都是这样辛勤、忠实，把人照顾得无微不至。虽然他服侍过一个罗马人，可他没做过一件对不列颠人不好的事。即使其他人你一个也不饶恕，请你救他一命。”

辛白林真诚地望着他的女儿伊摩琴。虽然他没能认出乔装的女儿，但似乎有万能的造物主在他心里说了话，因为他说：“我肯定在哪儿见过他，他的相貌我看着很熟。不知道我为什么要这样说：孩子，你活命吧。我饶了你的命，不管你向我要什么赏赐，我都会答应。即便你让我饶过哪个最高贵的俘虏的性命，我也答应。”

“多谢陛下赏赐。”伊摩琴说。

在当时，“赏赐”意味着受赏赐的人被允许得到一样东西，不论要求什么，都得答应。大家都在留心听这个侍僮要什么赏赐。她的主人路歇斯对她说：“好孩子，我并不会为自己的命乞求，但我知道那正是你想要的赏赐。”

“不，不，哎呀，”伊摩琴说，“好主人，因为我还有别的事情，所以我不能要求赏赐救您的命。”

这个孩子没对罗马将军流露感激之情，让他大为惊讶。

伊摩琴用眼睛死死盯住阿埃基摩。她只要求阿埃基摩供出他手上戴的戒指是从哪儿来的，除了这个赏赐，他什么也不要。

辛白林答应了这个赏赐，威胁阿埃基摩说：如果他不供出手上戴的钻石戒指是从哪儿来的，就要拷打他。

于是，阿埃基摩把他全部的邪恶行为招认出来，他怎么跟波塞摩斯打赌，又怎么骗他轻信，一切经过，都如前所叙述地说了出来。

波塞摩斯听到妻子是清白无辜的证据，心里那份难过真是无法用语言表达。他立刻走过去，向辛白林承认，他曾命令毕萨尼奥把公主残忍地杀死，然后狂叫着："啊，伊摩琴，我的女王，我的生命，我的妻子！啊，伊摩琴，伊摩琴，伊摩琴！"

伊摩琴不忍看她所爱的丈夫如此痛苦，就露出她的本来样子。波塞摩斯喜出望外，这使他从压在身上沉重的自责和痛苦之中解脱出来，并重新得到了他曾经想杀害的那位亲爱夫人的爱。

能如此奇妙地找到失踪了的女儿，辛白林几乎跟波塞摩斯一样喜不自胜，他接受了她，并给她跟从前一样的父爱。他不但饶了她丈夫波塞摩斯的命，还承认波塞摩斯为他的驸马。

培拉律斯瞧准了这个欢乐、和好的时刻前来自首。他把波里多和凯德华尔引见给国王，告诉辛白林，这就是他那两个失踪了的儿子吉德律斯和阿维拉古斯。

辛白林赦免了老培拉律斯，在这样的大喜时刻，有谁会想到惩罚呢！国王看到女儿好好的活着，两个丢失儿子成为救了他命的青年，他亲眼看到为了保卫他，他们是那样骁勇善战，这真是预料不到的快乐。

这时，伊摩琴就可以从容地替旧主人，罗马将军路歇斯，效劳了。父王马上答应了她的请求，同意赦免他的性命。由于路歇斯从中斡旋，罗马跟不列颠缔结和平，从那以后许多年两国都没有发生战争。

说到辛白林那个邪恶的王后，她为自己计策的失败感到绝望，同时良知也受到触动，心有悔意，得病死了。死前不久，她还看到愚蠢的儿子克洛顿，在一场由他自己引起的争吵里被人杀死。这些事太悲惨了，可不能让它们来打断这个故事的美好结尾。总之一句话，凡是应该得到幸福的人，都得到了幸福。甚至对那个背信弃义的阿埃基摩，鉴于他的罪恶行为终没能达到目的，也没给任何惩罚就释放了。

李尔王

M·斯通　W·李奇微

不列颠国王李尔有三个女儿：奥本尼公爵的妻子高纳里尔、康华尔公爵的妻子里根和年轻的姑娘考狄利娅。法兰西国王和勃艮第公爵同时向考狄利娅求婚，此时两个人都住在李尔的王宫里。

老国王年逾八旬，长期为国事操劳，已日渐衰弱。他决定把国政交给年富力强的人去管理，自己不再过问。这样，他就有时间准备后事，他感觉死神的脚步已经临近了。有了这个打算，他把三个女儿叫到跟前，想听她们说出谁最爱他，他就按照她们所说爱他的程度来分配每人应得的一份国土。

大女儿高纳里尔说，她对父亲的爱无法用言语表达，她说爱父亲胜过爱自己眼睛里的光，胜过爱自己的生命和自由。其实，这种场合所需要的只是几句值得信赖的实在话，但她心里没有真实的爱，只好编了一大堆甜言蜜语来骗国王。国王听到她亲口保证一定爱他，自然非常高兴，真的以为她心口如一，就在父爱的一时冲动下，把广大国土的三分之一赐给了她和她的丈夫。

然后，他又把二女儿里根叫过来，要听她的表白。里根的虚伪本质跟姐姐一样，说起漂亮话一点儿也不比姐姐差。她说姐姐的话并不能完全表达她对父王的爱，世界上的一切快乐，要是跟她在孝顺亲爱的父王时感到的快乐相比，那些都只是没有生命力的快乐。

李尔想，孩子们既然如此爱他，真该祝福自己。在里根作了一番漂亮的表白之后，赏赐也不少，他也把三分之一的国土赐给她和她的丈夫，土地面积与刚才赐给高纳里尔的一样大。

然后，他转过身，要听小女儿考狄利娅怎么说。他把她称作自己的“快乐”。他觉得，从耳朵里听到小女儿说出跟姐姐们一样爱他的话是毫无疑问的，没准她的话比她们的还要炽烈。因为他最宠爱她，比起她的两个姐姐，他更喜欢考狄利娅。但考狄利娅对姐姐们言不由衷的奉承十分反感，她知道她们心口不一，也看出她们巧言令色，为的只是从年迈的国王手里骗取国土。这样，即便国王还没有死去，她们和她们的丈夫就可以进行统治了。因此，考狄利娅只这样回答：她会尽女儿的本分去爱父王，她的爱不多也不少。

国王听到他最宠爱的孩子竟说出这样不仁不义的话来，十分震惊。他要她重新考虑一下，修正她的表白，不然可要倒霉了。

考狄利娅告诉父亲，作为亲生父亲，他把她抚养成人，疼爱她。她也尽到了作女儿的本分孝敬他，顺从他，爱他，又最尊敬他。但她不会像姐姐们那样说一大堆言过其实的话，也不能保证在世界上除了父亲，她谁也不爱。如果姐姐们真如她们所说，除了父亲什么也不爱，那她们为什么还要丈夫呢？她要是有一天结了婚，她一定会把一半的爱分给娶她的那位夫君，她要用一半的爱去照顾他，尽她作妻子的责任。如果她只想着爱父亲一个人，她就永远也不会像姐姐们那样结婚了。

事实上，考狄利娅对老父亲的真爱，甚至像她姐姐们过分装出来的一样深挚。要是换个时间，她也会这样明白地告诉他，而且会说得更像个女儿，言词也更热烈，不会有所保留。她刚才那些保留的话听了确实令人不快，但她听了姐姐们言过其实的假意奉承，又见她们因此得到了过分的赏赐，心想，她最可做的就是默默地爱父亲。这样一来，她的爱就避免了惟利是图之嫌，表明她爱父亲，并不是为了得到什么。她的话虽然没姐姐们说得那么动听，却更真实，也更诚挚。

老国王李尔认为考狄利娅这番朴实直率的话傲气十足，他被激怒了。国王年轻时就性情急躁，动不动就发火。如今上了岁数，就更年老昏聩，头脑糊涂，分不清真话和奉承，也分不清花言巧语和肺腑之言。于是，随着一阵不满的暴怒，他将原来留给考狄利娅的三分之一国土收回，不再给她，却平分给她的两个姐姐和她们的丈夫奥本尼公爵和康华尔公爵。李尔把他们叫到面前，当着所有的朝臣，把王冠赐给他们，同时把全部权力、税收和国政都交给他们共同管理。他只保留国王的名义，放弃了其他一切王权。他又提了一个条件，要随身带一百名武士作为侍从，每个月轮流住在两个女儿的王宫里。

看到国王在一时感情冲动，毫无理智可言的情形下，如此愚蠢地处理他的王国，朝臣们全都为他感到震惊、难过。可是，除了肯特伯爵，谁也没胆量去冒犯这位盛怒未消的国王。肯特伯爵刚开口替考狄利娅说了几句好话，狂怒中的李尔就叫他住嘴，否则就处死他。但这位好心的肯特并没有被吓住。他对李尔忠心不二，把他当国王来尊敬，当父亲来爱戴，当主人来追随。他从来不把自己的生命当回事，面对国王的敌人，他只把自己看成一个小卒。为了李尔的安全，他从来不怕死。现在，李尔成了他自己最大的敌人，这个忠臣没有忘了他一贯的准则，为了李尔的利益，毅然站出来反对他。只因为李尔发了疯，肯特才对他失礼。以前，他一直是国王最忠实的大臣。他恳求国王像在许多重大事情上所做的那样，仍然接受他的意见，照他的劝告去做。他劝国王最好再考虑一下，收回这个在暴怒之下所做出的可怕的成命。他愿用性命担保，李尔的小女儿对他的爱一点儿不比她的姐姐们差。他说国王应该能看出来，她说话的声音低，并不代表她的内心空虚，那正是真实的感情。权力者一旦向谄媚者屈服，就会有正直的朝臣坦诚进谏。不管李尔怎么威胁，也拿肯特无可奈何，因为肯特的命不就是准备着要随时献给他吗？肯特就是要尽责直言，没什么能阻止他开口。

然而，这位真心肯特伯爵坦率直言，只是让国王更加暴跳如雷。李尔像一个疯子，要把他的医生杀掉，却对会致他死地的病症珍爱有加。他要把这个忠臣放逐，限他五天做好动身的准备。哪怕是第六天，如果国王所痛恨的这个人在不列颠的国土上被发现，就立刻处死。肯特向国王告辞，说既然自己表现出这种态度，再留下来，也跟放逐在外没什么两样。走以前，他祈祷上天保佑考狄利娅这个思想如此正确、出言如此谨慎的姑娘；然后又说，他只希望她两个姐姐的夸夸其谈，能通过她们的爱的事实得到证明。肯特走了，他说他要到一个新的国家去因循守旧。

这时，法兰西国王和勃艮第公爵被召进来听李尔对小女儿的决定，国王想知道，现在考狄利娅已经失去了父亲的宠爱，除了自己这一个人，什么财产也没分到，他们是否还要坚持向她求婚。勃艮第公爵拒绝了这门亲事，表示在这种条件下他无法娶她为妻。但法兰西国王了解，考狄利娅失去父亲的宠爱，是因为天性的过失，她只会实话实说，不会像姐姐们那样刻意恭维。他拉住年轻姑娘的手说，她的品德比给他一个王国做嫁妆还要珍贵。他叫考狄利娅跟两个姐姐告别，也跟她的父亲告别，尽管他对她那样不好，然后跟他走，作他的王后，作美丽法兰西的王后，她统治的王国会比她姐姐们的更美好。说完，他又以轻蔑的口吻管勃艮第公爵叫“如水的公爵”，因为他对这位年轻姑娘的爱顷刻间就像水一样流逝了。

考狄利娅挥泪跟姐姐们告别。她叮嘱她们要好好爱父亲，真的要照她们所说的漂亮话那样做。她的姐姐们绷着脸不高兴地说，她们会尽自己的责任，用不着她来规定怎么做。她们还用嘲笑的口气说，既然她丈夫把她当成命运施舍的东西，她还是努力去让丈夫满意吧。于是，考狄利娅心情沉重地走了。她知道姐姐们为人狡诈，她本希望能把父亲托付给更善良的人。

考狄利娅刚走不久，姐姐们就开始露出邪恶的本性。按照规定，李尔第一个月住在大女儿高纳里尔这儿，可一个月还没到，李尔就发现她的承诺跟行为是两回事。这个卑鄙的女人已经得到父亲所能赏赐的一切，却还要把他头上戴的王冠摘下来。到了这时候，她甚至连老人为让自己高兴，使自己觉得还像个国王，而保留下来的那所剩无几的王家排场，也冷嘲热讽起来。她不能忍受看到国王和他那一百名武士。每次见到父亲，她总是满脸怒容的。每当老人要跟她说话，她就装病不出，或用别的方法躲开他。很明显，她已经把老人当成一个没用的累赘，把他的侍从当成一种浪费。她不但自己对国王越来越怠慢，还由于她榜样的作用，（恐怕）还是她的私下授意，连她的仆人也对他十分冷漠，不听他的命令，更有甚者，对他的命令不屑一顾。李尔对女儿行为上的改变，也不是没有察觉，但他还是视而不见，因为人们一般总不肯相信那由于自己的错误和固执所造成的令人不快的结果。

一个人只要爱和忠诚是真实的，即便你对他做了坏事，他也不会疏远你。而一个虚伪矫饰的人，哪怕你对他做了好事，他也不会得到抚慰。这一点在善良的肯特伯爵身上，表现得最为明显。他被李尔放逐，假如在不列颠被发现，无疑会送命。但只要他觉得有机会能证明对他的主人（国王）有用，他就会不顾一切地留下来。看吧，可怜的忠诚有时为形势所迫，得想法设法乔装改变自己。但这绝算不上低贱或者卑微，因为这样的化装只是为了便于尽责。这位好心的伯爵就把他的尊贵和浮华丢到一边，乔装成一个仆人，请求侍奉国王。国王不知道是肯特装扮的，问话的时候，肯特故意答得直截了当，甚至有点儿粗鲁，可这却让国王很高兴（这跟那油嘴滑舌的献媚大不相同，而李尔已经尝到了女儿说话不算数的后果，已经十分讨厌那样的奉承了）。于是，他们很快达成协议，李尔收下肯特作他的仆人，他自称叫卡厄斯。国王绝想不到这就是他曾经最宠信的、位高权重的肯特伯爵。

这个卡厄斯很快就找到表现对国王忠诚和敬爱的机会了，由于高纳里尔的管家那天对李尔十分傲慢，言语神情有意冒犯，毫无疑问，这都是受了他女主人的刻意唆使。卡厄斯听说他竟敢公然侮辱国王，就立刻将他绊倒，把这个没礼貌的奴才拖进了阴沟。由于这个友善的行为，李尔对卡厄斯更亲近了。

李尔的朋友还不止肯特一人。就在他这样的境遇下，还有一个如此微不足道的小人物，对他表现出敬爱，可以说，这是一个可怜的小丑，或叫弄臣。当时，国王或是大人物身边都养着个小丑（他们是这样叫法），是一种时尚。在忙完一天的繁重公事以后，小丑替他们逗笑取乐。在李尔还拥有自己王宫的时候，宫里也有这么一个小丑。在李尔放弃了王位之后，这个可怜的小丑仍然跟着他，用他富于机智的幽默智慧叫国王开心，尽管有时他也忍不住会嘲弄国王放弃王位，把一切都给了女儿的鲁莽行为。他编了个押韵的曲子，说当时那两个女儿：

为意外之喜流泪，
他却唱起悲歌；
你堂堂一国之君，
跟小丑混在一起。

他满肚子这种粗俗的、零零星星的歌词。哪怕当着高纳里尔的面，这个愉快、正直的小丑，也敢把心里话尽情地发泄出来，这些尖锐的讥讽和诙谐嘲弄直刺她的心窝。比如，他把国王比作一只篱雀，等把幼小的杜鹃鸟养大，它辛勤的结果，却是脑袋被杜鹃鸟咬掉。他还说，驴子可能知道车什么时候拉着马走（意思是：李尔的女儿本应该在后边，现在却站到了父亲的前面）。又说，李尔已经不再是李尔，他只是李尔的影子。为这些肆无忌惮的话，小丑也受到过一两次威胁，差点挨鞭子。

李尔开始觉察出女儿对他的冷漠，而且对他失去了尊重，但这个糊涂而又溺爱女儿的老人，从他的卑鄙女儿身上所受的罪还不止这些。大女儿现在明确告诉他，只要他还坚持要那一百名武士的建制，她的王宫就不便给他住了。她认为这个建制既没用，又费钱，就知道整天在她的王宫里大吃大喝，狂欢喧闹。她要他减少人数，只能留一些跟他自己年龄相称的老人。

李尔最初不相信自己的眼睛和耳朵，也不相信女儿竟会跟他说出这样绝情的话，他不相信从他手里得到王冠的高纳里尔，会这么吝惜他在晚年应享的尊崇，企图裁撤他的侍从。但高纳里尔坚持她的这个不孝要求，老人被激怒了，骂她是一只“面目可憎的鸢”，说她信口胡言。这的确是事实，因为那精挑细选的一百名武士，个个品行端正、庄重自律，而且拘于小节，从不像她所说的那样大吃大喝，狂欢喧闹。他吩咐备马，要带着那一百名武士去二女儿里根家。一谈到忘恩负义，他说那是大理石心肠的恶魔，一个孩子要是忘恩负义，简直比海里的妖怪还可怕。不过，他诅咒大女儿高纳里尔的话听起来也够可怕的：但愿她永远不能生儿育女，万一生养出来，等孩子长大，她得到的回报会是同样的蔑视与侮辱，好让她也感受一下，一个忘恩负义的孩子咬起人来，是怎样比毒蛇的牙齿还要锋利。高纳里尔的丈夫奥本尼公爵想替自己辩解，希望李尔不要以为自己也参与了这个不义之举。李尔没听他把话讲完，盛怒之下，吩咐备好马鞍，带着他的侍从动身前往他二女儿里根的家里。李尔心想，现在跟姐姐的这个行为比起来，考狄利娅的过错（如果那是过错的话）显得多么小啊！想到这儿，他哭了。再想到不是个东西的高纳里尔，居然压倒了他的男子气概，害得他流泪，感到十分惭愧。

里根和她的丈夫在王宫里特别讲排场。李尔派仆人卡厄斯带着信先去见二女儿，为的是让她在父亲及其侍从到达前就做好接驾的准备。但高纳里尔似乎捷足先登，她也派人送信给里根，指责父亲固执任性，性情古怪，劝妹妹不要收容他带来的这么多侍从。这个送信人跟卡厄斯同时到达，两人一见面，卡厄斯就认出他正是高纳里尔的管家，他还因其对李尔故意冒失，曾绊过他一跤，是他的仇人。卡厄斯瞧着这家伙脸上的神气不顺眼，猜出他的来意，破口大骂，要跟他决斗。那家伙拒绝决斗，激愤之下，卡厄斯就把这个邪恶的信差、挑拨离间的家伙，暴打一顿，叫他受到应有的惩罚。消息传到里根和丈夫的耳朵里，尽管卡厄斯是父王派来的信使，理应受到最高礼遇，却命令给他戴上脚枷。如此一来，国王进入城堡最先进入眼帘的，就是他忠实的仆人卡厄斯屈辱地戴着脚枷坐在那儿。

然而，这只是国王将要受到待遇的一个不祥之兆。糟糕的事情接踵而来，当他问起女儿和女婿，被告知，他们走了一夜，累了，不能见他。最后，他的倔劲儿上来了，发着脾气要非见不可，他们才出来见他。可陪他们一起出来的，不是别人，而是那个可恨的高纳里尔，她跑来跟妹妹说了一通自己的道理，让妹妹也来反对父亲！

此情此景，尤其看见里根和高纳里尔手拉着手，老人非常生气。他问高纳里尔，看着他一大把白胡子，她就不觉得惭愧吗？里根劝他还是回到高纳里尔的家里，请求她原谅，并把侍从裁掉一半，跟她一起过安稳日子；因为他上了岁数，头脑糊涂了，必须得交给一个比他头脑清楚的人管教、带领。李尔认为，让他低眉顺手地向亲生女儿讨吃讨穿，简直愚蠢之极，他反对这种不近人情的依靠，坚决表示永远不再回到高纳里尔那里，他和那一百名武士要留下来跟里根一起生活。他说，里根还没有忘记他把半个王国给了她，而且，里根的眼睛温柔善良，不像高纳里尔的眼睛那么凶残。李尔还说，要是让他把侍从裁掉一半，回到高纳里尔那儿，还不如去法国，向那个不要嫁妆娶了他小女儿的国王乞求一笔微薄的抚恤金呢。

李尔期待能从里根这里得到比她姐姐高纳里尔那里好点儿的待遇，但他错了。里根好像故意要超过姐姐的虐待行为，说她认为用五十名武士来伺候他太多了，二十五名就足够了。这时，李尔的心都要碎了。他转身对高纳里尔说，愿意跟她回去，因为五十比二十五多一倍，证明她对他的爱还比里根的多出一倍。可这时候高纳里尔又变了卦，她说，哪用得着二十五名这么多人呢？连十个、五个都不用，因为他完全可以招呼她和她妹妹家里的仆人嘛。

这两个邪恶的女儿，似乎较着劲儿，要比比看谁能更残忍地虐待曾那么善待过她们的老父亲。她们想一点一点地把显示他曾是一个国王的所有尊崇和所有侍从（对曾经统治过一个王国的人来说，他已经所剩无几了！）全部裁撤。不是说非得有辉煌的依仗才算幸福，可从国王变成一个乞丐，从数百万人的统治者变成身边没有一个侍从，这样的变化确实叫人无法接受。但还不是因为没有了侍从，而是女儿忘恩负义地拒绝了他的要求，刺痛了他的心。到了这样的程度，李尔一面承受着双重的虐待，一面又为自己如此愚蠢地把王国抛弃焦躁不安，神志开始有些不正常了。他说着连自己都不明白的话，发誓要向那两个不近人情的巫婆报仇，要让她们遭到令世界惊骇的报应。

正当他这样徒劳地恫吓要做出凭他软弱的胳膊永远也不能做到的事，夜幕降临了，电闪雷鸣，暴雨交加。这个时候，他的女儿们还是坚持不让他的侍从进去，他就吩咐把马牵过来，宁愿去迎接外面暴风雨的挑战，也不愿再跟这两个忘恩负义的女儿同在一个屋檐下。而她们却说，固执任性之人不管受到什么样的伤害，对他们来说，都是正当的惩罚。于是，她们关上门，任随李尔进入了狂风暴雨之中。

风越刮越猛，暴雨也越来越大。老人冲进暴风雨与自然搏斗，跟两个歹毒的女儿比起来，更让他心里好受些。走了几英里路，几乎没见到一片灌木，国王就在这暴风雨的黑夜里，彷徨在一片荒野，与狂风雷鸣搏斗。他恨不能让风把大地刮进大海，或者让风掀起海浪，淹没大地，让那被叫作人类的忘恩负义的动物绝迹。此时，老国王身边只剩下那个可怜的小丑了，他依然跟着国王，努力想拿俏皮话来逗遭到不幸的国王开心。他说，这不过是在恶毒的夜晚里游泳，说实话，国王最好还是进去向女儿们乞求祝福：

都怪自己智商低，
嗨嗬，风吹雨打惹上身！

也只怪自己命不济，
闹不好天天都要被雨浇。

他还发誓说，这是一个能叫傲慢的女人变冷静的惬意夜晚。

李尔，当年堂堂的一国之君，如今只落得一个侍从陪伴。正在这个时候，他的忠实仆人，现在乔装成卡厄斯的好心的肯特伯爵，找到了他。虽然国王不知道他就是伯爵，他却一直侍奉左右。肯特说："哎呀！陛下，您在这儿吗？喜欢黑夜的生灵都不会喜欢这样的夜晚。可怕的暴风雨把野兽赶得都藏身洞中。人类的天性不能忍受如此的折磨和恐怖。"李尔反驳说，一个人身患重病，对小痛苦就感觉不到了。人只有在怡情悦性的时候，肉体才有灵敏的闲暇。但他除了一颗跳动的心，心灵的暴风雨已经将他的一切感觉夺去。谈到儿女的忘恩负义，他说那就像一张嘴把喂它的手咬了下来，因为父母对于儿女，就像是手、食物和一切。

在好心的卡厄斯一再请求下，国王最后被说服，从露天来到荒野上的一间简陋的小茅棚。小丑刚一进去，又突然惊慌地跑了出来，说他看见了幽灵。仔细一看，这个"幽灵"原来是一个可怜的疯乞丐，他爬进这荒废的茅棚里避雨。他说了一些关于幽灵的话，吓唬小丑。像这样可怜的疯子，可能是真疯，也可能是装疯，为的是逼着富有同情心的乡下人给他们施舍。他们还给自己起名叫"可怜的托姆"，或"可怜的屠列古德"，在乡下四处流浪，嘴里说着："哪位给可怜的托姆赏点儿什么？"然后把针、钉子或梅迭香的刺扎到胳膊上，让胳膊流着血，他们一面祈祷，一面疯疯癫癫地诅咒，靠这种可怕的动作，让那些愚昧无知的乡下人见了感动或者害怕，不得不给他们点儿施舍。这个可怜的家伙正是这种人。国王见他穷得衣不蔽体，只在腰间围着一条毯子，就断定这人一定也是把自己的所有财产都分给了女儿们，因为在他眼里，除非是生养了冷酷无情的女儿，再没有什么理由可以把一个人弄得这样悲惨的境遇了。

好心的卡厄斯听到他说出这样的疯话，明显看出是他头脑出了问题，女儿的虐待真的把他逼疯了。这时，可敬的肯特伯爵遇到了一个从未有过的机会，使他能更好地为国王效命忠诚。天亮的时候，一些仍然忠于国王的侍从，帮助他把国王送到了多佛城堡。肯特伯爵在那儿有许多朋友，也很有影响力。他自己乘船去法国，星夜兼程赶到考狄利娅的王宫，用如此动人的语言描述了她父王的凄惨遭遇，并形象地描绘出她两个姐姐毫无人性的残忍行为。这个善良、对父亲充满深情的孩子听完，泪如泉涌，要求她的国王丈夫准许她坐船到英国，带上足够的人马去征服父亲这两个残忍的女儿和她们的丈夫，让老父王恢复王位。她的丈夫同意了。于是，她带领一支王家军队出发了，在多佛登陆。

李尔精神错乱了，好心的肯特伯爵派了些人看护他。但他抽了个空子逃跑了，正在多佛附近的田野里徘徊，这个时候被考狄利娅的侍从发现了。当时李尔的境况可真够悲惨的，他完全疯了，大声唱着歌，头上戴着用稻草、荨麻和从麦地里捡到的其他野草编成的王冠。

考狄利娅迫切要见到父亲，可她还是被医生们的建议说服了，等睡眠和医生所开药草的作用使李尔恢复了镇定，父女再见面。考狄利娅答应只要能治好老国王的病，她就把所有的金子和珠宝都送给这些医道娴熟的大夫。很快，李尔的神志就恢复到可以跟他的小女儿见面了。

父女重相聚，情景特感人：可怜的老国王在为又一次见到他曾经钟爱过的孩子欣喜的同时，又为受到如此的孝敬而感到十分愧疚，因为当初他为了那么一点儿微不足道的过错，就生气地把她遗弃了。两种感情跟他尚未痊愈的疾病交织纠缠在一起，他那半疯狂的头脑有时使他记不清身在何地，是谁这么轻柔地吻着他，跟他说话。然后，他说，如果他错把这位夫人认作自己的女儿考狄利娅，请旁边的人不要见笑。接着，他跪下来，向他女儿请求原谅。那位好夫人也一直跪在那儿，请他祝福，并对他说，他不该下跪，这是她作女儿的应尽的责任，因为她是他的孩子，是真的、实实在在的考狄利娅！她一边吻他，一边嘴里说着，希望这一吻可以吻去她姐姐们对他的虐待。考狄利娅说，她们把仁慈的白胡子老爸赶到寒冷的暴风雨里，应该感到耻辱。她巧妙地打比方说，即使是她仇人的狗，如果被它咬了，在那样的夜晚，她也会让它卧在她的火炉旁边，暖暖身子。考狄利娅告诉父亲，这次从法国来，就是为了要帮助他。李尔说，由于他的老而昏聩，不知道做了什么事，请她一定要原谅和忘却。她有充分的理由不爱他，而她的两个姐姐却没有不爱他的理由。考狄利娅说，她跟她姐姐同样没有理由不爱他。

现在，我们把老国王托付给这位孝顺和深爱他的孩子去保护。两个女儿对国王的残忍行为，使他受了严重打击，神经错乱。最后，考狄利娅和她的医生们，用睡眠和药治好了他的病。现在，让我们回过来简单说说他那两个残忍的女儿。

这两个忘恩负义的怪物，对父亲都能如此虚伪，对自己的丈夫，也证明是不忠实的。没多久，她们甚至对表面上的夫妻本分和感情都厌倦了，公开表示她们爱上了别人。巧的是，她们两个人所爱的姘夫是同一个人，他是已故葛罗斯特伯爵的私生子爱德蒙。他背信弃义，剥夺了本该由他哥哥埃德伽合法继承的伯爵爵位，凭着邪恶的手段自己成了伯爵。他是一个邪恶的人，跟高纳里尔和里根这两个邪恶的造物相爱，倒是十分相配。正好在这个时候，里根的丈夫康华尔公爵死了，里根马上宣布要跟葛罗斯特伯爵结婚。这使她的姐姐醋性大发，因为这个邪恶的伯爵不只向里根，同时也在不同的时间，向高纳里尔表示过爱情。她想法把里根毒死了。但这件事情被她的丈夫奥本尼公爵发觉了，而且，他也听说她跟伯爵关系暧昧，就把她囚禁起来。爱情挫折，再加上郁闷，没过不久，她自杀了。天理公道就这样在这两个邪恶的女儿身上降临了。

所有人都注意到了这件事，赞美着在这两个人的死上显示出了正义公道。但忽然间，他们又看到他们所赞美的同一种正义公道的力量，竟以奇妙的方式在年轻、品德高尚的女儿考狄利娅的悲惨命运上降临了。对她来说，似乎应该善有善报。但这是个可怕的真理，世间的纯洁和孝道并不一定总有善报。高纳里尔和里根所派那个卑鄙的葛罗斯特伯爵率领的军队，打了胜仗。这个阴险的伯爵不愿在他和王位之间看到有什么妨碍，就把考狄利娅害死在监牢里。这样，上天在这个纯洁的女人向世界昭示了孝道的卓越榜样之后，在她年轻的时候，就把她接回去了。这个善良的孩子死后不久，李尔也去世了。

李尔去世以前，好心的肯特伯爵一直追随在老主人身边，从他最初受女儿虐待，到他悲伤落难，从未离开。肯特想让国王明白，他一直是在用卡厄斯这个名字跟随他，但那个时候，李尔被气得发了疯，已经不能理解那是怎么回事，肯特和卡厄斯怎么可能是一个人。这么一想，肯特也觉得也无需在那样的非常时刻，向他解释，免得添乱。李尔死了之后不久，国王的这个忠仆，也因年事已高，再加上为了老主人的不幸而悲痛，也跟着进了坟墓。

天理公道终究还是在邪恶的葛罗斯特伯爵头上降临了。他的阴谋败露以后，在跟他合法的伯爵哥哥进行的一场决斗中，被刺死了。高纳里尔的丈夫奥本尼公爵，因没有参与害死考狄利娅，也从没有鼓励过他的妻子那样虐待父亲，李尔死了以后，他就当上了不列颠国王。这些事都不必再提了，我们的故事所关心的是李尔和他三个女儿的经历，而他们都死了。

麦克白

A·乔斯顿　C·W·夏普

在“温和的邓肯”作苏格兰国王的时候，国内有一个因战功显赫而授封的爵士，也就是贵族，叫麦克白。这个麦克白是国王的近亲，由于他足智多谋，能征惯战，很受朝廷的尊敬。最近，他刚刚打败了一支人数众多，并得到挪威军队援助的叛军。

麦克白和班柯这两位苏格兰将军，在打完这场惨烈的仗，班师回朝，经过一片枯萎的荒野时，被三个长得像女人的怪物拦住了。说她们是女人，可都长着胡子，但从她们那干枯的皮肤和身上的粗布滥衫来看，根本不像凡尘中人。麦克白先跟她们打招呼，她们显出生气的样子，每人都把皲裂的手指放在皮包骨的嘴唇上，作为保持沉默的暗示。她们中的第一个人向麦克白致意，称他为“葛莱密斯爵士”。将军发现她们知道他是谁，吃惊不小。接着，第二个向他致意的人更叫他吃惊，称呼他“考特爵士”，对这份荣誉他本还没有享受。然后，第三个人对他说：“万岁，未来的国王！”这种先知的致意确实叫他惊异，他知道国王的儿子只要活着，他就没有继承王位的希望。然后，她们又转过身，令人摸不着头脑地对班柯宣布：他的地位比麦克白低，却会比麦克白伟大！没有麦克白那样的幸福，却会比麦克白幸福得多！还预言他虽然做不成国王，但他的子孙将成为苏格兰国王。说完，她们就消失在空气中了。这样，两位将军才知道她们就是命运三女神，也就是巫婆。

正当他们站在那儿，为这件奇遇感到百思不得其解的时候，国王的信使到了，奉国王之命，封麦克白为考特爵士。这件事儿太离奇了，巫婆刚才的预言完全应验，麦克白大为吃惊。他站在那儿发楞，对国王的信使竟答不出话来。此时此刻，在他脑子里膨胀出希望第三个巫婆的预言也能同样灵光，这样，早晚有一天他就会成为苏格兰国王。

他转身对班柯说：“巫婆答应我的事已经如此神奇地地应验了，难道你不希望你的子孙当国王吗？”

“要是那样希望，”班柯回答说，“会激起你对王位的贪婪欲望。这些恶魔的使者时常在一些小事儿上，给咱们透露一点儿实情，却让咱们误入有严重后果的歧途。”

但巫婆的邪恶暗示，在麦克白的心上留下了过于深刻的印象。他并不理会好心的班柯对他的忠告，从那以后，便把全部心思都放在了如何夺取苏格兰王位。

麦克白有个妻子。他把命运三女神离奇的预言和有的已经应验的事告诉了她。麦克白的妻子是个野心勃勃的坏女人，为使她的丈夫和自己成为大人物，做起事来完全不择手段。麦克白一想到流血，感到良心不安，对实现预言还有几分不情愿。但他的妻子极力煽动他，跟他说，要想实现那个恭维他的预言，就非得把国王杀死。

国王经常屈尊到重要的贵族家里拜访，致以亲切的问候。正好这时候，国王在两个儿子马尔康和道纳本的陪伴下，来到麦克白家。为了更加彰显对麦克白胜利凯旋的尊敬，国王特意带了许多爵士和随从。

麦克白的城堡地势奇佳，周边的空气清新怡人，城堡所有的飞檐和扶壁下，只要可以落脚的地方，都有毛脚燕和燕子搭的窝。凡是燕子喜欢繁殖、盘桓的地方，那儿的空气总能令人心旷神怡。国王走进来，对这地方十分满意，对这位可敬的女主人麦克白夫人的殷勤款待和对自己的爱戴，也表示满意。但麦克白夫人的微笑里掩藏着一副蛇蝎心肠，她看起来像花一样纯洁，而实际上，她却是藏在花下的一条蛇。

国王一路劳顿，很早就上床睡了。（按照当时的惯例），在他的寝室里，要有两名侍从官睡在旁边。他尤其对这一款待感到不同寻常的高兴。就寝前，他赐给大臣们一些礼物，为犒赏最殷勤的女主人，还特地送给麦克白夫人一颗贵重的钻石。

这时正值半夜，半个世界好像死一样沉寂。恶梦在睡眠里欺骗着人们的心绪，只有狼和凶手在外面活动。这时，麦克白夫人从梦中醒来，开始计划谋害国王。对于一个女人，当刺客是件令人憎恶的行为，她自己也不愿意干，但她又怕丈夫心慈手软，下不了手。她很清楚他有野心，但也十分清楚，他做事谨慎，像杀人这样的犯罪，若非野心发展到无可节制的地步，是干不出来的。麦克白还不准备动手。虽然他答应了去行刺，但她怀疑他的胆量。她担心丈夫天生一副软心肠（他比她有更多一点儿的人性），会影响他达到目的。因此，她自己手拿一把匕首，走近国王的床边。睡在寝室的两个侍从官，早被她用酒灌得烂醉如泥，哪还顾得上保卫国王。一路上鞍马劳顿的邓肯，也很累了，睡得正香。她仔细观察熟睡着的国王的脸，发现什么地方有些像自己的父亲，这使她也失去了下手的勇气。

她回去跟丈夫商量。他的决心早就犹豫了。他考虑再三，觉得这件事有一万条理由不能干。第一，他不仅是国王的臣民，还是他的近亲，那天他又是款待国王的东道主。按照待客的法律，他的职责就是把住门户，不让刺客进来，更不能自己拿刀去行刺。然后，他又想，这位邓肯是个多么公正、仁慈的国王，从不伤害百姓，对贵族，特别是对自己，又是那样的宠爱。就是上天也会对这样的国王倍加呵护，如果害死了，百姓也要加倍替他报仇。同时，由于深得国王宠爱，不论什么样的人，对麦克白都很敬重，怎么能让这样的荣誉蒙受卑鄙谋杀的污点！

麦克白夫人发现丈夫处在这种内心矛盾之中，并有向好的方面倾斜的意向，决心不去谋杀国王了。而她是为达到邪恶目的绝不肯轻易罢手的女人，她开始不厌其烦地在他耳朵边说着，把她自己的一部分观念灌到他的思想里，并举出一条又一条的理由来说服他：既然已经决定动手，就不该退缩；这件事其实很容易干；很快就能得手；短短一个晚上的行动，可以叫他们在今后所有的日日夜夜，君临天下，独享王权！然后她又对他改变主意表示轻蔑，指责他变幻不定，胆怯懦弱。她还说，她曾经给婴儿喂过奶，懂得如何温柔地去爱吃奶的婴儿，但她能在婴儿正对她微笑的时候，把他从怀里拽出来，摔出他的脑浆子，只要她曾经发誓要那样做，正像麦克白发过誓要去刺杀国王一样。接着她又补充说，事情很简单，把谋杀的罪名推到那两个喝醉酒睡在那儿的侍从官身上不就得了。她就这样用如簧之舌指责麦克白瞻前顾后，犹豫不决，再一次叫他鼓起勇气去干这个血腥的谋杀。

于是，他手拿匕首，摸着黑偷偷溜进邓肯睡的房间。正走着，他仿佛看到空中有另外一把匕首，刀柄朝着他，刀刃和刀尖上滴着血。他想伸手去抓，除了空气，什么也没有，只不过是他那急躁得令人窒息的心境和他正要去干的谋杀所引起的幻觉。

他摆脱了这种恐惧心理，走进国王的房间，一刀就把国王杀了。他刚行刺完，陪国王睡在寝室里的一个侍从官就在梦里大笑起来，另一个侍从官嚷着："有刺客！"两个人都醒了，嘴里还说了一段短短的祷告，一个说："上帝祝福我们！"另一个回答："阿们。"然后，两个人又睡着了。麦克白站在那儿听他们说话，当第一个侍从官说"上帝祝福我们！"时，他也很想跟着说"阿们。"虽然他最需要祝福，但这个字如鲠在喉，就是说不出来。

麦克白感觉仿佛又听到一个声音在嚷："别再睡啦！麦克白把睡眠

谋杀了，把那清白无辜、滋养生命的睡眠谋杀了。”那声音仍然满屋子嚷着：“别再睡啦！”“葛莱密斯谋杀了睡眠，考特将再也睡不成了，麦克白将再也睡不成了。”

麦克白带着这种令人恐怖的幻觉，回到正等着听消息的妻子跟前。麦克白夫人还以为他没去行刺，事情出现了什么挫折。麦克白进来时显得是那样的心烦意乱，妻子责备他不够果断，叫他去把手上沾的血污洗干净，然后她自己又拿着匕首去把血涂抹在侍从官的脸上，好让人看去以为是他们谋杀了国王。

晨曦初露，这件无法掩盖的谋杀就被发觉了。尽管麦克白和他的妻子显得悲痛欲绝，两个侍从官行刺的证据也很充分（从他们的身上搜出了匕首，他们脸上满是血污），大家的怀疑却全部集中在麦克白身上。因为跟这两个可怜愚蠢的侍从官比起来，麦克白干这件事的动机昭然若揭。邓肯的两个儿子逃走了，大儿子马尔康逃往英国，请求王室庇护，小儿子道纳本逃到了爱尔兰。

王位本该由国王的儿子继承，现在无人继承，麦克白就以下一个继承者的身份，加冕当了国王。这样，命运三女神的预言就精准地应验了。

尽管已经权倾朝野，但麦克白和他的王后并没有忘记命运三女神的预言，即麦克白虽然作了国王，继承他王位的却是班柯的子孙，而不是他自己的子孙。想到这儿，再一想他们双手沾满了血污，犯下如此大的罪恶，最终却只是把班柯的子孙扶上王位，一直耿耿于怀。命运三女神关于麦克白的那些预言已经神奇地应验了，他们下决心要一起处掉班柯和他的儿子，让班柯的那部分预言无法应验。

为了实现这个目的，麦克白布置了一个盛大的晚宴，邀请所有重要的爵士参加，其中，为显示特别的尊崇，还邀请了班柯和他的儿子弗里恩斯。那天晚上，班柯在去参加宴会的路上，被麦克白事先埋伏的刺客杀死了，弗里恩斯却在混战中逃跑了。就是这个弗里恩斯传下的后代，接连作了苏格兰的国王，一直延续到苏格兰的詹姆士六世兼英国的詹姆士一世，英国正是在他统治下，跟苏格兰合并。

在晚宴上，举止高贵的王后显得极其和蔼可亲，以女主人的殷勤款待所有到场的宾客，赢得了每个人的好感。麦克白跟他的大臣和贵族们无拘无束地随意聊着，说要是他的好朋友班柯也在座，那现在就是本国所有值得尊敬的人的群英会了。但愿班柯没来是因他一时疏忽，责备他就是了，他可不希望为班柯遭了什么不幸而悲哀。正说着，被他派人杀死的班柯的鬼魂走进来，坐在了麦克白刚要落座的椅子上。麦克白是个勇敢的人，他才不会被魔鬼吓得浑身战栗，但看到这种可怕的景象，吓得脸色苍白，站在那儿，眼睛直愣愣地望着鬼魂，连一点儿男子气概也没有了。

王后和贵族们什么也看不见，只看见麦克白对着空椅子（他们这样想）发呆，以为他一时精神错乱了。她责备他，悄声对他说，这是跟他那天去刺杀邓肯时在空中看到了匕首一样的幻觉。但麦克白继续盯着鬼魂，没心思听别人怎么说，只顾跟鬼魂说话。话说得语无伦次，却又如此意味深长。王后担心他这样会把那可怕的秘密泄露出去，就找了个理由，说身体虚弱的麦克白犯了神经紊乱的老毛病，匆忙把客人送走了。

就这样，麦克白遭受着这种可怕幻觉的折磨。他和王后每天夜里都在这令人惊恐的梦中度过，弗里恩斯的逃跑比起班柯的死更让他们恐惧。现在，麦克白把这个弗里恩斯看成是未来国王们的先祖，他会叫他的后代永世作不了国王。这些卑鄙无耻的思想搅得他们心神不宁，麦克白决定再去找命运三女神，想问问她们事情最坏的结果是什么。

他在荒野上的一个山洞里找到了命运三女神。她们也预见到他会来，正为他准备一些能把地狱里的幽灵招来的可怕符咒。这些可以向她们显示未来的符咒，是由一些令人毛骨悚然的材料做成的，有癞蛤蟆、蝙蝠和蛇，有蝾螈的眼睛、狗的舌头、蜥蜴的腿、夜猫子的翅膀、蟒蛇的鳞、狼牙、盐海里饿鲨鱼的胃、女巫的木乃伊、毒参根（必须得在夜里挖出来才有效）、山羊胆、犹太人的肝、长在坟墓上的紫杉树枝和一个死孩子的手指头。把这些东西一起放在一口大锅里熬，煮沸的时候，马上浇上狒狒的血，让它变凉。然后，再浇上吃过自己生的猪崽儿的老母猪的血，并把绞刑架上杀人犯流的脂肪投进火里。有了这种符咒，地狱里的幽灵就只能乖乖地回答她们的问题。

她们问麦克白，愿意由她们，还是由她们的师傅（那些幽灵），来回答他的问题。麦克白丝毫没被刚才看到的那幕可怕的仪式所吓倒，他大胆地回答："幽灵在哪儿？让我见它们。"幽灵被召唤出来，一共有三个。

第一个幽灵出现了，像一个戴着钢盔的脑袋。它叫着麦克白的名字，吩咐他要提防费辅爵士。麦克白听到这个告戒，向它道谢，因为他始终嫉妒费辅爵士麦克德夫。

第二个幽灵出现了，像一个浑身流血的孩子。它叫着麦克白的名字，吩咐他不必担心，对凡人的力量可以完全不屑一顾，凡是女人胎生的，没人能伤害他。它劝他要残忍、勇敢、果断！

“那你就活着吧，麦克德夫！”国王大声喊到，“我何必怕你呢？但我要做到一万个放心，就非得叫你死。那样我便可以将怯懦的恐惧抛到一边，就算雷声震天我也能安然入睡。”

把这个幽灵打发走以后，第三个又出现了，外形是一个戴王冠的孩子，手里举着一棵树。它叫着麦克白的名字，安慰他不要怕什么阴谋，说他永远是不可战胜的，除非勃南的森林会移到邓西嫩的山上向他进攻。

“吉兆，真是好极了！”麦克白大声喊着。“有谁能拔起森林，叫它从生根的地上移走呢？我想我可以像常人一样颐养天年了，不会暴死。可还有一件事揪着我的心，我想知道，既然你们有本事对我说了那么多事，那请再告诉我，班柯的子孙是否会在这片国土上当国王。”

这时，那口锅沉入地下，随着奏起了音乐，有八个像国王的影子从麦克白面前走过，走在最后的是班柯。他手里拿着一面镜子，里面呈现出更多的人形。班柯浑身是血，冲麦克白微笑着，用手指着那些人形。麦克白知道，那些是班柯的子孙，他们将接替麦克白作苏格兰国王。命运三女神在奏了一阵悠扬的音乐，跳了一阵舞，表示对麦克白已经尽到责任，并表示欢迎之后，消失了。从此，麦克白的心里全是血腥、可怕的念头。

走出命运三女神的山洞以后，他听到的第一件事就是，费辅爵士麦克德夫已经逃到英格兰，参加了由已故国王的长子马尔康为反抗麦克白正在组建的一支军队，目的是取代麦克白，由正当的王位继承人马尔康作国王。怒不可遏的麦克白，马上派兵攻入麦克德夫的城堡，把爵士留下的妻子儿女杀死，并把所有跟麦克德夫沾亲带故的人一律处斩。

麦克白干的这些以及所有诸如此类的事，使所有重要的贵族都在思想上跟他疏远了。此时，马尔康和麦克德夫已经在英格兰组建起来了一支强大的军队，现在正向这边开来。凡能逃走的，都参加了这支军队，留下的，尽管怕麦克白，不能积极参加，也都在私下里盼望他们的军队能打赢。麦克白征募新兵的工作进展缓慢，因为人人都恨他这个暴君，没有人爱他或尊敬他，所有人都猜疑他。他开始嫉妒正睡在坟墓里的邓肯，邓肯虽然遭到叛逆者最残忍的谋杀，却能安眠于地下。剑和毒药，国内的谋害和国外的战争，再也不能伤害他了。

就在战事将起的时候，王后死了。她是麦克白罪恶行为的唯一同谋，也只有躺在她的怀里，他有时才能暂时把每天晚上折磨他们两个人的那些恶梦忘掉。她也许是因为无法承受内心对罪恶的自责和民众的仇恨而自杀的。这样，就剩下麦克白孤零零的一个人了，再没有一个爱他、关心他的人，也再没有一个能听他吐露邪恶阴谋的朋友。

他对生命变得无所谓了，只求一死。但马尔康军队的逼近又把他早年的勇猛激发起来，他决心“身披盔甲”（他是这么表示的）一战而死。除此，女巫那些毫无意义的诺言也使他有一种盲目的自信。他记得幽灵说过，凡是女人胎生的，没人能伤害他；他永远是不可战胜的，除非勃南的森林会移到邓西嫩的山上向他进攻。他觉得绝无可能发生这样的事，因此，他把自己关在城堡里，以为城堡固若金汤，即使围攻，也坚不可摧。他就这样整日阴沉着脸等候马尔康的到来，直到有一天，一个传令官来向他报告时，脸色苍白，吓得浑身发抖，几乎无法将他所看到的情景描述出来。但他断言这是千真万确的，当他站在山上观察的时候，朝勃南方向望去，他觉得那里的森林在移动。

“你这个说谎的奴才！”麦克白吼道，“如果你说的不是真话，我就把你吊在旁边这棵树上，饿死你。如果你说的是真话，你干脆把我吊死也无所谓了。”因为此时，麦克白已经开始失去了勇气，他怀疑起幽灵说的模棱两可的话。幽灵让他不必担心，除非勃南的森林移到邓西嫩来，可现在森林真的在移动。“如果传令官保证他所说是真的，”他说，“那就让我们披坚执锐应战吧。既然无路可逃，也不能坐以待毙。我开始厌倦阳光了，但求生命就这样结束吧。”

说完这些绝望的话，他朝着已经逼近并开始围攻城堡的的马尔康的军队冲了过去。

让传令官觉得森林在移动的奇异现象其实很容易解释。原来，当围攻麦克白的军队经过勃南的森林时，精于战术的马尔康将军，命令士兵每人砍一根树枝举在面前，这样也可以掩盖军队的确实人数。不过，从远处看，士兵举着树枝前进的情景确实把那个传令官吓坏了。这样，幽灵的话又应验了，只是跟麦克白当初理解的不一样。因此，他失去了自信的一个重要支撑。

现在，一场惨烈的短兵相接的战斗开始了。麦克白只得到一些自称是他朋友的人的无力支持，其实他们也恨这个暴君，心里向着马尔康和麦克德夫。不过，麦克白作战确实勇猛异常，谁跟他交手，都被杀到四分五裂。他一直杀到麦克德夫正跟人交手的地方。一看见麦克德夫，他记起幽灵的告戒，在所有人中，第一个要避开的人就是麦克德夫。麦克白掉头想走，却被一直在战斗中正寻找他的麦克德夫拦住了去路。于是，一场激烈的对决开始了。麦克德夫罄竹难书地痛骂麦克白杀了他的妻儿。麦克白杀了他全家，血债累累，良心不安，拒绝交手。但麦克德夫一再骂他是暴君、凶手、地狱里的狗和恶棍，逼迫他交手。

这时，麦克白又记起了幽灵说过的话：凡是女人胎生的，没人能伤害他。想到这儿，他充满自信地对麦克德夫微笑着说："你是白费气力。想伤害我，你顶多也就是用剑在空中划一道线。我有生命的符咒：凡是女人胎生的，没人能伤害他。"

"别指望你的符咒了，"麦克德夫说，"让你侍奉的那个说谎的幽灵告诉你，麦克德夫根本就不跟常人一样，是女人胎生的，他是没够月份被从娘肚子里取出来的。"

"愿对我讲这话的舌头受到诅咒，"麦克白浑身战栗地说，他感到最后残存的一点儿赖以支撑的自信也失去了。"愿人们以后别再相信从那些女巫和骗人的幽灵嘴里说出来的暧昧的谎言，它们用双关语骗我们，当他们所说一字不差应验的时候，我们才发现正与希望相反，悔之晚矣。我不跟你交手。"

"那就饶你一命！"麦克德夫轻蔑地说，"但我们得像人们对待妖怪那样，把你示众，在一块带图像的木板上写下：'看！这是暴君！'"

"绝不，"麦克白说，绝望中的他又恢复了勇气，"我不能苟活着去吻马尔康那小子脚下的泥土，去挨平民百姓的咒骂。尽管勃南的森林已经移到了邓西嫩山上，你反抗我，而你又不是女人胎生的，我还是要誓死一战。"

说完这番疯话，他朝麦克德夫冲去。经过一场激战，麦克德夫最终打败了他，砍下他的脑袋，把它当礼物呈献给年轻的、合法的国王马尔康。马尔康接过被篡位者阴谋夺去许久的政权，在贵族和百姓的欢呼声中，登上"温和的邓肯"留下来的王位。

终成眷属

罗西昂伯爵勃特拉姆的父亲刚去世，由他继承父亲的伯爵爵位和产业。法国国王过去跟勃特拉姆的父亲友情深厚，听说他死了，马上派人来，招他儿子去巴黎的王宫。国王是想看在跟已故伯爵的旧日交情，给予年轻的勃特拉姆以特别的恩宠和保护。

法国宫廷派了一位年老的贵族拉佛来接勃特拉姆去见国王，这时，勃特拉姆正跟自己的母亲，伯爵的遗孀，住在一起。法国国王是个专制的君主，他请人进宫从来都是下达王室谕旨或绝对命令，即使地位显赫的臣民，也没人可以违抗。因此，伯爵夫人在跟心爱的儿子分别时，伤心得好像又埋葬了一次丈夫，她刚为失去的丈夫送完葬。但她一天也不敢耽搁，吩咐他马上动身。她刚刚失去丈夫，现在儿子忽然又要离开，来接勃特拉姆的拉佛，尽量用宫廷里那套好听的恭维话宽慰她说，国王是位仁慈的君主，一定会像她丈夫那样照顾好她，也会像父亲那样照顾好她的儿子。意思只有一个，即仁慈的国王一定会关照勃特拉姆。拉佛告诉伯爵夫人，国王得了绝症，御医已经宣布这种病无药可医。伯爵夫人听到国王生病的情形，感到非常难过。她说，如果海丽娜（正服侍伯爵夫人的一位年轻小姐）的父亲还活着就好了，她毫不怀疑他能冶好国王的病。她跟拉佛简单讲了一下海丽娜的情况，她的父亲吉拉·德·拿滂是位名医，临死前把这个独生女托付给伯爵夫人照顾。所以，海丽娜的父亲去世以后，她就成了海丽娜的保护人。然后，伯爵夫人又称赞海丽娜品德高尚，能力出众，说她这些美德完全是从她可敬的父亲身上继承的。伯爵夫人正这样说着，海丽娜默默哭了起来，显得很伤心，这使伯爵夫人亲切地嗔怪她，别为了父亲的去世过分悲伤。

这时，勃特拉姆跟母亲辞行。伯爵夫人眼里流着泪，跟心爱的儿子告别，一再祝福他，并把他托付给拉佛，说：“好心的大人，他是个初出茅庐的朝臣，请您多多指教。”

勃特拉姆最后跟海丽娜说的，不过是几句祝她快乐之类的客气话。他短短的临别赠言是这样结束的：“安慰我的母亲，也就是你的女主人，好好伺候她。”

海丽娜爱上勃特拉姆已有很长时间了。刚才她默默地伤心流泪，并不是为了吉拉·德·拿滂。海丽娜爱她的父亲，可现在她更深爱着勃特拉姆，而且他马上就要从她眼前消失了。她连死去的父亲的形象都忘记了，他脑子里全是勃特拉姆的影子。

海丽娜爱勃特拉姆很久了，但她总提醒自己，他是罗西昂伯爵，是法国最古老的家族的后裔，而她却出身卑微。她的父母没有地位，而勃特拉姆的始祖就是贵族。她把出身高贵的勃特拉姆看成是她的主人，是她亲爱的少爷，除了希望能活着作他的奴仆，就这样一直到死都作他的奴仆以外，别的什么都不敢想。在地位显赫的勃特拉姆跟她卑微的出身之间，有一条巨大的鸿沟。她说："勃特拉姆在我之上，遥不可及，我就像爱上了一颗特别明亮的星星，想跟它结婚。"

勃特拉姆的离去使她眼里充满了泪水，心里充满了忧伤。以前，尽管她也是爱得毫无希望，她总还能随时随地见到他，这是对她心灵最大的安慰。海丽娜喜欢坐在那儿，凝望着他那深色的眼睛、弯弯的眉毛、好看的卷发。她似乎能在心底绘出他的肖像，她所爱的那张脸上的每一根线条，都留在她的心里。

吉拉·德·拿滂去世时，除了一些稀世罕见的珍贵药方，什么财产也没给她留下。经过深入研究和药效的长期试验，证明这些都是药到病除的秘方，其中有一种注明了可以医治拉佛所说的使国王变得衰弱无力的那种病。当海丽娜听说国王正忍受着病痛的煎熬，尽管她仍然觉得自己地位卑微，而且毫无指望，脑子里还是有了一个雄心勃勃的计划，她要到巴黎亲自去给国王治病。可是，尽管海丽娜是这个稀世良方的继承者，既然国王和御医们都认为这病无药可救，如果她表示能治好国王的病，他们会觉得凭她这么一个可怜无知的姑娘，有什么资格给国王看病。但海丽娜坚定地相信，如果能允许她试一下，她保证能治好国王的病。虽然她父亲是当时最著名的医生，但她似乎比她父亲所保证的医术更高超。海丽娜有一种强烈的感觉，自信这剂良药受到了天上所有幸运之星的眷顾，是一笔能使她交上好运的遗产，甚至能使她享有罗西昂伯爵的妻子那样高的名分。

勃特拉姆刚走一会儿，伯爵夫人的管家就告诉她，他从海丽娜自言自语的一些话里听出，她爱上了勃特拉姆，想到巴黎去找他。伯爵夫人谢过管家，要他去告诉海丽娜，伯爵夫人找她有话说。管家刚说的有关海丽娜的话，让伯爵夫人回想起自己年轻时的事，那也许正是她刚爱上了勃特拉姆父亲的时候。她自言自语着："我年轻的时候不是也这样嘛。'爱情'是一根刺，属于'青春'的蔷薇。只要我们是大自然的孩子，就会在青春的季节做出错事，尽管当时我们并不认为是错事。"

伯爵夫人正这样思索着自己年轻时在爱情上所犯的过失，海丽娜走了进来。她对海丽娜说："海丽娜，你知道，我待你就像母亲一样。"

海丽娜回答说："您是我尊贵的女主人。"

"你是我的女儿啊，"伯爵夫人又说，"我说我是你的母亲。听了这话，你为什么吓得脸色苍白呢？"

海丽娜害怕伯爵夫人猜出她爱上了勃特拉姆，神色显得十分惊慌，脑子也乱了。但她仍然回答说："夫人，请您原谅，您不是我的母亲。罗西昂伯爵不能作我的哥哥，我也不能作您的女儿。"

"可是海丽娜，"伯爵夫人说，"你可以作我的儿媳妇啊。恐怕你就是想当我的儿媳妇，所以一听到母亲、女儿这样的字眼儿才如此惊慌。海丽娜，你爱不爱我的儿子？"

"好夫人，请您原谅。"海丽娜心里很害怕地说。

"你爱不爱我的儿子？"伯爵夫人又问了一遍。

"夫人，您不是也爱他吗？"海丽娜说。

伯爵夫人回答说："海丽娜，别回避我的问题。过来，过来，把你的心事告诉我，你对他的爱情我已经全看出来了。"

这时，海丽娜跪下来，承认她爱上了勃特拉姆。她怀着惭愧而恐惧的心情，恳请得到尊贵的女主人的饶恕。她表示，她知道两人地位悬殊，并声明勃特拉姆并不知道她爱他。她把自己因出身卑微而追求不到的爱情，比成一个可怜的印第安人对太阳的崇拜，太阳照耀着它的崇拜者，却并不知道他。伯爵夫人问海丽娜最近有没有去巴黎的打算，海丽娜承认，当她听拉佛讲到国王的病时，心里有了这样的想法。

"这就是你想去巴黎的动机吗？"伯爵夫人说，"真是这样吗？告诉我实话。"

海丽娜诚实地回答："是因为您的儿子。否则，什么巴黎、药方、国王，当时我脑子里根本就没有这些。"

伯爵夫人听了她的全部表白，既没表示赞同，也没表示责备。她仔细询问海丽娜，那药对治好国王的病到底有多大把握。伯爵夫人发现，吉拉·德·拿滂临终前传给女儿的这个药方，是他所有药方中最珍贵的。她回想起在那庄严的时刻，她郑重承诺要照顾这个年轻的姑娘，现在，海丽娜的命运和国王的生命，似乎都维系在海丽娜这个计划的实施上了。（这个计划虽说只是一个痴情姑娘想出来的，但伯爵夫人心想，老天没准会为了治好国王的病默默做点儿什么，这样也是替吉拉·德·拿滂女儿的未来命运打下基础。）她未加任何阻拦，同意海丽娜照着自己的想法去做。她慷慨解囊，替她准备了足够的盘缠，还给她派了数目适当的陪从。于是，海丽娜带着伯爵夫人的一番祝福和希望她成功的良好祝愿，动身前往巴黎。

海丽娜到了巴黎，在她的朋友老朝臣拉佛的帮助下，得以觐见国王。她遇到许多困难，因为劝说国王试试这个美丽的年轻女医生的药，并不是件容易的事。她告诉国王，她是吉拉·德·拿滂（国王对他的大名早有耳闻）的女儿。她把宝贵的药呈献给国王，说这是稀世良药，是她父亲长期积累和医术的结晶。她大胆允诺，如果国王两天之内龙体不能完全康复，她情愿以命相抵。最后，国王答应一试。就是说，如果两天之内国王的病没好，她就得送命。可她要是治好了国王的病，国王答应她可以在全法国随便选个男人（王子除外）作她的丈夫。因为她要的报酬就是，如果她能治好国王的病，就由她自己来挑选丈夫。

海丽娜的希望没有落空，父亲的药果然治好了国王的病。不到两天，国王完全康复了。于是，他把宫里所有的年轻贵族都召集起来，按照约定好的报酬，让这位美丽的女医生挑选一位丈夫。他请海丽娜在这群单身的年轻贵族中随便挑选。海丽娜没费劲就挑好了，因为在年轻的贵族中间，她看到了罗西昂伯爵。她转过身，对勃特拉姆说："就是这一位。我的主人，我不敢说是我挑选了您。但只要我在世一天，我就把我献给您，服侍您，听您的召唤。"

"好吧，"国王说，"年轻的勃特拉姆，娶了她，她就是你的妻子。"

勃特拉姆毫不犹豫地声明，他不喜欢国王赐给他的这个毛遂自荐的海丽娜。他说，她是个穷医生的女儿，是他父亲抚养大的，现在的生活完全靠他母亲的施舍。

海丽娜听他说出这拒绝和轻蔑她的话，对国王说："陛下，您的病好了，我非常高兴。其他的事就算了吧。"

然而，国王不能容忍他的圣旨被如此轻视。法国国王有许多特权，其中一项就是有权给贵族们赐婚。当天，勃特拉姆跟海丽娜结了婚。但对勃特拉姆来说，他跟海丽娜的婚姻是强制的、不称心的，对这可怜的姑娘，也没有什么前途。尽管这个贵族丈夫是她冒着生命危险得到的，可她得到的似乎只是一场美丽的虚空，因为法国国王没有权力把她丈夫的爱情作为礼物赏赐给她。

海丽娜结婚不久，勃特拉姆就要她请求国王，准许他离开宫廷。当她把国王批准他离宫的消息告诉他，他对海丽娜说，他对这门不期而至的婚姻毫无准备，搞得他心神不定，因此，希望她不要对他将要采取的行动感到奇怪。当海丽娜发现勃特拉姆试图离开她，即使并不觉得奇怪，心里也是十分悲伤。勃特拉姆吩咐她回到他母亲家去。

海丽娜听到这个冷酷的吩咐，回答说："老爷，我对此无话可说，我只是您最顺从的仆人。都怪我卑微的出身与这份好运不相配，我将终身侍奉您，来弥补我的不足。"

海丽娜这番谦卑的话，丝毫也没能打动傲慢的勃特拉姆，使他对柔顺的妻子生出怜悯之心。分手时，他甚至连告别时一般要说的客气话都没有。

海丽娜回到了伯爵夫人家。她这趟行程的目的达到了，她拯救了国王的性命，跟她心爱的少爷罗西昂伯爵结了婚。但当她回到高贵的婆婆身边，却变成一个郁郁寡欢的女人。刚一进家门，她就收到勃特拉姆的一封信，读了信，她的心几乎都要碎了。

好心的伯爵夫人热诚地欢迎她，好像海丽娜是她儿子亲自挑选的媳妇，是一位出身高贵的女人。勃特拉姆在新婚那天，就对妻子如此冷酷，把她一人打发回家，为此，伯爵夫人对海丽娜说了好多劝慰的话。虽然伯爵夫人如此这般的殷勤接待，也没能让海丽娜舒展心头的忧伤。她说："夫人，我丈夫走了，永远离开了我。"说完，她给她念勃特拉姆信里的话："只有等到你能从我的手指上得到这枚戒指的那个时刻，而它永远也拿不下来，你才能管我叫丈夫。同时'那个时刻'永远也不会来临。"海丽娜说："这是一个那么令人可怕的宣判！"

伯爵夫人请她耐心一点，说勃特拉姆已经走了，她就是伯爵夫人的孩子，理应得到一位贵族的待遇，她要让二十个像勃特拉姆这样鲁莽的小子伺候她，随时叫她女主人。不论这位仁慈无比的婆婆怎样屈尊殷勤招待她的儿媳妇,说了许多恭维的话，对她都不起作用。

海丽娜的眼睛仍然盯着那封信，极端痛苦地喊到："只要我的妻子在法国呆一天，我在法国就一无所有。"

伯爵夫人问这话是信里写的吗?

"是的，夫人。"可怜的海丽娜只能如实回答。

第二天清晨，海丽娜失踪了。她留下一封信，嘱咐在她走以后交给伯爵夫人，以便让伯爵夫人了解她突然出走的原因。她在信里告诉伯爵夫人，她为由于自己的原因把勃特拉姆从他的祖国和家里赶出去，感到非常难过。为了补偿她的过错，她决定去圣约克·勒·格朗的墓地朝圣。最后，她请求伯爵夫人通知她的儿子，说他如此憎恨的那个妻子已经永远离开了他的家。

勃特拉姆离开巴黎以后，去了佛罗伦萨，在佛罗伦萨公爵的军队里当了一名军官。他参加了一次战争，打了胜仗。他多次出生入死，战功卓著。这之后，他接到母亲的来信，信里有叫他高兴的消息，说海丽娜不会再使他烦恼了。勃特拉姆正准备回家，海丽娜穿着朝圣者的衣服到了佛罗伦萨城。

到圣约克·勒·格朗墓地朝圣的人，一般都要经过佛罗伦萨。海丽娜到了以后，听说城里住着一位热情好客的寡妇，经常接待正准备去那个圣人坟墓的女朝圣者，为她们提供膳宿。因此，海丽娜去见这位好心的寡妇，她殷勤地接待了她，并邀她去看这座名城的新鲜事儿，还说如果海丽娜想去看公爵的军队，她也可以带她到一个地方，能看到全部的军队。

“你将能看到一位你的同胞，”寡妇说，“他的名字是罗西昂伯爵，刚在公爵的战争中立了战功。”

当海丽娜听说勃特拉姆在军队里，不等寡妇再邀，她就答应去看。她跟着女主人一路走着。能重新见到亲爱丈夫的面容，她感到一种忧伤的喜悦。

“他是个英俊的男人吧？”寡妇说。

“我很喜欢他。”海丽娜如此坦诚地回答。

她们一路聊着，喜欢说话的寡妇开口不离勃特拉姆。她跟海丽娜讲着勃特拉姆的婚姻经过，说他怎样抛弃了他可怜的妻子，为避免跟她一起生活，参加了公爵的军队。海丽娜耐心听着关于她自己不幸遭遇的描述。这个话题讲完了，勃特拉姆的故事还没有结束，寡妇又开始讲另外一个故事，每一个字都深深扎进了海丽娜的心，因为寡妇这次讲的是勃特拉姆爱上了她自己的女儿。

勃特拉姆不喜欢国王的强迫婚姻，并非他对爱情的感觉迟钝。因为自从他跟着军队驻扎在佛罗伦萨，他就爱上了一位美丽年轻的淑女狄安娜，就是接待海丽娜的这位寡妇的女儿。勃特拉姆每天晚上都跑到狄安娜的窗下，奏起各种音乐，用歌声赞美她的美丽，并向她求爱。他每天都请求狄安娜在家人安歇以后，准许他偷偷去看她。不论勃特拉姆怎么请求，狄安娜就是不答应他的这一不正当行为，对他的求婚丝毫也不鼓励，因为她知道勃特拉姆是结了婚的人，而她是在一位明白事理的母亲教养下长大的。虽然现在她的家境已大不如前，出身却是尊贵的，她是凯普莱特世家的后代。

那位好心的夫人把所有这一切都告诉了海丽娜，边说边极力称赞她女儿品行端正，处事谨慎，并说这都是她对女儿良好教育和谆谆教诲的结果。接着她又说，勃特拉姆特别迫切地让狄安娜答应让他当天夜里来拜访，因为他第二天早晨就要离开佛罗伦萨。

听说勃特拉姆爱上了寡妇的女儿，海丽娜自然很难过，但这又激发她想出另一个计策（上次计策的失败并没使她灰心丧气），希望能借此重新得到她那个逃走的丈夫。她向寡妇承认，她就是那个被勃特拉姆抛弃的妻子海丽娜，她请求好心的女主人和狄安娜这次答应勃特拉姆，让他来拜访，并让勃特拉姆以为她就是狄安娜。海丽娜跟她们说，她想跟丈夫秘密会面的主要目的，就是要从他那里得到一枚戒指，因为他说过，无论什么时候只要她拿到那枚戒指，他就承认她是他的妻子。

寡妇和她的女儿答应在这件事上帮助她，一半因为她们同情这个不幸的女人，一半也由于海丽娜答应酬谢她们，引起了她们的兴趣。为证明日后的诚心，她先给了她们一袋钱。当天，海丽娜想法派人给勃特拉姆送了个信儿，说自己死了，希望他听到这个消息，便觉得有权利另谋新欢，就会向假扮成狄安娜的海丽娜求婚。如果她能得到戒指和他结婚的承诺，无疑对她日后是有好处的。

当天晚上，夜幕降临以后，勃特拉姆得到允许，进了狄安娜的卧房，海丽娜正在那儿等着接待他。海丽娜听勃特拉姆跟她说了许多赞美和缠绵的话，虽然她知道这些都是说给狄安娜听的，她还是觉得弥足珍贵。勃特拉姆对她非常满意，郑重承诺要娶她为妻，并要永远爱她。如果有一天勃特拉姆知道令他如此兴奋地倾吐爱慕的对象，是他的妻子，也就是他瞧不起的海丽娜，她希望他今天的承诺能成为他真实感情的预言。

勃特拉姆从来不理会海丽娜是个有头脑的女人，否则，他也许就不会对她那样熟视无睹了。天天见她，他完全忽略了她的美貌。一张脸看得久了，就会失去美貌与平庸的效果，第一眼是最敏感的。对于海丽娜的聪慧，勃特拉姆更是无从判断，因为她对勃特拉姆是在爱里更搀杂了敬畏，她在他面前总是一言不发。但现在，她未来的命运，为爱情定下一切计策的幸福结局，似乎全维系在给这个夜晚来拜访的勃特拉姆留下一个美好印象。于是，她使出浑身的智慧来让他高兴。她简洁、文雅而活泼的谈吐，以及她那甜蜜又矜持的举止令勃特拉姆如此着迷，他发誓要娶她为妻。海丽娜向他要手指上的戒指作为爱的信物，他给了她。这枚戒指对她来说是太重要了。她把国王送给她的一枚戒指，给他作为还礼。晨曦初露，她把勃特拉姆打发走了。他立刻动身，回到了母亲家里。

海丽娜说服寡妇和狄安娜跟她一起去巴黎，因为她全部计策的实现，还需得到她们的进一步帮助。到巴黎以后，发现国王去拜访罗西昂伯爵夫人了。海丽娜便尽全力去追赶国王。

国王的身体一直非常健康，他对海丽娜治好了他的病还记忆犹新，并充满了感激，所以，一见到罗西昂伯爵夫人，就跟她提起海丽娜，说她是被她愚蠢的儿子丢失的一颗宝石。罗西昂伯爵夫人对海丽娜的死感到十分悲痛，国王发觉这个话题又触动了伯爵夫人，就说："善良的夫人，我已经原谅并忘记了一切。"

然而，在场的那个温厚的老拉佛，却不能容忍他所喜欢的海丽娜，就这么轻易让人从记忆中抹去。他说："我必须得说，这位年轻的伯爵真是大大地冒犯了陛下，冒犯了他的母亲和他的妻子，也接着酿成了大错，因为他失去了一位美丽的妻子，凡见过她的人，无不为她的美丽而惊异，她说的话也会让听者入迷，她简直太完美了，谁都巴不得去服侍她。"

国王说："对于已经失去的，越赞美就会越怀念。好吧，——叫他过来！"国王指的是勃特拉姆。这时，勃特拉姆来见国王。他表示对给海丽娜造成的伤害感到十分难过，国王听了，看在勃特拉姆死去的父亲和他令人敬爱的母亲面上，原谅了他，并恢复了对他的宠爱。

但当国王看到勃特拉姆手上戴的那枚戒指，正是他送给海丽娜的，一脸的和颜悦色很快就变了。他清楚地记得，海丽娜曾召唤天上所有的圣人作证，永远不让那枚戒指离手，除非有什么大灾祸降临，她才会把它交还给国王。国王追问勃特拉姆是怎么得到的那枚戒指，他编了个令人难以置信的故事，说是一位夫人从窗口扔出来给他的，并表示，自从他们结婚那天起，就再也没见过海丽娜。国王知道勃特拉姆不喜欢他的妻子，担心是他害死了海丽娜，便吩咐卫兵把勃特拉姆抓起来。他说："我有一种不祥的感觉，我怕海丽娜是被人谋杀的。"

就这时候，狄安娜和她的母亲走进来，向国王递上一份诉状，说勃特拉姆曾郑重跟狄安娜订立婚约，要求国王利用手里的王权强迫他跟狄安娜结婚。勃特拉姆怕国王生气，否认曾答应过什么婚约。于是，狄安娜拿出（海丽娜交给她的）那枚戒指，证实她说的是真话。狄安娜说，当他给她那枚戒指并发誓说要娶她的时候，她还送给勃特拉姆一枚戒指作为还礼，现在他手上戴的那枚戒指就是。国王听了，又吩咐卫兵把狄安娜也抓起来。因为她讲的有关戒指的经过跟勃特拉姆讲的不一样，国王的疑心更重了。他说，如果他们不说出到底是怎样得到的海丽娜那枚戒指，两个人都得被处死。狄安娜要求让她母亲去把那个卖给她戒指的珠宝商找来，国王准许了。寡妇出去了，一会儿就把海丽娜带到了国王面前。

善良的伯爵夫人看到儿子面临危险，只能默默地伤心，她甚至也担心他真地谋害了自己的妻子。现在，当看到她曾以亲生母亲的那份感情疼爱过的亲爱的海丽娜还活着，真是喜出望外，高兴得难以自持。国王也高兴得几乎难以相信那就是海丽娜，他说：“我看到的真是勃特拉姆的妻子吗？”海丽娜觉得勃特拉姆还没承认自己是他的妻子，回答说：“不，陛下，您看到的只是他妻子的一个影子。有名无实。”

勃特拉姆喊到：“既有名也有实！哦，原谅我吧！”

“哦，我的主人，”海丽娜对勃特拉姆说，“在我冒充这位美丽姑娘的时候，我发现你有着令人惊叹的善良本性。可你看看你写的这封信！”说着，她用快乐的口吻把那段令她伤心欲绝的话念了一遍：只有等到你能从我的手指上得到这枚戒指的那个时刻，——“现在，我得到了它，是你送我的。我已经两次赢得了你，你愿意作我的丈夫吗？”

勃特拉姆回答说：“如果你能证明那天晚上跟我谈话的那个女人就是你，我愿意永生永世地好好爱你。”

这事儿不难办，因为寡妇和狄安娜跟海丽娜来，就是为了要证明这个事实。国王因海丽娜治好了他的病，对她格外欣赏，又因狄安娜曾好心帮过海丽娜，也很喜欢狄安娜，便答应再赐给她一位高贵的丈夫。海丽娜的经历使他得到一个启示：凡有可爱的姑娘有了特殊贡献，国王最合适的酬谢就是赐给她们丈夫。

这样，海丽娜终于发现，父亲留下的遗产真的得到了天上幸运之星的眷顾，因为她现在已经是亲爱的丈夫勃特拉姆所爱的妻子，是她高贵的女主人的儿媳妇，她自己还成为了罗西昂伯爵夫人。

驯悍记

W·Q·奥查逊 C·W·夏普

“悍妇”凯瑟丽娜是帕度亚一个富绅巴普提斯塔的大女儿。她性情暴躁，骂起人来嗓门特高，如此难以驯服，在帕度亚没有人比“悍妇凯瑟丽娜”更有名了。这位姑娘似乎很难，其实是不可能找到一个男人敢冒险娶她作妻子。因此，对许多条件出众的人来向性情温柔的妹妹比恩卡求婚，巴普提斯塔都拖延着没表示同意，为此他挨了不少埋怨。他还以此为借口将所有向比恩卡求婚的人拒之门外，他的理由是，得先把她大姐嫁出去，他们才能自由地向年轻的比恩卡求婚。

碰巧有一位叫彼特鲁乔的绅士，特意为自己找一位妻子来到帕度亚。关于凯瑟丽娜脾气乖张暴躁的传闻，并没有使他失去勇气。听说她家境充裕，人又长得漂亮，他就决定要娶这个有名的悍妇，把她驯服成一个温柔顺从、容易管教的妻子。办这件费力的差事，除了彼特鲁乔，也确实找不到更合适的人选。因为他的性情跟凯瑟丽娜一样难以驯服。但他是个富于睿智、心性最愉悦的幽默家，聪明绝顶，善于判断。他特别懂得如何在他心情极其平静的时候，装出一副暴怒的神情，而他自己却为装出来的气愤发笑。因为他天性是个无忧无虑、随遇而安的人。他在娶了凯瑟丽娜以后装出来的粗暴神情，完全是闹着玩儿，或者更恰当地说，是因为他以出色的判断力看出，必须以其人之道还治其人之身，即只有用跟凯瑟丽娜一样的粗暴脾气，才能驯服她。

然后，彼特鲁乔就来向悍妇凯瑟丽娜求爱了。他先请求她的父亲巴普提斯塔，允许他向他“温顺的女儿凯瑟丽娜”（彼特鲁乔这样称呼她）求婚。彼特鲁乔狡黠地说，听说这位小姐性情腼腆，温柔文雅，他是专门从维洛那跑到这里来向她求婚。尽管凯瑟丽娜的父亲希望把她嫁出去，却不得不承认凯瑟丽娜的性情跟彼特鲁乔所说的不一样。这话很快得到印证，一看就知道她有多温顺，因为教她音乐的老师冲进房来，抱怨他的学生，也就是那个“温顺的凯瑟丽娜”，嫌他竟敢对她的演奏挑毛病，用琉特琴把他脑袋打破了。听到这儿，彼特鲁乔说：“好一个勇敢的少女！我比以前更爱她了，很想跟她聊聊。”他催促老绅士给他一个明确的答复，说：“巴普提斯塔先生，我商务繁忙，不能天天来求婚。您知道我的父亲，他已经去世了，土地财产都留给了我。那请您告诉我，如果我能得到您女儿的爱，您愿拿什么作陪嫁？”

尽管巴普提斯塔觉得这个求婚者言辞有些唐突生硬，但他巴不得赶紧把凯瑟丽娜嫁出去，便回答说，准备给她两万克郎作陪嫁，他死的时候再给她分一半土地。这场奇怪的婚姻就这样很快谈妥了。巴普提斯塔进去告诉他那个脾气暴躁的女儿，有人来向她求婚了，叫她到彼特鲁乔跟前，来听他向她求婚。

与此同时，彼特鲁乔心里正盘算着应以什么样的方式求婚。他说：“等她来了，我求婚的时候得提点儿精神。如果她骂我，我就说她唱得像夜莺一样甜美；如果她对我绷着脸，我就说她清丽得像刚沾湿了露水的玫瑰；如果她一言不发，我就称赞她富于雄辩的口才；如果她让我走，我就向她致谢，好像她让我跟她已经呆了一个星期。”

话音未落，盛气凌人的凯瑟丽娜进来了。彼特鲁乔首先跟她打招呼：“早晨好，凯特，我听说这就是你的名字。”

凯瑟丽娜不喜欢这样直率的称呼，鄙夷地说：“不论谁跟我说话，都是叫我凯瑟丽娜。”

“你说谎，”求爱的人回答说，“你叫真率的凯特，也叫活泼的凯特，人们有时也叫你‘悍妇凯特’。可是，凯特，你是基督教世界最漂亮的凯特。因此，我在所有的城镇里都听到人家称赞你性情温顺。我是特来向你求婚，请你作我的妻子。”

这真是一场奇妙的求婚。凯瑟丽娜气得大声嚷嚷，显示出她赢得“悍妇”的美誉有多么恰如其分，而他却仍然赞美她甜蜜可爱，谦恭有礼。最后，听到她父亲来了，为尽早结束这场求婚，他说：“亲爱的凯瑟丽娜，我们别扯这些闲话耽误工夫了，你父亲已经答应把你嫁给我，陪嫁都谈妥了，不管你是否愿意，我都要娶你。”

正说着，巴普提斯塔走进来。彼特鲁乔说他女儿对他很热情，已经答应下星期天跟他结婚。凯瑟丽娜矢口否认，说她宁愿看到他在星期天被绞死，并责备父亲不该让她跟彼特鲁乔这样一个疯狂的恶棍结婚。彼特鲁乔请她父亲对她这些气话不必在意，因为让她在父亲面前显出对这门婚事的不满意，是他们事先商量好的。他们单独相处的时候，他觉得她特别的温柔，对他充满了深情。然后，他对凯瑟丽娜说：“凯特，把你的手给我，让我吻吻。我要去威尼斯，给你买咱们结婚那天穿的上好的礼服。岳父，您就准备筵席，邀请参加婚礼的客人吧！我一定把戒指、精美的饰物和华贵的衣服都准备好，把我的凯瑟丽娜打扮得楚楚动人。凯特，吻我，咱们星期天就要结婚了。”

星期天，所有参加婚礼的客人都到齐了，但等了好久，也不见彼特鲁乔露面。凯瑟丽娜气得直哭，她以为彼特鲁乔只不过是跟她闹着玩儿。最后，他总算出现了。可他答应给凯瑟丽娜新娘子买的那些衣服、饰物，却一件也没带来。他自己穿戴得也不像个新郎，衣服凌乱，古里古怪的，好像他是故意要拿这庄重的婚礼开玩笑。他的仆人和他们骑的马，也都打扮得滑稽可笑，不伦不类。

但无论谁劝，都说服不了彼特鲁乔换衣服。他说，凯瑟丽娜嫁的是他本人，又不是他的衣服。争辩半天也是徒劳，他们只好去教堂了。在教堂里，他仍然是一副疯狂的样子。当神父问彼特鲁乔是否愿意娶凯瑟丽娜为妻，他特别大声地发誓说“愿意”，吓得神父把圣书都掉在了地上。神父正弯腰去捡，这个头脑发疯的新郎又上去打了他一拳，把神父和书都打在地上。在整个婚礼进行的过程中，彼特鲁乔一直跺着脚，诅咒发誓，把性情暴烈的凯瑟丽娜吓得浑身哆嗦。婚礼结束以后，还没走出教堂，他又吩咐把酒拿来，扯开喉咙向客人们敬酒，还把一块在杯子底儿上浸满了酒的面包片扔到教堂司事的脸上。他对这个怪异举动的唯一解释是，因为那个司事胡子长得稀疏，显出一副饿态，那块浸了酒的面包片好像是在他喝酒时向他讨来的。像这样疯狂的婚礼，真是亘古未见。但彼特鲁乔的这些疯狂举动都是装的，他这样做，只是为了能更好地实现驯服他那脾气暴躁的妻子的计策。

巴普提斯塔摆下了一席丰盛的婚宴。但当他们刚从教堂回来，彼特鲁乔就一把抓住凯瑟丽娜，宣布要马上带老婆回家。不管岳父如何抗议，也不管气极了的凯瑟丽娜怎么骂，他就是执意不改，还说老公有权由着性子随便处置自己的老婆。他催促凯瑟丽娜赶紧上路了，显得如此大胆和坚决，以至于没人敢试着阻拦一下。

彼特鲁乔故意给妻子挑了一匹瘦骨嶙峋的马，他和他仆人骑的马也瘦弱不堪。他们走的路崎岖不平，布满了泥泞。每当驮着凯瑟丽娜的那匹马东倒西歪，几乎是费力地挪动着四蹄，彼特鲁乔就把这累得疲惫不堪的可怜畜生臭骂一顿，好像他是天底下最有脾气的人。

一路上，除了听彼特鲁乔冲着仆人和马匹粗野地叫嚷，凯瑟丽娜什么也没听见。最后，在经过了一段令人疲乏的行程之后，他们到了家。彼特鲁乔很有礼貌地请她进去，但他已经决定，当天晚上既不让她休息，也什么东西都不给她吃。摆好桌子，晚饭很快也端上来。可彼特鲁乔却故意对每盘菜都挑毛病，把肉扔得满地都是，然后吩咐仆人把晚饭撤走。他说，他全是为了爱他的凯瑟丽娜才这样做的，因为他不能让她吃不合胃口的饭菜。凯瑟丽娜累得筋疲力尽，还没上晚饭，就想回房休息，但彼特鲁乔又挑起了床铺的毛病，把枕头被子扔了一屋子。结果，她不得不坐在一把椅子上。她刚一打瞌睡，马上就会被丈夫的叫嚷吵醒，他发着脾气，怒骂仆人没把新娘子的床弄好。

第二天，彼特鲁乔一点儿没变，对凯瑟丽娜说话仍然很亲切，但当她一想吃点什么，东西摆到她面前，他就找茬儿挑毛病，把早饭像头天的晚饭一样扔得满地都是。凯瑟丽娜，目中无人的凯瑟丽娜只好乞求仆人偷偷给她弄点儿吃的，但他们早就得到彼特鲁乔的指令，回答说，他们不敢背着主人给她吃任何东西。

“啊，”她说，“他娶我是为了要饿死我吗？连我父亲家门口的乞丐，都能讨到饭吃。可像我这么一个从来没向人张嘴要过什么的人，现在竟饿得要死。我头晕得想睡觉，却被他的咒骂吵醒，耳朵早被他的大喊大叫灌饱了。更可气的是，他所做的这一切都是在完美爱情的名义下进行的，说是为了爱我，装得好像我一睡觉、吃饭，马上就会死似的。”

她正这样自言自语着，彼特鲁乔进来，把她的话打断了。他并没想一直饿着她，端来一点儿吃的，对她说："亲爱的凯特，你怎么样？我的爱，你看我对你多体贴，这是我亲手为你做的饭。我相信这份盛情应该得到感谢。怎么，一句话也没有吗?意思是你不喜欢这饭菜，我的辛苦算是白费了。"

说完，他吩咐仆人把盘子端走。极度的饥饿磨损了凯瑟丽娜的傲慢，她虽然心里气得发狠，嘴上却不得不说："我求你把饭菜留下。"

但彼特鲁乔要她做的还远远不够，他回答说："最微小的一次服务都应得到感谢。在碰这顿饭之前，你也应该谢谢我啊。"

于是，凯瑟丽娜不情愿地说："我谢谢您。"

他让凯瑟丽娜稍微吃了一点东西之后，说："凯特，吃点东西对你的温柔心肠大有好处。快点吃！现在，我的甜心，我的爱，咱们要回你父亲家了，你得打扮得尽可能华丽，穿丝绸的外衣，戴绸缎的帽子，还有金戒指。衣服要有绉领，系上披巾，拿着扇子，什么都预备双份，好替换。"为让她相信，他确实想送给她这些华丽的服饰，他叫来一个裁缝和一个服饰用品商，他们带来了他为凯瑟丽娜定做的一些新衣裳。彼特鲁乔没等她吃到半饱，就吩咐仆人把她的盘子端走了。他说："你吃完了是吧?"

那位用品商拿出一顶帽子，说："老爷，这是您定做的那顶帽子。"看到这顶帽子，彼特鲁乔又发了脾气，说这帽子像一只粥碗，并不比一个鸟蛤壳或胡桃壳大，让用品商拿走，再做顶大一点儿的。凯瑟丽娜说："我就要这一顶。所有的淑女都戴这种帽子。"

"那等你贤淑了再说，"彼特鲁乔回答说，"你也可以戴，但不是现在。"

凯瑟丽娜吃了点儿饭，萎靡的精神又稍微恢复了一些。她说："啊！先生，我相信我也有说话的权利，我一定得说。我不是孩子，更不是婴儿。比你更厉害的人还有耐心听我的想法呢，你要是不爱听，就把耳朵堵上好了。"

彼特鲁乔把她这些气话全当成了耳旁风。因为他已经幸运地找到了一个对付她的更好办法，用不着跟她吵嘴争辩。他回答说："啊，你说得没错，这顶帽子微不足道。因为你不喜欢它，所以我爱你。”

“爱也好，不爱也罢，”凯瑟丽娜说，“我就是喜欢这顶帽子，非要不可，不要别的。”

“你是说你想看看那件上衣。”彼特鲁乔仍然假装误会了她的意思。

于是，裁缝走过来，把彼特鲁乔为她定做的一件漂亮上衣拿给她看。彼特鲁乔就是不想把帽子上衣都给她，所以又挑起了上衣的毛病。“天哪，”他说，“做的这是什么呀！你管这叫袖子？跟个小炮筒似的，上上下下弄得像个苹果饼。”

裁缝说：“是您叫我照着时尚的样子做的。”凯瑟丽娜也说，她从没见过比这时尚的上衣了。

对彼特鲁乔来说，凯瑟丽娜这样已经足够了。他一面私下向裁缝和用品商表示，做衣服、饰物的钱一定照付，并为自己看似怪异的态度向他们道歉，一面又当面粗言恶语，态度蛮横地把他们一齐赶出了屋子。然后，他转身对凯瑟丽娜说：“好了，来，我的凯特，咱们就穿现在穿的这身衣服到你父亲家去。”

他吩咐备马，肯定地说，现在刚七点，要在吃午饭时赶到巴普提斯塔的家。但他说这话的时候，已经不是清晨，而是中午。这时，凯瑟丽娜几乎被彼特鲁乔的火暴脾气征服了，她试着谦恭地说：“我敢向您保证，现在是两点，我们到那儿是在晚饭前。”

彼特鲁乔决意要把她彻底征服，非得他说什么就是什么，才带她回她父亲家。因此，好像他甚至成了太阳的主宰，对时辰也能下命令，说在动身之前，他高兴是什么时候就是什么时候。“因为，”他说，“不论我说什么或做什么，你还是跟我拧着劲儿。我今天不走了，等走的时候，我说几点就几点。”

这样过了一天，凯瑟丽娜已经被训练得学会了顺从。彼特鲁乔一定要把她目中无人的傲慢性情完全驯服，甚至让她不敢去想会有“反驳”这样的字眼，才让她回到父亲家。甚至当他们已经上路了，她又差点被送回来，只因为中午时分，彼特鲁乔说天上的月光多么明亮，而她却暗示那是太阳。

“现在，以我母亲的儿子，也就是我自己，起誓，”他说，“在到你父亲家之前，我说它是月亮，就是月亮；我说它是星星，就是星星；我说它是什么，就是什么。”说完，他又装着要往回走。但凯瑟丽娜已经不再是“悍妇凯瑟丽娜”，而是一个恭顺的妻子。她说：“咱们走出这么远了，我求您还是接着往前走吧。至于说它是太阳、月亮或别的什么，随便您说是什么，就是什么。您要是高兴把它叫灯心草的蜡烛，我也发誓它就是灯心草的蜡烛。”

他决定证明一下看，因此，他又说：“我说，它是月亮。”

“我知道它是月亮。”凯瑟丽娜回答。

“你说谎，它是神圣的太阳。”彼特鲁乔说。

“没错，它就是神圣的太阳，”凯瑟丽娜回答说，“只要您说它不是太阳，那它就不是太阳。您管它叫什么，它就是什么，凯瑟丽娜也永远这么叫就是了。”

这样，他才让她继续往前走。但他还要把这降服她的幽默继续进行下去，当他们在路上遇到一位老绅士，他竟把人家当成年轻姑娘打招呼，说：“高贵的小姐，早晨好。”说完，问凯瑟丽娜是否见过比她更漂亮的淑女，他称赞老人的脸色白里透红，把他的双眼比成两颗明亮的星星。接着他又说：“可爱的美丽姑娘，再次祝你今天快乐！”说完，他对妻子说：“亲爱的凯特，你该为她长得这么美去拥抱她一下。”

现在，凯瑟丽娜已经被完全驯服了，她马上采纳了丈夫的意见，对那位老绅士说起了同样的话：“青春、含苞欲放的姑娘，你长得真美，清丽，温柔。你去哪儿呀？住在什么地方？有你这么个漂亮孩子，你父母真是太幸福了。”

“喂，凯特，你怎么了？”彼特鲁乔说，“你可别发疯呀。这明明是个男人，而且是个上了年纪、一脸皱纹、面色暗淡、瘦骨嶙峋的男人，并不是像你说的什么年轻姑娘啊！”

听了这话，凯瑟丽娜说：“老先生，请您原谅。太阳照花了我的眼睛，我眼里的一切都显得那么青春亮丽。我现在看出来，您是一位令人尊敬的老人家，希望您原谅刚才我所犯的遗憾的错误。”

“善良的老伯，请您原谅她，”彼特鲁乔说。“请告诉我们，您要去哪儿。如果同路，我们倒愿意跟您结伴而行。”

老绅士回答说：“知书达理的先生，还有你，这位有趣的夫人，跟你们有这番奇遇，着实叫我惊奇。我叫文森修，现在是去看我住在帕度亚的一个儿子。”

彼特鲁乔这下知道了，这位老绅士是卢森修的父亲。卢森修这个年轻的绅士正要跟巴普提斯塔的二女儿比恩卡结婚。彼特鲁乔告诉文森修他儿子娶了一个有钱人家的女儿，会给他带来财产。老绅士听了自然非常高兴。他们一边走着，一边愉快地交谈，来到巴普提斯塔的家。已经到了许多嘉宾，都是来庆贺比恩卡跟卢森修的婚礼——巴普提斯塔把凯瑟丽娜打发出手以后，就欣然答应了比恩卡的亲事。

他们一进屋，巴普提斯塔欢迎他们来参加婚宴。在坐的还有另一对新人。

比恩卡的丈夫卢森修和另外一个新郎霍坦西奥，都忍不住拿彼特鲁乔妻子的悍妇脾气打趣。似乎这两个盲目乐观的新郎，对他们所选妻子的温柔性情心满意足，因而嘲笑彼特鲁乔没他们的运气好。彼特鲁乔对他们开的玩笑并未在意，直到吃过晚饭，女客们都散了，他才看出原来巴普提斯塔也跟着他们一起嘲笑他。因为当彼特鲁乔一口咬定他的妻子比他们两人的妻子更听话时，凯瑟丽娜的父亲说：“现在，我的好姑爷彼特鲁乔，我可以说实话了，恐怕你娶的是最货真价实的悍妇。”

“是吗？”彼特鲁乔说，“我看不见得，为了证明我没说假话，咱们打个赌。各自派人去叫自己的老婆来，谁的最听话，一叫就来，就算他赢。”

另两个作丈夫的当然愿意打这个赌，因为他们绝对相信自己的温顺妻子，肯定比任性的凯瑟丽娜更听话，他们提议赌二十克郎。但彼特鲁乔兴致颇高，他说就算拿他猎鹰或猎犬打赌，都得这么多，现在拿他的妻子打赌，应当再加二十倍。于是，卢森修和霍坦西奥把赌注加到一百克郎。然后，卢森修第一个派仆人去叫比恩卡。仆人回来说：“老爷，夫人说她有事，来不了。”

“怎么，”彼特鲁乔说，“她说忙，不能来？这是一个作妻子的答复吗？”

说完，卢森修和霍坦西奥还都笑话起他来，说恐怕凯瑟丽娜给他的答复会更糟呢。轮到霍坦西奥去叫他的妻子了，他对他的仆人说：“你去请夫人到我这儿来。”

“哦，用请的！”彼特鲁乔说，“那该一定来了吧！”

“先生，”霍坦西奥说，“我倒担心尊夫人请都请不来呢。”

话音未落，这位有礼貌的丈夫看到仆人没把女主人带回来，脸色变得有些苍白。他问仆人：“怎么，我老婆呢？”“先生，”那个仆人说，“夫人说，您是在开玩笑，所以她不来。她要您去她那儿。”

“糟糕，糟糕！”彼特鲁乔说完，把他的仆人叫过来，“喂，到夫人那儿，就说是我说的，命令她来这儿见我。”

大家还来不及想她是否会服从这个传唤，巴普提斯塔大吃一惊，叫到：“哦，圣母，凯瑟丽娜真的来了！”凯瑟丽娜走进来，恭顺地对彼特鲁乔说：“您叫我来有什么吩咐吗？”

“你妹妹和霍坦西奥的妻子在哪儿呢？”彼特鲁乔问。

“她们在客厅的壁炉边聊天呢。”凯瑟丽娜回答说。

“去，带她们来！”彼特鲁乔说。

凯瑟丽娜一句话也没说，就照丈夫的吩咐去做了。

“这是个奇迹，”卢森修说，“只能说这是个奇迹。”

“的确是个奇迹，”霍坦西奥说，“我好奇的是它预示着什么。”

“预示着琴瑟和谐，”彼特鲁乔说，“预示着爱情和宁静的生活，以及丈夫是一家之主。总之一句话，预示着家庭所有的甜蜜和幸福。”

凯瑟丽娜的父亲看到女儿的改变，真是喜出望外，说：“彼特鲁乔，好姑爷，恭喜你了！你不仅赢了这个赌，我还要额外再加上两万克郎的陪嫁，就当是给我另外一个女儿的，因为她变得跟原来已经不是一个人啦。”

“不但如此，”彼特鲁乔说，“既然打赌赢了，我还想让她再显示一下新学来的妇德和顺从。”

正说着，凯瑟丽娜领着另两位夫人进来了。彼特鲁乔接着说：“看，她来了，把你们的老婆像押囚犯似的带来了，还在用私房话跟他们讲道理呢。凯瑟丽娜，这帽子不适合你戴，把那骗钱的玩意儿摘下来，扔脚底下。”

凯瑟丽娜马上摘下帽子，扔在地上。

“哎呀，”霍坦西奥的妻子说，“我可不会傻到这种程度！”

比恩卡也说：“呸，管这种傻事儿叫尽妇道啊？”比恩卡的丈夫听她这么讲，说：“我倒希望你也做出像这种守妇道的傻事儿呢。亲爱的比恩卡，从吃完饭到现在，我已经为你聪明的妇道输了一百克郎。”

“拿我的妇道打赌，”比恩卡说，“你比我还傻。”

“凯瑟丽娜，”彼特鲁乔说，“我命令你去告诉这两个固执的女人，作妻子的对她们的主人和丈夫的妇道是什么。”

使所有在场的人都惊异的是，这位由过去的悍妇改变过来的凯瑟丽娜，居然对妻子的妇道就是服从赞不绝口，正像她做的那样，她对彼特鲁乔的意愿已经能够做到无条件地服从。于是，凯瑟丽娜又一次在帕度亚出名了，这回不是作为悍妇凯瑟丽娜，而是因为她是帕度亚最顺从、最守妇道的妻子。

错误的喜剧

以弗所因与叙拉古两国不和，为此制定了一条残酷的法律，规定一旦叙拉古的商人在以弗所的城里被发现，如果交不出一千马克的赎金，就得被判处死刑。

一个叙拉古的老商人伊勤在以弗所的街道上被发现，带到公爵面前，公爵问他是交上一大笔赎金，还是接受死刑。

伊勤交不出赎金。公爵在宣判死刑之前，要他先讲讲自己的身世经历，并说说明知叙拉古商人进了以弗所城就要被处死，为什么还非冒险前来。

伊勤说他不怕死，因为忧伤已使他对生活感到厌倦。但强迫他去讲生活中的不幸遭遇，实在是莫大的痛苦。说完，他就开始讲起自己的身世：

“我生在叙拉古，从小就学会了经商。娶了老婆以后，一起过着快乐的日子。后来，我因有事，必须得去厄匹达姆纽姆一趟，到了那儿又因生意上的事耽搁了半年。后来发现还得再滞留些时候，便叫我老婆也来。她到了不久，生下一对儿双胞胎，是两个男孩子。非常奇怪的是，两个孩子长得一模一样，完全分不出谁是谁。我老婆正生产的时候，她住的旅店里有另一个穷女人也生了一对儿双胞胎，又是两个儿子，而且，也跟我们的一样，分不出谁是谁来。这对儿双胞胎的父母非常穷，我就把那两个男孩儿买了下来，想等把他们养大以后，让他们伺候我的两个儿子。

“我那两个儿子长得可漂亮了，我老婆对生了这么两个孩子，没理由不骄傲。她天天盼着回家，尽管不情愿，我也还是同意了。一定是我们上船的时辰不吉利，船刚开出厄匹达姆纽姆约一海里，海上就刮起一阵可怕的暴风雨，肆虐了很长时间。水手们一看大船没救了，就光顾着自己逃命，都挤到了一条小船上，把我们独自扔在大船上。大船随时都会被猛烈的风浪暴雨摧毁。

“我老婆只是不停地哭，两个可爱的小家伙儿虽然还不知道怕，但看到妈妈哭，他们也跟着哭。尽管我不怕死，可我的心思全在他们身上，为他们的安危担心害怕。我把较小的儿子绑在一根航海的人为防备风暴备用的小桅杆上，把双胞胎奴隶中较小的一个绑在另一头儿。同时，我教我老婆把另两个大点儿的孩子，也照我绑的样子绑牢。她照看两个大点儿的孩子，我照看较小的两个。接着，我们又把自己跟各自照看的孩子一起绑在桅杆上。若非如此，我们都淹死了，因为船被一块巨大的礁石撞得粉碎。我们紧紧抓住细长的桅杆，漂浮在海面上。我得照顾两个孩子，就帮不上老婆了。没多久，她和她照顾的那两个孩子跟我分开了。在他们还没离开我视野的时候，他们被科林多来的（我这么猜想）一条渔船救了起来。为保住我亲爱的儿子和那个小奴隶的性命，我只好继续在狂暴的海浪里拼命挣扎。后来，我们也被一条船救了。水手认得我，热情地招待我们，帮助我们，并把我们安全送到了叙拉古的岸上。可是，从那个悲伤的时刻，我就再也不知道我老婆和大儿子的下落。

“我只有疼爱小儿子了。当他长到十八岁，向我问起妈妈和哥哥，常缠着我让他带着他的随从，就是那个也丢了哥哥的小奴隶，一起出去找他们。最后我勉强答应了，虽然老婆和大儿子的消息让我等的心焦，但放小儿子出去找他们，我就还得冒连他也会一起丢了的危险。儿子离开我已经七年了。我找他也找了五年，足迹遍布全世界。我到过希腊最远的边境，穿越亚洲的边界线，又沿着海岸往回走，最后在以弗所这儿上了岸。因为凡有人烟的地方，我都不想放过。但我一生的经历要在这一天结束了。如果我能确切地知道我的老婆和两个儿子都活着，就死也瞑目了。”

到这儿，不幸的伊勤讲述完了他的不幸遭遇。公爵对这个不幸的父亲十分同情，他是因为爱他丢失了的儿子，才使自己处于那么大的危险之中。公爵说，如果不是怕违背法律，他所发过的誓言及其地位也都不允许他改变法律，他会毫不顾忌地释放他。但他并非按法律条文硬性规定的马上将伊勤处死，而是给了他一天的宽限期，让他去讨或借一笔钱来交赎金。

一天的宽限似乎对伊勤没有多大用处，他在以弗所举目无亲，也不会有哪个陌生人愿意借或送给他一千马克来交赎金。无助无望的他，只好在狱卒的看管下，从公爵那里退下来。

伊勤以为他在以弗所一个人也不认识，可就在他为四处寻找小儿子而身处险境的时候，他的两个儿子也都在以弗所城里。

伊勤的两个儿子不光身材相貌完全一样，连名字也一样，都叫安提福勒斯，两个双胞胎奴隶也都叫德洛米奥。伊勤的小儿子，叙拉古的安提福勒斯，也就是老人到以弗所来找的那个儿子，带着他的奴隶德洛米奥，跟伊勤是同一天到的以弗所。既然他也是叙拉古的商人，便面临着跟父亲一样的危险。多亏遇上了一个朋友，告诉他，有位从叙拉古来的老商人身处险境，劝他假装成厄匹达姆纽姆的商人。安提福勒斯同意了。不过，听说有老乡处在危难中，他很难过，但他丝毫也想不到，那个老商人就是自己的父亲。

伊勤的大儿子（为把他跟弟弟叙拉古的安提福勒斯区别开，只好管他叫以弗所的安提福勒斯）在以弗所生活了20年。他已经是个富人，完全有能力交出那一笔赎金，救父亲的命，可他根本不认识父亲。渔夫把他和母亲从海里救起来的时候，他还太小，只记得自己被救起来了，对父亲母亲一点印象都没有。那些渔夫把安提福勒斯、他的母亲和那个年轻的奴隶德洛米奥救上来以后，就把两个孩子从她怀里拖走（那个不幸的女人伤心欲绝）了，打算把他们卖掉。

安提福勒斯和德洛米奥被卖给了一位著名的军人门那封公爵。门那封公爵是以弗所公爵的叔叔，他来以弗所访问他的公爵侄子，把两个孩子也带来了。

以弗所公爵喜欢年轻的安提福勒斯，他长大以后，就安排他在自己的军队里当了一名军官。他作战勇猛，在战场上出生入死，救过恩人公爵一命，立下战功。为奖励他的卓越战功，公爵把以弗所一位有钱的姑娘阿德里安娜许配给他。当他父亲到以弗所来的时候，他已经跟阿德里安娜一起生活了，服侍他的依然是他的奴隶德洛米奥。

叙拉古的安提福勒斯，跟劝他装扮成厄匹达姆纽姆商人的那位朋友分手之后，给了他的奴隶德洛米奥一些钱，叫他带回旅店，他准备在那儿吃饭。他说，时间还早，他想在城里逛逛，看看风景，观察一下当地的人文风情。

德洛米奥是个充满乐趣的小伙子。每当安提福勒斯觉得无聊和愁眉不展了，他就说一些古怪的幽默和俏皮话跟他打趣。他也因此允许德洛米奥在他面前，比一般仆人对主人说话时可以随便得多。

叙拉古的安提福勒斯把德洛米奥派走以后，在原地站了一会儿，想到自己孤身一人，为寻找母亲和哥哥，四处漂泊，无论走到儿，都打听不出一点儿消息。他不禁伤心地自言自语：“我就像大海里的一滴水，出来寻找另外的水滴，结果却在辽阔的大海里失去了自己。我是如此不幸，出来寻找母亲和哥哥，却也迷失了自己。”

正当他这样思索着这趟直到现在仍尚无结果、令人疲惫不堪的旅行，德洛米奥（他认为是他的德洛米奥）回来了。安提福勒斯奇怪他怎么这么快就回来了，问他把钱放在哪儿了。现在，他问话的并不是他自己的那个德洛米奥，而是那个双胞胎的哥哥，也就是跟以弗所的安提福勒斯住在一起的德洛米奥。这一对儿德洛米奥和安提福勒斯，现在他们仍然像在襁褓时伊勤所说的，长得一模一样，无法分辨。所以，安提福勒斯以为是自己的奴隶回来了，问他怎么回来得那么快，也就不奇怪了。

德洛米奥回答说：“我家女主人叫我请您快点儿回家吃饭。您要是再不回去，阉鸡可就烧糊，猪肉从烤叉上掉下来，肉也凉喽！”

“现在不是开玩笑的时候，”安提福勒斯说，“你把钱放在哪儿了？”

德洛米奥还是回答说，是他家女主人派他来请安提福勒斯回去吃饭。

“谁家女主人？”安提福勒斯说。

“怎么，老爷，不是您的太太吗？”德洛米奥回答说。

这个未婚的安提福勒斯对德洛米奥非常生气，就说：“都因为平常有时我跟你说话太随便了，你才敢这么放肆地跟我开玩笑。我现在没心情跟你逗。你把钱弄哪儿去了？咱们在这儿人生地不熟的，你怎么敢把保管钱这么大的责任托付给别人？”

德洛米奥听安提福勒斯说他们人生地不熟，以为他在开玩笑，便又打趣地回答说：“老爷，等您坐下来吃饭的时候再开玩笑。我的责任只是把您请回去，跟女主人和她的妹妹一起用餐。”

这下，安提福勒斯失去了所有的耐心，他把德洛米奥打了一顿。德洛米奥跑回家，告诉他的女主人，老爷拒不回家吃饭，还说自己没有妻子。

以弗所的安提福勒斯的妻子阿德里安娜，听到丈夫说他自己没有妻子，非常生气。她本来就爱猜忌，说丈夫的意思是他已经看上了别的的女人。她变得烦躁不安，说了许多过头儿的嫉妒和责骂丈夫的话。跟她同住的妹妹露西安娜劝她，说她的猜疑毫无根据，但是没用。

叙拉古的安提福勒斯回到旅店，发现德洛米奥正在那儿等他，钱安然无恙。他看见自己的德洛米奥，正准备斥责他刚才不该随便跟他开玩笑。

这时，阿德里安娜来到他的面前。她丝毫不怀疑眼前看到的这个人是自己的丈夫，一上来就责备他不该像陌生人似地看着她（他以前从未见过这个满脸怒容的女人，只能把她当陌生人来看）。然后，她又跟他说，没结婚时，他有多爱她，可现在却爱上了别的女人。

“现在怎么了，”她说，“我的丈夫，我怎么不让你爱了？”

“尊敬的夫人，您是说我吗？”不知所失措的安提福勒斯说。他告诉她，说他不是她的丈夫，他刚来以弗所还不到两个小时，但不管怎么解释也没用。她执意要他跟她回家。最后，安提福勒斯无法脱身，只好到他哥哥家，去跟阿德里安娜和她妹妹一起吃饭。吃饭时，一个叫他“丈夫”，一个叫他“姐夫”，弄得他惊诧莫名，想一定是自己跟她在梦里结的婚，或者就是这会儿正在做梦。同时，跟他们来的德洛米奥也吃惊不小，因为那嫁给他哥哥的厨娘也认准了他是她的男人。

正当叙拉古的安提福勒斯跟嫂子吃饭的时候，他哥哥，那个真正的丈夫，跟他的奴隶德洛米奥回家吃饭来了。仆人不给开门，因为女主人吩咐过了，不论谁来也不让进。他们都快把门敲破了，也没能进去。他们说自己是安提福勒斯和德洛米奥，倒惹得女仆们大笑起来，说安提福勒斯正跟他们的女主人吃饭，德洛米奥正在帮厨。最后，安提福勒斯悻悻地走了，听到一个男人正跟妻子一起吃饭，感到特别惊异。

叙拉古的安提福勒斯吃完了饭，听到那位夫人仍然叫他丈夫，又听厨娘也把德洛米奥认作是她的丈夫，感到极其迷惑不解。赶紧找个托词，起身告辞。虽然他不喜欢生性猜疑的阿德里安娜，但他很喜欢她的妹妹露西安娜。而德洛米奥，对厨房里他那位娇妻一点儿也不待见。因此，主仆俩都恨不得赶紧逃离开他们的新夫人。

叙拉古的安提福勒斯刚走出来，遇到一个金匠。像阿德里安娜一样，这个金匠也把他当成了以弗所的安提福勒斯，叫着他的名字，递给他一条金项链。安提福勒斯坚决不收，说这东西不属于他。金匠说，这是他亲自订做的。说完，把金项链塞给安提福勒斯，就走了。安提福勒斯吩咐仆人德洛米奥把他的东西搬到船上，他不想在这个地方再待下去了。在这地方遇见这么多希奇古怪的事，他想一定是中了什么妖术。

把金项链错给了安提福勒斯的那个金匠，因所欠的一大笔债务立即被捕了。金匠被抓的时候，已婚的安提福勒斯正好从那儿经过。金匠以为他把金项链交给了这个安提福勒斯，看到他就向他要刚交给他的那条金项链的钱，钱数几乎正好跟他的欠债相抵。安提福勒斯说他没拿到金项链，金匠一口咬定说是几分钟之前刚才交给他的。为这个争执了好长时间，双方都认为自己有理。安提福勒斯很清楚金匠肯定没给他金项链，而安提福勒斯这对双胞胎哥俩儿长得是如此相像，金匠也认准了，金项链确实已经交到他手里。最后，金匠因所欠债务，被衙役带去坐牢。同时，金匠因安提福勒斯还没给他订做那条金项链的钱，叫衙役把安提福勒斯也抓起来。这样，争辩的结果是，两个人都被带走，一起坐牢。

安提福勒斯在被带去坐牢的路上，遇见了弟弟的奴隶，叙拉古的德洛米奥。他把他当成自己的奴隶，吩咐他去见他的妻子阿德里安娜，叫她把那笔因欠金匠而被抓的钱送来。德洛米奥弄不明白主人刚在那所古怪的房子里吃完饭，匆匆忙忙跑出来，怎么又派他回去呢？他本是来告诉主人船就要起航，但他没敢答话，他看出安提福勒斯情绪不对，可不能跟他开玩笑。因此，他走开了，但他又必须得回阿德里安娜的家，他边走边嘟囔：“等到了那儿，陶赛蓓尔又要说我是她丈夫了。可我必须得去，因为仆人必须得听主人的吩咐。”

阿德里安娜把钱交给了德洛米奥，当他回去的时候，又他遇到了叙拉古的安提福勒斯。叙拉古的安提福勒斯对他一路上的奇遇仍然摸不着头脑。他哥哥在以弗所是名人，凡在街上看到他的人，都像老朋友似的跟他打招呼：有人还钱给他，说那是欠他的债，有人邀请他到家里做客，也有人对他帮的忙表示诚挚的感谢，大家都误以为他是他哥哥了。有个裁缝拿着些绸料给他看，说是为他买来做衣服的，一定要量量尺寸。

安提福勒斯开始觉得自己身处在怪力乱神的国度。德洛米奥问他，刚才衙役要把他带去坐牢，他是怎么逃出来的。然后，把阿德里安娜送来叫他还钱的一袋金子交给他。德洛米奥的主人被这一切搞得一头雾水，百思不得其解。

德洛米奥说的被抓，坐牢，以及他从阿德里安娜那儿带来的钱什么的，完全把安提福勒斯搞糊涂了。他说：“一定是德洛米奥这家伙精神失常了。我们是在幻觉里徘徊。”思想的混乱让他感到了恐惧，他叫喊着："求上帝之手把我们从这个怪地方救出去吧！"

这时，有一个陌生女人来到他面前，也称呼他安提福勒斯。她说，他那天跟她一起吃饭时，她向他要过一条金项链，他已经答应送给她。一听这话，安提福勒斯实在忍无可忍，骂那女人是妖精，否认自己曾答应送她一条项链，也没跟她一起吃过饭，甚至在此之前根本就没见过她的面。但那女人坚决不松口，认准了说他跟她一起吃过饭，并答应送她一条金项链，安提福勒斯就是不承认。她又说，她曾给过他一枚珍贵的戒指，要是他不送她金项链了，她得把自己的戒指要回去。安提福勒斯听到这话，简直气疯了，又骂她是妖精、女巫，说不论是她还是她的戒指，他根本没见过。说完就跑开了。那女人听到安提福勒斯的话，看到他那暴怒异常的神情，非常吃惊。因为对她来说，他真的跟她一起吃过饭。而且，是他先答应送她一条金项链，她才给了他一枚戒指，这是无法否认的。可这位姑娘跟别人一样，也把他错当成了他的哥哥。她责备这个安提福勒斯的这些事，其实都是那个已婚的安提福勒斯干的。

当已婚的安提福勒斯回到自己家却进不了门（门里的人以为他已经在里面了），很生气地走了。他知道妻子爱吃醋，认为这回她又是醋性大发了。想起以前她时常冤枉他去看了别的女人，为报复她把他关到门外，他才下决心干脆去找这个女人一起吃饭。这女人对他很殷勤。安提福勒斯对自己的妻子极为不满，一气之下，就把本打算送给妻子的一条金项链，也就是那个金匠错给了他弟弟的那条，答应送给这个女人。这个女人当然高兴能得到一条精美的金项链，便送给已婚的安提福勒斯一枚戒指。刚才她把他弟弟当成了他，所以认定他收了戒指，却又矢口否认，还说根本不认识她，最后还气急败坏地走了，把她一个人扔在那儿。她开始觉得，这人一定是疯了。于是，她打算去找阿德里安娜，告诉她，她的丈夫发疯了。她正要告诉阿德里安娜，阿德里安娜的丈夫在衙役的看管下，回家取那袋钱来了，（衙役允许他回家来取钱还帐）。而实际上，阿德里安娜交给德洛米奥的那个钱袋，已经被德洛米奥误交给了另外一个安提福勒斯。

阿德里安娜一听丈夫指责她不该把他关在屋外，就相信那个女人说他发了疯的话是真的。她还记得吃饭时，他就非说他不是她的丈夫，还说在那天以前从未来过以弗所。她觉得，毫无疑问，他是疯了。她把欠的钱还了衙役，把他打发走，然后吩咐仆人用绳子把丈夫绑起来，抬到黑屋子里，把大夫请来治他的疯病。安提福勒斯声嘶力竭地叫喊，说他没疯。这一切都是因为他弟弟跟他长得一样引起的。可是，他激动的情绪，只会更让他们相信他发了疯。同时，德洛米奥因跟他的主人说的一样，也被绑起来，并跟他的主人一起被带走了。

阿德里安娜把丈夫监禁之后不久，一个仆人跑来告诉，一定是安提福勒斯和德洛米奥从监禁处逃掉了，因为他们两个人正在旁边那条街上大摇大摆地闲逛呢。听到这话，阿德里安娜马上跑出去，要把他抓回来，为把丈夫捆紧了怕他再跑掉，她还带了些人手。她妹妹跟着她一起去了。当他们走到附近一座修道院的门口，因为这两对儿孪生兄弟真是长得一模一样，他们又一次弄错了，以为眼前看到的就是安提福勒斯和德洛米奥。

由这与生俱来一模一样的相貌所造成的混乱，使叙拉古的安提福勒斯仍然感到困惑不解。他脖子上挂着金匠送的金项链，金匠指责他不该否认没收到，并拒付做项链的钱。安提福勒斯反驳说，金项链是金匠早晨白白赠送的，而从那以后，他再也没见过金匠的面。

这时，阿德里安娜走到他跟前，一口咬定他是她的疯丈夫，说他是从监禁他的地方逃出来的。她带来的人刚要对安提福勒斯和德洛米奥动粗，他们逃进了修道院。安提福勒斯恳求得到修道院的女院长的庇护。

女院长亲自出面，问他们因何吵闹。她是一位庄重严谨、受人尊敬的女人，对所看到的事物有明智的判断。她不能就这么草率地把这个向她的修道院寻求庇护的男人交出去。因此，她非常仔细地向阿德里安娜询问她丈夫发疯的经过。女院长说：“你丈夫怎么会突然发疯呢？是因为他的货物在海上损失了吗？还是因为他有什么好朋友死了，使他神经错乱了？”

阿德里安娜回答说，这些原因全不是。

“或许是他爱上了什么别的女人，”女院长说，“是这样的事把他逼疯了？”

阿德里安娜说，她心里觉得他一定是爱上了什么别的女人，已经好久了，因为他经常不回家。

女院长明白了，经常把安提福勒斯逼得有家不回，不是因为他爱上了别的女人，而是因为他妻子生性吃醋。（对这一点，女院长是从阿德里安娜激烈的情绪中猜出来的。）为了解实情，女院长说：“既然他在外边有女人，你就应该责备他啊。”

“我责备他了，不责备还行。”阿德里安娜回答说。

“哦，”女院长说，“也许你责备得还不够。”

阿德里安娜想让女院长相信，她就这件事跟安提福勒斯已经谈得很充分了，回答说：“我们一天到晚都在谈这件事。躺到床上，我不让他睡觉，谈的是这件事；坐在饭桌前，我不让他吃饭，谈的也是这件事；当我单独跟他在一起，还是谈的这个话题；有客人来，我也常提醒他这件事。我一直都跟他说，除了我，你再去爱别的女人，是多么卑鄙无耻。”

女院长从嫉妒成性的阿德里安娜嘴里，了解清楚事情的全部经过之后，说：“因此你的丈夫才发了疯。一个爱猜疑的女人，她的恶毒谩骂，是一剂毒药，比一只疯狗的牙齿还厉害。看来是你的严厉责骂，让他睡不成觉，难怪他神志恍惚。而且，你的责骂成了他的饭菜的调味品；吃饭的时候不得安宁，会导致消化不良，弄得他头脑发热。你说他在娱乐消遣的时候，你也用责骂去搅扰他。你连他享受社交和休闲的乐趣都剥夺了，那除了让他感到绝望、郁闷无聊，还能有什么。这样看来，正是你的嫉妒心让你的丈夫发了疯。”

露西安娜想替姐姐辩解几句，说她劝丈夫时总是和颜悦色的，并对姐姐说：“你干嘛受她这样的指责还不争辩呢？”

但女院长已经让阿德里安娜对自己的过错有了足够清醒的认识，她只是回答说：“听了女院长对我的指责，连我也想责备自己了。”

尽管阿德里安娜对自己的行为感到惭愧，可她还是执意要女院长交出她的丈夫。女院长不许外人进修道院，也不肯把这个不幸的男人交给他那吃醋成性的妻子去照顾，她决心要用温和的办法使他恢复神志。女院长回到院里，吩咐关上大门，不让他们进来。

在这多事的一天里发生的许多错误，都是由两对儿孪生兄弟长得一模一样造成的。时间已近日落，老伊勤一天的宽限期马上就到了。如果日落时，他还交不出赎金，就只有一死。

要处死伊勤的地方就在修道院附近。女院长刚进修道院，伊勤就到了那儿。公爵亲自监刑，说如果有人替伊勤交出赎金，他就把他当场释放。

阿德里安娜拦住这个令人悲哀的行列，大声嚷着请公爵出来主持公道，说女院长不肯把她的疯丈夫交给她。正说着，她真正的丈夫带着仆人德洛米奥也跑到公爵面前，要求主持公道，说他的妻子诬陷他发疯，把他监禁起来，又说他是怎样挣断了绑绳，从看守人的手里逃了出来。阿德里安娜见到丈夫，非常惊讶，因为此时她还以为他在修道院呢。

伊勤看到儿子，断定他就是离开他去寻找母亲和哥哥的那个儿子，当然相信这个亲爱的儿子一定会立刻替他交出赎金。因此，他以慈父的口吻对安提福勒斯说着话，高兴地盼望着得到释放。但让伊勤特别吃惊的是，这个儿子说他根本不认识他。想来也是，因为这个安提福勒斯在风暴中跟父亲分手的时候还是个婴儿，从此再没见过面。可怜的老伊勤努力想叫儿子认出他来，费了半天劲也没用。他想，一定是自己忧伤过度，面孔变得如此陌生，连儿子都认不出来了，要不就是儿子看到他境遇悲惨，羞于相认。人们正为此感到困惑不解，修道院的女院长和另外那个安提福勒斯、德洛米奥走出来了。阿德里安娜看到自己面前站着两个丈夫，两个德洛米奥，惊讶不已。

这些把大家搞得摸不着头脑像猜哑谜一样的错误，现在终于弄清楚了。当公爵见两个安提福勒斯和两个德洛米奥长得如此一模一样，马上推测出这件貌似神秘的事到底是如何发生的。他还记得早晨伊勤对他讲的自己的遭遇。公爵说，这肯定是伊勤那对孪生的儿子及其那对孪生的奴隶。

然而这时，一件出乎意料的喜事使伊勤的经历获得圆满。他在早晨面临死刑宣判时所讲的那个悲惨的故事，却在日落前得到了幸福的结局。那位令人尊敬的女修道院院长告诉他们，她就是伊勤失去很久的妻子，也就是这两个安提福勒斯亲爱的母亲。

当渔夫把大安提福勒斯和大德洛米奥从她怀里抢去以后，她就进了修道院。她聪慧过人，品行端正，最终当了这个女修道院的院长。当她收留一个遭逢不幸的陌生人的时候，却在不知不觉中保护了自己的儿子。

这一对久别重逢的父母和他们的孩子异常兴奋，光顾着彼此高兴地祝贺，亲切地问候，连伊勤仍被判着死刑都忘了。等他们稍微平静了一些，以弗所的安提福勒斯向公爵表示，愿意出钱赎父亲的性命。但公爵不肯收钱，他慷慨地赦免了伊勤。公爵陪女院长和她刚找到的丈夫及孩子们，一起进了修道院，听这幸福的一家悠闲地谈着他们绝处逢生的圆满结局。当然也不能把那一对出身卑微的孪生德洛米奥兄弟的喜悦忘到脑后，他们彼此祝贺、问候，一个德洛米奥快乐地称赞另一个德洛米奥长得英俊，两人仿佛照镜子似的，很高兴从对方的相貌中看到了自己。

阿德里安娜经婆婆一番好心劝告，获益匪浅。她对丈夫再不胡乱猜忌，再也不吃醋了。

叙拉古的安提福勒斯娶了他嫂子的妹妹美丽的露西安娜为妻。善良的老伊勤跟妻子和两个儿子在以弗所共同生活了许多年。但并不是说这些令人迷惑的问题一旦讲清楚了，以后就不会再有错误发生了。有时，仿佛是为了提醒过去发生过的事，还会发生滑稽可笑的错误，这个安提福勒斯和德洛米奥仍被错认成那个安提福勒斯和德洛米奥，合在一起就变成了一幕轻松俏皮、活泼有趣的“错误的喜剧”。

一报还一报

从前，曾有一位治理过维也纳城的公爵，性情温和，宽厚仁慈，即使他的臣民触犯了法律，他也不去惩处。特别有一条法律，几乎名存实亡，公爵在位时也一直也没有实行过。这条法律规定：甭管哪个男人要是跟妻子以外的女人同居，将处以死刑。公爵的宽宏大量使人们根本无视这条法律，神圣的婚姻制度因而也随之形同虚设。维也纳年轻姑娘们的父母，每天都来找公爵告状，说他们的女儿被人勾引，离开家，去跟单身男人同居了。

善良的公爵看到这种不良风气在市民中愈演愈烈，心里很不是滋味。但他想，如果要想制止这个陋习，就必须得在这条法律的实施上，把过去的宽容突然变得十分严厉，不过，这样一来，也许会使爱戴他的人民把他看成一个暴君。因此，他决定暂时离开他的公国一段时间，另外委派一个人作为他的全权代理，一方面使这条反对男女不正当恋爱的法律得以实行，另一方面，又不会因法律非比寻常的严厉，而使他自己落埋怨。

代理公爵要职的是维也纳享有“圣人”之誉的安哲鲁，他生活严肃，作风正派，公爵认为挑选他最为合适。当公爵把打算说给他的辅臣爱斯卡勒斯听，爱斯卡勒斯说：“要是维也纳有谁配得到这么特殊的恩惠和荣誉，也只有安哲鲁大人。”于是，公爵推脱要去波兰旅行，离开维也纳，他不在期间，职权由安哲鲁代理。但公爵只是假意离开，他又悄悄回到了维也纳，装扮成一个修道士，以便暗中考察这个圣人模样的安哲鲁的品行。

就在安哲鲁被赋予这个新的要职不久，正好遇上有个叫克劳狄奥的绅士把一位年轻小姐从她父母那儿勾引走了。为此，新上任的代理公爵下令逮捕克劳狄奥，将他囚禁。安哲鲁根据久已被忽视的原有法律，把犯下该项罪名的克劳狄奥判处斩首。请求赦免年轻的克劳狄奥的人很多，连好心的老臣爱斯卡勒斯大人也亲自出面替他求情。“哎呀，”他说，“我想搭救的这小伙子，有一个德高望重的父亲，求你看在他父亲的面上饶恕了他吧！”安哲鲁回答说：“我们决不能让法律成为稻草人，光把它支起来吓唬捕食庄稼的鸟儿。等鸟儿见惯了，发现它对自己什么损伤也没有，不但不再怕它，还要在它上头栖息呢。大人，克劳狄奥必须得死。”

路西奥是克劳狄奥的朋友，他来探监时，克劳狄奥对他说：“路西奥，求你帮个忙，去找我姐姐依莎贝拉。正好今天她想进圣克莱阿修道院。你把我现在的危险处境告诉她，求她亲自去见那位严厉的代理公爵，替我求情。我对此抱着很大的希望，因为她口才出众，尤善劝说。同时，她言语中那种青春少女的忧郁，足以打动所有男人。”

正如克劳狄奥所说，他姐姐依莎贝拉当天进修道院作见习修女，她打算先见习一段时间，然后正式戴上修女的面纱。当她正向一个修女打听修道院的规矩，听见了路西奥的声音。路西奥走到这个修道场所，说：“愿天主保佑这里平安！”“是谁在说话？”依莎贝拉问。“是个男人的声音，”那个修女说。“仁慈的依莎贝拉，去看一下，问他有什么事。你可以见他，我却不能。只要当上正式修女，除非当着修道院院长，不能跟男人说话。如果说话，也得用面纱把脸罩上，露出脸，就不准说话。”“那作修女的就没有别的权利了吗？”依莎贝拉问。“这些权利还不够吗？”那个修女回答说。“的确够了，”依莎贝拉说，“我这么说倒不是为得到更多的权利，我是希望对侍奉圣克莱阿的姐妹们有更严格的约束。”这时，她们又听到路西奥的声音。那个修女说：“他又叫了。请你去问他有什么事。”于是，依莎贝拉出去见路西奥，向他致意说：“平安如意！是谁在叫门？”路西奥很恭敬地向她走过来说：“祝福你，童贞女。你肯定是童贞女，从你脸上的玫瑰色一看就知道错不了。你能带我去见这里的一位见习修女依莎贝拉吗？这位美丽的姐姐有个不幸的弟弟，叫克劳狄奥。”“为什么说她有个‘不幸的弟弟’？”依莎贝拉说，“我要请问一下，因为我就是他的姐姐依莎贝拉。”“美丽温柔的姑娘，”他回答说，“你弟弟让我向你致以亲切的问候，他被关在监牢里了。”“哎呀！我怎么这么不幸，为什么事呀？”依莎贝拉说。路西奥告诉她，克劳狄奥是因勾引了一个年轻的姑娘而被关了起来。“啊，”她说，“恐怕是我的干妹妹朱丽叶吧。”朱丽叶跟依莎贝拉并不是亲戚，她们是在同学时代结下了友谊，彼此以姐妹相称。她早知道朱丽叶爱克劳狄奥，恐怕克劳狄奥就是为爱才犯了罪的。“正是她。”路西奥回答说。“那让我弟弟娶了朱丽叶不就行了。”依莎贝拉说。路西奥回答，克劳狄奥确实很想娶朱丽叶，可代理公爵已经因这项罪名判他死刑了。“除非你能用温柔的话语去恳求安哲鲁，把他的心肠说软了，”路西奥说，“你可怜的弟弟就是为了这件事，才让我来找你的。”“哎呀，”依莎贝拉说，“以我的微薄之力，能为他做什么呢？我怀疑我是否有感动安哲鲁的力量。”“怀疑就会失去信心，”路西奥说，“有些事，我们常因害怕一试，把本来能得到的好处也失去了。到安哲鲁那里去吧！只要年轻的姑娘们跪下来一哀求，以泪洗面，男人们便都会变得像上帝一样。”“看来我只能一试，”依莎贝拉说，“我先向院长请示一下，然后我就去见安哲鲁。请你转告我弟弟，成功与否我今天晚上都会给他个准信儿。”

依莎贝拉匆匆赶到宫里，跪在安哲鲁的面前，说：“我是一个不幸的请求者，如果尊贵的大人能倾听我的诉说，我将十分欣慰。”“哦，你请求什么呢？”安哲鲁说。于是，她用最动人的话语请求安哲鲁赦免她弟弟的性命。但安哲鲁说：“姑娘，这是无可挽回的了。你弟弟已经定罪，他一定得死。”“哦，公正的法律，真是太严厉了！”依莎贝拉说，“这么说，我的弟弟是必死无疑了。愿天主保佑您！”她刚要走，陪她来的路西奥对她说：“别这么轻言放弃啊。再去哀求他，跪到他面前，扯住他的袍子。你太冷静了，就算是要讨一根针，也得说一堆好话才成吧。”于是，依莎贝拉又跪下来，求他发发慈悲。“他已经被定了罪，”安哲鲁说，“太迟了。”“真的太迟了？”依莎贝拉说。“为什么，不，说出去的话，还可以再把它收回来。大人，你要相信，凡给大人物装点门面的，无论国王的王冠，摄政的宝剑，元帅的权杖，还是法官的长袍，比起能否代表他们威严的仁慈，连一半都不如。”“请你走吧。”安哲鲁说。但依莎贝拉仍然向他恳求着，说：“设身处地地想，如果您是我弟弟，也可能犯同样的错误，他可不会对您这么冷酷无情。但愿我有您的权力，而您是依莎贝拉。我会这样拒绝您吗？不会。我会告诉您，作一个审判官是怎样的，作一名囚犯又是怎样的。”“够了，可爱的姑娘，”安哲鲁说，“判你弟弟死罪的是法律，不是我。哪怕他是我的亲戚，我的兄弟，或是我的儿子，我也会这么处置。明天他必须得死。”“明天？”依莎贝拉说，“这太突然了。饶恕他吧，饶恕他吧，他没准备去死呢。就算在厨房里杀鸡宰鸭，还得讲究个季节呢。难道我们对于献给上天的人的生命，比自己吃的东西还缺乏尊重吗？大人，尊贵的大人，请您想想，有多少人犯过我弟弟所犯的罪过，但没有谁为他的罪过而送命！如此说来，您将要成为第一个给人定这种罪的人，我弟弟也将成为第一个因此罪而被砍头的人了。大人，请您摸摸自己的良心，跟这儿敲一敲，问一下您的心，看您是否也会犯跟我弟弟同样的罪过。如果您承认也有这种犯罪的本能，那就请您不要杀我的弟弟！”她最后这句话，比之前所说的任何话都更能打动安哲鲁，因为依莎贝拉的美貌已经使他在心里升起了邪念。他像克劳狄奥犯过的罪一样，开始产生不正当的爱情。内心的这种矛盾，使他转身要从依莎贝拉身边走开。依莎贝拉把他叫回来，说：“仁慈的大人，请您转过身来，听我想如何贿赂您。转过身来吧，仁慈的大人！”“怎么，你想贿赂我！”安哲鲁说。他对她居然想贿赂他感到非常惊讶。“是啊，”依莎贝拉说，“我要献给您的礼物连上天都想跟您分享，不是金银财宝，也不是随便由人定价的光彩夺目的宝石。我要在日出以前，把上达天庭的虔诚祈祷献给您，——这祈祷来自纯洁无瑕的灵魂，来自与世隔绝、未染凡尘的少女的心灵。”“好吧，你明天来见我。”安哲鲁说。依莎贝拉为弟弟求得短暂的生命宽限，又因安哲鲁准许她再来见他，离开的时候心里很高兴，希望最终可以压倒安哲鲁的严酷性情。临走，依莎贝拉说：“愿天主保佑您平安！愿天主拯救您！”安哲鲁听了，心里说：“阿们！愿天主把我从对你和你童贞的欲念中拯救出来。”然后，他被自己产生的这种邪恶吓了一跳，说：“我这是怎么了？我这是怎么了？我希望再听到她的芳音，再一睹她的容颜，难道我爱上她了？我梦想的是什么呀？人类狡猾的敌人，为了叫圣人咬钩，竟然拿圣人当钓饵。我从未对轻浮的女人动过心，但这个贞洁的女人却完全把我征服了。甚至到现在，我还笑话痴情的男人，奇怪他们怎么会那样。”

那个夜晚，安哲鲁由于内心自觉有罪的邪念，比被他判了极刑的囚犯还要难熬。那位善良的公爵装扮成修道士，到监牢探望克劳狄奥，给这个年轻人指明了一条通往天堂的路，告诉他如何忏悔和祈祷和平。而安哲鲁既想犯罪，又犹豫不决，精神上陷入极大的痛楚。他想把依莎贝拉从清纯、贞洁的路上引诱出来，同时又因为有了这个邪念，感到内疚和恐惧。他最终被邪念征服了，刚才听到贿赂还会吃惊，现在他却决定用叫依莎贝拉吃惊得无法拒绝的贿赂，甚至拿她亲爱弟弟的生命这样一件珍贵的礼物，来勾引这位少女。

清晨，依莎贝拉来了，安哲鲁要她单独进来见他。进来以后，他对她说，如果她能像朱丽叶跟克劳狄奥所犯的罪那样，把她少女的贞操献给他，他就饶她弟弟一命。“我爱你，依莎贝拉。”他说。“我弟弟也是这样爱朱丽叶的，”依莎贝拉说，“可你跟我说，正因为此，才必须把他处死。”“克劳狄奥可以不死，”安哲鲁说，“只要你能像朱丽叶晚上偷偷离开父亲的家去看克劳狄奥，晚上偷偷来看我。”依莎贝拉的弟弟因为犯下这样的罪过，被安哲鲁判了死刑，现在她居然听安哲鲁说出要勾引她犯同样的罪，非常震惊。她说：“我能为自己做多少，也会为我弟弟做多少。换言之，如果我被判处死刑，我会把锐利的鞭子在我身上抽出的血痕当红宝石来佩带，我会死得就像是躺在了我所渴望的床上，我却不能让自己蒙受这种耻辱。”然后她告诉他，希望他刚才说的话，只是想试探一下她的贞洁。然而他说：“请你相信我，以我名誉起誓，我说的是真的。”依莎贝拉听到他用名誉来表示他这不名誉的邪念，非常气愤。她说：“哈，你就凭这样的名誉让人相信啊，而且要用名誉达到邪恶的目的。安哲鲁，你等着！我一定把这件事宣布出去！马上签一张赦免我弟弟的命令，否则我就让全世界都知道你是怎样的一个人！”“依莎贝拉，谁会相信你呢？”安哲鲁说，“我清白的名声，严肃的生活，以及我那些反驳你的话，都足以压倒你的指控。你还是遵从我的意愿，拿你来赎你弟弟的命。不然，他明天就得死。至于你，随便你怎么说，我的虚假一定会压倒你的真相。我明天等你的答复！”

“我该向谁诉说呢？就算说了，又有谁会相信我呢？”依莎贝拉一边说，一边朝关着弟弟的阴郁的牢房走去。她进去的时候，弟弟正跟公爵虔诚地聊着。公爵已经以一身修道士的装束访问过朱丽叶，使这对儿犯罪的情人对过错有了正确的认识。不幸的朱丽叶流着眼泪，满含真诚的忏悔，承认她在这件事儿上的罪过比克劳狄奥还要大，因为她对他那不正当的要求是心甘情愿的。

依莎贝拉走进关押克劳狄奥的牢房，说：“祝你们平安、幸福，愿善良的天使与你们同在！”“是谁呀？”化了装的公爵说，“进来吧，这样的祝福理应受到欢迎。”“我想跟克劳狄奥说一两句话。”依莎贝拉说。公爵把他们俩人留在那儿，走开了。但他吩咐典狱官，给他找了一个能偷听到他们谈话的地方。

“姐姐，你带来了什么好消息？”克劳狄奥说。依莎贝拉告诉他，必须准备好明天去死。“没法补救了吗？”克劳狄奥说。“弟弟，有是有的，”依莎贝拉回答说，“但像这样补救的办法，假如你同意了，就会脸面丢尽，无地自容。”“告诉我是怎么回事。”克劳狄奥说。“哦，克劳狄奥！我为你担心，”姐姐回答说，“一想到你会为了活命，把延长短短六七年的生命看得比永久的名誉还重要，我就感到恐惧。你敢去死吗？其实，最可怕的是对死亡的感觉，踩在脚下的甲虫，它在死亡时感到的痛苦并不比一个巨人死的时候少。”“你为什么要这样羞辱我？”克劳狄奥说，“你以为凭这些温柔动听的话语就能坚定我的决心吗？如果我非死不可，我愿把黑暗当新娘，把它抱在怀里。”“说这话的才是我的好弟弟，”依莎贝拉说，“这才是我父亲从坟墓里发出的声音。是的，你必须去死。可是，你能想到会有这样的事吗，克劳狄奥？原来这个貌似圣人的代理公爵向我表示，如果我把贞操献给他，他就饶了你的命。哦，但凡他要的是我命，为了救你，我都像扔一根针那样毫不顾忌地给他！”“谢谢你，亲爱的依莎贝拉！”克劳狄奥说。“你准备明天去死吧。”依莎贝拉说。“死是令人可怕的。”克劳狄奥说。“可耻辱地活着是令人可恨的。”他姐姐回答说。但一想到死，克劳狄奥的坚定意志动摇了，只有临死的囚犯才会有的那种恐惧撞击着他。他大声叫到：“亲爱的姐姐，让我活命吧！你为救弟弟而犯下的罪恶，上天会宽恕的，甚至会把它当成一种美德。”“哦，你这背信弃义的懦夫！哦，你这说谎的卑鄙无耻的小人！”依莎贝拉说。“你竟想为自己活命而让你姐姐蒙受耻辱吗？呸，呸，呸！弟弟，我以为你会如此看重名誉，就算有二十颗脑袋，也宁可上二十个断头台，绝不会让你姐姐的名誉受损。”“依莎贝拉，听我说！”克劳狄奥说。

克劳狄奥还想为自己辩解，为什么他会为了活命懦弱到要靠牺牲姐姐的贞洁。正这时候，公爵进来，把他的话打断了。公爵说：“克劳狄奥，我已经偷听了你跟你姐姐的谈话。安哲鲁从没想过勾引她，他说那些话只是想试探一下她的品德。她如此坚决地拒绝了安哲鲁，证明自己的确是个贞洁的姑娘，这是最使他高兴的事。你别指望安哲鲁会赦免你，还是趁着有时间祈祷一下，准备去死吧。”随后，克劳狄奥对自己的软弱感到懊悔，他说：“恳求姐姐原谅！我对生命已无可留恋，愿死神早点儿降临。”克劳狄奥退了下去，他为自己的过错感到羞愧难当，心里充满了忧伤。

这时，只剩下公爵单独跟依莎贝拉在一起。他称赞她坚贞不屈，说：“上帝之手不但赐给你美貌，还给了你品德。”“哦，”依莎贝拉说，“安哲鲁是怎样欺骗那位善良公爵的啊！如果他哪天回来了，我要是见到他，一定要揭发安哲鲁。”依莎贝拉当时并不知道，她其实已经在揭发她表示要揭发的事了。公爵回答说：“那不会有什么错。但看目前的情形，安哲鲁还是会驳倒你的指控，因此，你还是留心听听我的建议。我觉得你最富有正义感，一定愿意帮一位可怜的小姐，也应该帮她，她受了委屈。这样一来，你还可以把你弟弟从触犯的法律下赎救出来。而且，非但不会玷污你最贞洁的名誉，缺席的公爵一旦回来，知道了这件事，也会非常高兴。”依莎贝拉说，只要是正当的事，随便公爵要她做什么，她都在所不辞。“真是有德者勇，无所畏惧。”公爵说完，问依莎贝拉是否听说过玛利安娜的名字，她是在海上淹死的那位杰出勇士弗莱德里克的妹妹。“我听说过这位小姐，”依莎贝拉说，“知道她的人都对她赞不绝口。”“这位小姐是安哲鲁的妻子，”公爵说，“她的嫁妆随同哥哥那条船，一起沉没了。这位可怜的淑女遭受了多么大的损失啊！她不仅失去了一位高贵、有名望的哥哥，他对玛利安娜的爱始终是那么的体贴、呵护，而且，她还连同损失的财产，也失去了他的未婚夫，那个伪善的安哲鲁的爱情。安哲鲁假装在这位贞洁的小姐身上发现了一些不名誉的行为（其真正原因是她失去了嫁妆），抛弃了她，随她去哭，一丝一毫的安慰也没有。按道理，他非正义的伪善应能将她的爱情之火熄灭，但抽刀断水水更流，玛利安娜仍在用初恋的柔情爱着她那冷酷的丈夫。”

然后，公爵直接说出了他的计划：依莎贝拉去见安哲鲁，假装同意如他所要求的，当天深夜去看他，从他那儿得到赦免克劳狄奥的承诺。而约会由玛利安娜替她去，黑暗中，安哲鲁会把她错认为是依莎贝拉。“温柔的姑娘，这事儿做起来用不着害怕，”装扮成修道士的公爵说，“安哲鲁本来就是她丈夫，叫他们这样在一起，并不算罪过。”依莎贝拉听了这个计划，满意地走了，并打算按公爵说的做。公爵又到了玛利安娜的家，把他们的意图告诉她。在此以前，公爵扮成修道士曾访问过这个不幸的姑娘，用教义开导她，耐心地劝慰她，他正是在那几次访问中听她亲口讲的这件伤心事。现在，她把他当成一位圣人，马上答应照他教的做。

依莎贝拉见完安哲鲁，按照公爵的约定，来到玛利安娜家跟他见面。公爵说：“你来得正好，来得及时。从那位善良的摄政那儿带来了什么消息？”依莎贝拉就把她想好的安排描述了一番。“安哲鲁有一座砖墙环绕的花园，”她说，“花园西边是一个葡萄园，进那个园子要过一道门。”

说完，她把安哲鲁交给她的两把钥匙拿给公爵和玛利安娜看。她说：“大钥匙开葡萄园的门，另一把开从葡萄园通花园的小门。我答应半夜到那儿去找他，他已经答应赦免我弟弟的死刑。我仔细而准确地记住了那个地方，他悄声低语、心怀鬼胎又小心谨慎地带我认了两遍路。”“你们没约定什么玛利安娜需要遵守的暗号？”公爵说。“没有，”依莎贝拉说，“只说好天一黑就去。我跟他说，我有个仆人陪我一起来，所以只能待一小会儿，那仆人以为我是为了我弟弟的事来找他的。”公爵称赞依莎贝拉很会安排，周到细致。她转身对玛利安娜说：“你跟安哲鲁什么也别说，只在分手时悄声而温柔地跟他说：现在可不许忘了我弟弟的事！”

那天夜里，依莎贝拉把玛利安娜带到约定的地方。依莎贝拉对这个办法能如她所想，既保住了弟弟的性命，又不损她的名誉，感到非常高兴。但公爵对她弟弟的生命安全还是不太放心，半夜又去了监牢。多亏公爵去了，否则，克劳狄奥那天晚上就被砍了头。公爵刚进监牢，残忍摄政的命令就到了，吩咐将克劳狄奥斩首，脑袋要在第二天凌晨五点送去查验。公爵劝典狱官对克劳狄奥延期执行死刑，先用当天凌晨死在牢里的一个囚犯的脑袋拿去骗过安哲鲁。典狱官当时猜想，公爵顶多是个修道院长，没想到他有更高的身份。公爵为了说服典狱官同意延期执行死刑，拿出一封公爵的亲笔信给他看，上面盖有公爵的印章。典狱官看了以后，推断这位修道士一定是从离职的公爵那儿接到了什么密令。因此，他同意不杀克劳狄奥，把那个死人的脑袋砍下来，拿去给安哲鲁看。

然后，公爵又以自己的名义给安哲鲁写了封信，说因某些意外的事，他不得不终止旅行，第二天清晨他就回到维也纳。他要安哲鲁在城门口迎候，并在那儿把权力交还给他。公爵还吩咐他向市民宣布，如果有谁受了不公正的待遇需要纠正，在他进城时就可以要求陈述。

依莎贝拉一大早就来到牢房时，公爵已经在等她了。公爵为了保密，想最好先告诉她，克劳狄奥已被斩首。所以，当依莎贝拉问安哲鲁有没有下达赦免弟弟的命令时，公爵说：“安哲鲁已经把克劳狄奥从人间释放了。他被砍了头，给摄政送去查验了。”悲痛欲绝的姐姐呼喊着：“哦，不幸的克劳狄奥，可怜的依莎贝拉，该诅咒的世界，最邪恶的安哲鲁！”这个乔装的修道士尽力安慰她。当她稍微平静了一些，他告诉她，公爵很快就要回来了，她应以怎样的方式去指控安哲鲁。他还说，如果控告似乎一时并不顺利，也不必担心。在向依莎贝拉做了充分交代之后，他接着去找玛利安娜，告诉她应该怎样做。

然后，公爵脱下修道士的长袍，穿上他自己的贵族长袍，进了维也纳城。他的忠实臣民们聚集在一起热烈地欢迎他。安哲鲁早在那里迎候，并正式移交了权力。这时，作为指控者的依莎贝拉出现了。她说："最高贵的公爵，请您为我主持公道！我是克劳狄奥的姐姐，克劳狄奥因勾引一位年轻的姑娘，已被斩首。我恳求过安哲鲁大人，让他赦免我的弟弟。我无需向您说我是怎样哀求，怎样跪倒，他怎样拒绝，我又怎样答复，要是这么讲就太罗嗦了。我现在怀着悲哀和羞耻要说的，是这件事的卑鄙结果。安哲鲁说，我只有向他不名誉的爱情屈服，他才肯释放我弟弟。经过了一番激烈的思想斗争，姐姐对弟弟的同情最终战胜了贞洁，我屈服了。可第二天一早，安哲鲁背信弃义，仍然下令将我那可怜的弟弟斩了首！"公爵故意装出不信她所说的话。安哲鲁说，一定是她弟弟被依法处死以后，她伤心过度，精神失常了。正在这时，又来了一个指控者，是玛利安娜。玛利安娜说："高贵的公爵，正如光明来自天庭，真理来自呼吸；正像真理蕴涵着感受，道德也蕴涵着真理一样，我是这个人的妻子。仁慈的公爵大人，依莎贝拉在说谎，因为她说跟安哲鲁在一起的那个夜晚，我正在他花园的屋里跟他幽会。我说的句句属实，所以我敢站出来，否则，就让我变成一尊大理石像，永远在这儿跪着。"于是，依莎贝拉又要求洛度维克修道士（这就是公爵乔装成修道士的时候用的名字）出来，证明她说的都是真话。依莎贝拉和玛利安娜所说，都是公爵授意的。公爵是有意要在全维也纳人民面前，公开证明依莎贝拉是清白无辜的。安哲鲁怎么也想不到两个姑娘的叙述，是因为这个才不一样，他想利用她们陈述的矛盾，把依莎贝拉指控他的事儿洗个一干二净。他假装自己的清白受了玷污，说："听到现在，我仍觉得好笑。可是殿下，我现在真的没有耐心了。我看这两个可怜的疯女人一定是受了什么高人的指使，她们不过是被利用了。殿下，准许我把这个阴谋查个水落石出。""好的，我完全赞成，"公爵说，"按你的意愿严厉惩罚她们。爱斯卡勒斯，你陪安哲鲁一起坐下来审案，帮他查一下这个欺骗是怎么来的。我已经派人去叫那个指使她们的修道士了，等他来了，你可以照你名誉所受的损失，让他得到应有的惩罚。我先告退，安哲鲁，在把这个诽谤行为查清楚之前，你不要离开这儿。”

公爵走了，安哲鲁对能在因自己而起的案子中代理法官和裁决人的职权，感到非常欣慰。但公爵只是走开一会儿，他脱下贵族长袍，又换上修道士的长袍，再次出现在安哲鲁和爱斯卡勒斯的面前。那个善良的老爱斯卡勒斯还以为安哲鲁真被人诬告了，对假修道士说：“说吧，是你指使这两个女人诽谤安哲鲁大人的吗？”修道士说：“公爵到哪儿去了？我有话要直接跟公爵说。”爱斯卡勒斯说：“我们代表公爵，就跟我们说吧。如实讲来。”“我可要斗胆说了，”修道士反驳说，然后，他指责公爵不该把依莎贝拉的案子交给她所指控的那个人来审理。接着，他又毫不隐讳地说了许多腐败的事情。他说，这些腐败现象是他以一个维也纳旁观者的身分，亲自观察到的。爱斯卡勒斯威胁说，如果他攻击官府，恶意指责公爵，就要严刑拷打。说完，下令把他关进监牢。这时，修道士脱下他的伪装，大家认出他就是公爵本人。所有人都吃了一惊，最手足无措的当然要属安哲鲁了。

公爵首先对依莎贝拉说：“依莎贝拉，你过来。你的修道士现在是你的公爵了，但我的衣服变了，心却没有变。我仍然尽心为你效劳。”“哦，请您原谅我，”依莎贝拉说，“我是您的臣民，以前不知您就是至高无上的公爵，给您添麻烦，让您受累了。”公爵回答说，他更需要得到她的原谅，因为他没能阻止她弟弟被处死——他还不想让她知道克劳狄奥仍然活着，想进一步考验一下她的德性。现在，安哲鲁知道公爵通过秘密观察，已对他所做的坏事了如指掌，就说：“令人敬畏的公爵，我理解了，您的恩惠是以神力来考察我的行为，要是我还想遮掩，就是罪上加罪。好心的殿下，别再延长我的羞耻，让我自我审判，自我招认。我所恳求的恩典就是宣判我死刑，马上让我死。”公爵回答说：“安哲鲁，你所犯的罪是明白无误的。我们就判你在克劳狄奥被判斩首的断头台上受死，并也像他一样，很快将你斩首。玛利安娜，安哲鲁的财产就赐予你了，因为从此你就成为他的寡妇，凭这份财产去找一个比他好的丈夫。”“哦，亲爱的公爵，”玛利安娜说，“我不要别人，也不要比他好的人。”像依莎贝拉替克劳狄奥哀求饶恕一样，这个善良的妻子也跪下来，替她忘恩负义的丈夫安哲鲁请求饶命。她说：“仁慈的公爵，哦，我善良的公爵！亲爱的依莎贝拉，求你也跪下来，跟我一起哀求吧！后半生我将用我整个的生命来服侍你！”公爵说：“你这样逼迫她有违情理。如果依莎贝拉跪下哀求，她弟弟的阴魂就会冲破坟墓，把恐惧中的她抓走。”玛利安娜仍然说：“依莎贝拉，亲爱的依莎贝拉，就要你跪在我身边，把手举起来，不用你说什么，一切都由我来说。有人说，最好的人也是由错误塑造出来的。人绝大多数都是因有了一些过错，以后才变得好多了。但愿我丈夫也是如此。啊，依莎贝拉，你肯陪我跪下来吗？”这时，公爵说：“安哲鲁一定得为克劳狄奥去死。”但当善良的公爵看到他自己的依莎贝拉跪在他面前求情，他异常兴奋，因为在他的期待中，依莎贝拉的一切行为都是慈悲和高贵的。依莎贝拉说：“最慷慨的殿下，您看，如果您愿意，就把这个判了死罪的人全当成是我那还活着的弟弟吧。在一定程度上，他在见到我之前，还是忠于职务的。既然如此，就饶他一命吧！我的弟弟被处死也是公正的，因为他确实做了那样的事。”

公爵给这位替仇人求饶性命的高尚请愿者最好的答复就是，派人从牢里把那个尚不知性命能否保全的克劳狄奥放出来，把依莎贝拉哀悼的弟弟活生生地交给她。然后，公爵对依莎贝拉说：“依莎贝拉，把你的手伸给我，为你高尚的心灵，我赦免克劳狄奥。说你将是我的，他也将是我的弟弟。”这时，安哲鲁意识到他可免一死，公爵也从他眼睛里看到一丝亮光，就对他说：“好吧，安哲鲁，你要爱你的妻子，是她的美德使你得到赦免。玛利安娜，祝你快乐！安哲鲁，爱她吧！我听过她的忏悔，了解她的美德。”安哲鲁记起在他执政的这短短一段时间，他的心有多冷酷坚硬，现在，觉出悲悯有多么珍贵。

公爵吩咐克劳狄奥娶朱丽叶为妻。依莎贝拉的美德和高尚品行赢得了公爵的心，公爵再次向她求爱。尚未正式当修女的依莎贝拉，还是自由身，仍然可以结婚。她非常感激高贵的公爵在装扮成卑微的修道士时，帮过她很多忙，欣然答应嫁给公爵。依莎贝拉成为维也纳公爵夫人以后，以她的良行美德成为全城年轻女性的杰出楷模，风气也随之焕然一新，从此，再没人犯朱丽叶那样违反道德准则的过错。朱丽叶和克劳狄奥这对新人也悔过自新了。有悲悯爱心的公爵跟所爱的依莎贝拉一起执政了很长时间，在所有丈夫和所有王公贵族中，公爵是最幸福的人。

第十二夜（或名：各遂所愿）

D·麦克利斯　R·斯泰恩斯

W·P·普利思　J·布莱恩

C·R·莱斯里 T·凡农

西巴斯辛和妹妹薇奥拉是一对儿孪生兄妹，一降生就长得极像（人们说这真算是个奇迹），要不是两人穿着不同，根本无法分辨。他们同时落生，又同时遇难，当他们一起在海上航行时，刮起猛烈的暴风雨，他们的船在伊利里亚海岸触礁。船上只有极少数人逃生。获救的船长和几名船员坐小船上了岸，也把薇奥拉安全地带上岸。得救的薇奥拉并不高兴，她还在为哥哥的死伤心难过。船主安慰她说，他保证在船被撞开的时候，亲眼看见她哥哥把自己绑在结实的主桅杆上，看他随着波浪向远处漂去，一直到看不见了。这让薇奥拉得到不少宽慰，她觉得哥哥还有生还的希望。但她现在想的是，远离家乡，流落异地，该如何安排自己的生活。她问船长是否了解伊利里亚的情况。

“小姐，你算是问着了，我非常清楚，”船主回答说，“因为我出生的地方离这儿还不到三个小时。”

“这地方归谁管辖？”薇奥拉说。

船长告诉她，统治伊利里亚的是一位性情和地位同样高贵的公爵，他叫奥西诺。

薇奥拉说，她以前听父亲提过这个奥西诺，那时候这位公爵还有没结婚。

“他现在也还打光棍儿哪，”船长说，“反正最近还是单身，因为大约一个月以前，我从这儿动身时，大家还都在纷纷议论（你知道人们怎样热衷于谈论大人物的一举一动）奥西诺正向美丽的奥丽维娅求爱的事。奥丽维娅是位品行端正的姑娘，她父亲是位伯爵，一年前去世后，她哥哥负责照顾她。可是没多久，她哥哥也死了。听人说，出于对亲爱的哥哥的爱，她发誓断绝与男人的交往，也不再跟男人见面。”

沉浸在失去哥哥悲痛中的薇奥拉，很想去跟这位如此悲切哀悼着死去哥哥的姑娘住在一起。她问船长能否把她介绍给奥丽维娅，说她愿意去服侍她。船长回答说，这事儿很难办，因为奥丽维娅小姐自从死了哥哥，无论是谁她都不见，就算公爵本人也不成。后来，薇奥拉想了一个主意：她穿上男装，去给奥西诺公爵当侍僮。一个年轻的小姐居然想穿上男装、扮成男孩子的模样，这想法的确有点怪。但这个年轻又有着非同一般美貌的薇奥拉，此时孤身一身，流落异乡，举目无亲，有这种想法也是可以理解的。

她发现船长为人正派，真的是在关心她，替她着想，就把这个主意告诉了他，他很乐意帮助她。薇奥拉给他钱，请他去买些合适的衣裳。她定做的衣裳，颜色、式样都跟哥哥西巴斯辛平常穿的一样。她穿起男装，活脱脱就是自己的哥哥。后来，由于被错认，引起一些奇妙的误会，从下文里就可以看到，西巴斯辛也获救了。

薇奥拉的好朋友，就是那船长，帮这漂亮姑娘打扮成一个绅士之后，通过宫廷里的关系，把她介绍给了奥西诺，改名西萨里奥。公爵对这个英俊少年文雅的言谈举止十分欣赏，就叫西萨里奥当他的侍僮。这正是薇奥拉特别想得到的差使，她做起来也格外尽职，对她的主人体贴入微，忠心耿耿，很快她就成为公爵最宠爱的侍从。奥西诺把他爱上奥丽维娅姑娘的全部经过，都悄悄告诉了西萨里奥。他对西萨里奥说，他向奥丽维娅求爱已有很长时间，一直没有成功。他一直对她表示好感，也都被拒绝了。她看不起他，不准他去见她。高贵的奥西诺因为爱上这位对他如此冷漠的姑娘，连自己一向乐此不疲的野外和所有男人的运动都放弃了，整天百无聊赖地消磨时光，听着柔软的乐音、轻飘的曲调、舒缓的旋律和热烈的情歌。他疏远了那些平时跟他交往的聪明博学的贵族，一天到晚跟年轻的西萨里奥在一起聊天。但毫无疑问，在他那些严肃的大臣们眼里，对他们这位曾经高贵的主人大公爵奥西诺来说，西萨里奥不是个合适的伙伴。

青春美貌的年轻姑娘把英俊潇洒的年轻公爵引为知己，是件危险的事。薇奥拉很快就发现了这一点，她不禁忧伤起来。因为奥西诺把奥丽维娅对他的折磨全跟她讲了，而她爱上了公爵，也尝到了这种痛苦的煎熬。在她眼里，像她主人这样举世无双的年轻公爵，谁见了都会深深爱慕，可奥丽维娅对他居然如此视而不见，她真觉得难以理解。她要冒险一试，温和地对奥西诺暗示说，他爱上奥丽维娅这样一位对他的高贵品行竟如此藐视的姑娘，真是可惜。她说："殿下，假如有一位姑娘像您爱上奥丽维娅（或许真有这么个人）一样，也爱上了您；假如您不能回爱她，您不是也会告诉她，您不爱她，而她得到这个答复，不也无可奈何吗？"

奥西诺不认可这个推理，因为他不承认会有哪个女人像他爱奥丽维娅那样来爱他。他说，没有哪个女人的心能装得下那么多的爱，因此，拿别的女人对他的爱，来跟他对奥丽维娅的爱比较，是不公平的。

尽管薇奥拉向来最尊重公爵的意见，但对这一点，她不敢苟同，觉得他说得不完全对。因为她认为她心里的爱就跟奥西诺的一样多。她说：“哦，殿下，不过我知道——”

“你知道什么，西萨里奥？”奥西诺说。

“我可知道女人对男人爱得有多深，”薇奥拉回答说，“她们的爱心跟咱们男人的一样真实。我父亲有个女儿，她就爱上了一个男人，或者就像假如我是女的，也许会爱上殿下一样。”

“她的恋爱怎么样？”奥西诺说。

“毫无结果，殿下，”薇奥拉回答说。“她从未表白过她的爱，只让这个秘密像嫩芽里的蛀虫一样，侵蚀她那玫瑰色的脸颊，单相思害得她面容憔悴，脸色苍白，郁郁寡欢，坐在那儿好像一尊‘忍耐’雕像，‘悲哀’地微笑。”

公爵问这位姑娘是否因这单相思的爱死掉了，薇奥拉回答起来闪烁其词。因为她这么说只是为表露她对奥西诺的隐秘爱情，以及她默默忍受着对奥西诺单相思着的痛苦。

他们正聊着，公爵派去见奥丽维娅的一个人进来了。他说：“禀告殿下，那位小姐不让我进去见她，只叫女仆传出一个口信，是这样的：七年以内，哪怕大自然都甭想见到她的脸。她要像修女那样蒙着面纱走路，为哀悼死去的哥哥，她要把泪水洒满卧房。”

听了这话，公爵大声说：“她有那么好的一颗心，对死去的哥哥背负着这样的深情，如果有一天，她的心被那支华丽的爱情金箭射中，她得爱成什么样啊！”说完，他对薇奥拉说：“西萨里奥，你知道我已把内心的秘密都告诉了你，为此，好孩子，你到奥丽维娅家里去一趟，一定要见到她，站在她门口，跟她说，如果不让见，你就一直站到脚下生根。”

“殿下，要是见了她，我该怎么说呢？”薇奥拉说。

“你就说，”奥西诺回答说，“让她知道我有多爱她。把我对她的真爱详细说给她听。我被这爱的相思煎熬得苦，由你替我去告诉她最合适，因为比起那些严肃的面孔，她会更欢迎你的。”

于是，薇奥拉去了。可她并不情愿替公爵去求爱，因为她这是在替一个她想嫁的男人向另外一个女人求爱。但既然答应了去做，她就会恪尽职守。很快，奥丽维娅听说有位少年站在门外，非要进来见她。

“我跟他说，”奥丽维娅的仆人说，“小姐病了。他说他知道您病了，所以才要进来跟您谈谈。我说您睡了，这个他似乎也早知道，说正因为小姐睡觉了，他才非要见您。小姐，您看该怎么跟他说呢？看来无论怎么拒绝，不管小姐您是不是要见他，他是非要进来见小姐。”

大概是这个送信人的执拗劲儿，让奥丽维娅感到好奇，便吩咐叫他进来。她用面纱把脸罩起来，说要再听听奥西诺派来的使者说的话。从薇奥拉固执己见地纠缠不休，奥丽维娅猜这人准是公爵派来的。

薇奥拉进屋以后，努力显出男人的气质风度。她学着大人物的侍僮在宫廷里惯用的华丽辞藻，对蒙着面纱的小姐说：“最灿烂辉煌、美丽绝伦、举世无双的美人，请问，您就是贵府的小姐吗？我可不愿把话随便说给别人听，因为我要说，不仅写得漂亮，还是我毫不容易才背下来的。”

“先生，你从哪儿来？”奥丽维娅说。“我只会说我背熟了的话。”薇奥拉回答说，“而您的问题不在里面。”

“你是个小丑儿吗？”奥丽维娅说。

“不是，”薇奥拉回答说，“但我也不是我所扮演的角色。”她的意思是说，她本来是个女人，现在扮成了男人。然后，她又问奥丽维娅是不是这府上的小姐。

奥丽维娅说是。这时，薇奥拉想看看她这位情敌容貌的好奇心，超过了匆匆替她主人传话的愿望。她说：“好心的小姐，让我看看您的脸。”

奥丽维娅对这个大胆的请求没有一点反感地就答应了，因为公爵奥西诺爱了这么久还得不到的这个傲慢的美人，一见面就爱上了这个装扮的侍僮，卑微的西萨里奥。

在薇奥拉请求看脸的时候，奥丽维娅说：“是你的主人吩咐你来跟我的脸谈判的吗？”说完，她便忘记了自己要戴七年面纱的誓言，一边拉开面纱，一边说：“好吧，我拉开帷幕，给你看这幅画。画得好吗？”

薇奥拉回答说：“您的脸太美了，红润白皙交融得那么和谐，真是只有天工巧手才能为。如果您就这么把美带进坟墓，不给世间留个副本，那您就是世上最狠心的人。”“哦，先生，”奥丽维娅回答说，“我不会那么狠心。我可以给世间留一份我的美貌的清单，可以这样写：一条是红得恰到好处的朱唇两片；一条是一双灰色的眼睛一双，外带眼睑；一个脖子；一个下巴，等等。你是专被派来赞美我的吗？”

薇奥拉回答说：“我看出您是怎样的一个人了：您太骄傲，但您确实很美。我的殿下和主人爱您。哦，虽然您是位绝世美女，可也才勉强能酬报他这样的爱，因为奥西诺是用崇拜和眼泪在爱您，他的爱有着雷一样的呻吟和火一般的叹息。”

“你主人对我的想法很清楚，”奥丽维娅说，“我不能爱他。不过，对他的优良品德我并不怀疑，我知道他很高贵，有身分，风华正茂，清白无瑕。人人都称赞他博学多才，谦恭有礼，英勇果敢，但我不能爱他。这他早该知道了。”

“如果我像主人那样爱您，”薇奥拉说，“我就用柳木在您大门前搭一间小屋，大声喊着您的名字。我要以奥丽维娅为主题写一些十四行抒情诗，在深夜里歌唱，让你的名字在山间回荡，我要让空气中群山的回响一齐喊：‘奥丽维娅’。哦，要是得不到您的同情，我就叫您在天地之间不得安宁。”

“那我只好让你征服了，”奥丽维娅说，“你是什么出身？”

薇奥拉回答说：“比我现在的身份要高。可我现在的地位也不低。我是个绅士。”

这时，奥丽维娅极不情愿地打发薇奥拉走，对她说：“回到你主人那儿，就告诉他，我不能爱他。别再派人来了，除非你或许能再来一趟，告诉我他听了我的答复以后什么样儿。”

薇奥拉叫着小姐“狠心的美人”，向她告辞。

薇奥拉走了以后，奥丽维娅重复着她刚说过的话：“比我现在的身份要高。可我现在的地位也不低。我是个绅士。”然后，她大声说：“我敢发誓他真那样。他的谈吐，他的眉宇，他的四肢，他的举止和气度都毫不掩饰地显露出他是个绅士。”她想，如果西萨里奥是公爵多好。奥丽维娅意识到她的心已经被那个侍僮牢牢抓住了，她嗔怪自己不该突然之间就产生了爱情。但人们对自己过失的这种轻微责备，植根不深。这位高贵的奥丽维娅小姐，很快便把她跟这个装扮的侍僮在地位上的悬殊，以及少女的矜持远远抛开。她不顾矜持是一个少女品德的主要装饰，她决心向年轻的西萨里奥求爱。她派仆人拿着一枚钻戒追上西萨里奥，假装说那是西萨里奥忘在她那儿的奥西诺的礼物。奥丽维娅希望用这样巧妙的方式把这枚戒指送给西萨里奥，并以此向他透露一些她的心思。这确实让薇奥拉猜疑起来，因为她知道奥西诺并没有派她给奥丽维娅送戒指，再回想奥丽维娅刚才的神情态度，分明显露出对自己的爱慕。她马上猜出她主人所爱的人爱上了她。“哎呀，”她说，“这位可怜的姑娘就像爱上了一场梦。我现在明白了，女扮男装是造孽，因为这样做等于让奥丽维娅像我对奥西诺一样，害上毫无结果的单相思。”

薇奥拉回到公爵的宫殿，向奥西诺报告她没能完成使命，把奥丽维娅的吩咐重复了一遍，要公爵不要再去打搅她了。可是，公爵仍希望温柔的西萨里奥迟早会把奥丽维娅劝说得对他表现出一点怜悯，他吩咐西萨里奥第二天再去看奥丽维娅。为了打发这段无聊的时间，他叫人唱起一支他爱听的歌曲。他说：“我的好西萨里奥，我昨天晚上听了这支歌，觉得心里舒服多了。注意听，西萨里奥，这是一支古老而普通的歌。纺织姑娘坐着晒太阳时唱它，年轻的姑娘用骨头针织东西的时候也唱它。歌词听着似乎不合情理，但我喜欢它，因为它诉说着古代清纯的爱情。”

歌词：

来吧，来吧，死亡，
把我放进阴郁的柏棺；
飞吧，飞吧，呼吸，
我被一位狠心的美丽姑娘毁灭。
为我预备一件白色的尸衣，插满紫杉，
没有人像我一样为真情殉葬。
不让一朵，一朵甜美的花，
撒到我黑色的尸棺。
不让一个，一个朋友来吊
我可怜的尸身，将尸骨埋葬。
为省去千次万次的哀叹和忧伤，哦，
把我埋到痴情人永远找不到的地方。

薇奥拉听着这支古老的歌曲，一句歌词也不放过，它以真诚淳朴的话语描绘出了得不到回报的爱情的痛苦，听完以后，她脸上流露出歌里所表现的那种情感。奥西诺注意到了她脸上的忧郁神情，对她说："以我的生命起誓，西萨里奥，虽然你还很年轻，但你的眼睛已经告诉我，你爱上谁了。是不是，孩子？"

"请殿下原谅，是有一点儿。"薇奥拉说。

"你爱上了一个什么样的女人，她多大了？"奥西诺问。

"殿下，她跟您同龄，连肤色都跟您一样。"薇奥拉回答说。公爵听到这个英俊少年爱上了年纪比自己大这么多的女人，而且皮肤像男人一样黑，笑了。可薇奥拉心底所指就是奥西诺，并非像他那样的女人。

薇奥拉第二次去看奥丽维娅，没费事儿就见到了她。一旦小姐们乐于跟年轻英俊的送信人攀谈，仆人总会很快发觉。薇奥拉一到，连大门都敞开了。仆人恭恭敬敬地把公爵的侍僮领进奥丽维娅的卧房。薇奥拉告诉奥丽维娅，她此次来还是替主人恳求，奥丽维娅说："我求你永远也别再提他了。如果你要替另外一个人求婚，我倒洗耳恭听，那会比天籁之音还美妙。"这话已经说得够直白了，但很快，奥丽维娅索性更直接、公开地表白她对薇奥拉的爱。见薇奥拉脸上露出困惑的不悦神情，她说："哦，无论怎样的嘲笑，只要蔑视和愤怒化在了他的唇上就显出美丽！西萨里奥，我以春天的玫瑰，少女的贞洁、名誉和真理向你发誓，我爱你。虽然那么高傲，可才智和理性都无法掩饰我对你的爱情。"

不过，奥丽维娅的求爱毫无结果。薇奥拉想赶快脱身，吓唬她说，再也不来替奥西诺求爱了。面对奥丽维娅痴情的恳求，她所能有的回答就是表明这样一个决心：永远也不会爱任何一个女人。

薇奥拉刚刚辞别奥丽维娅，就有人来挑战她的勇气。一个向奥丽维娅求婚被拒绝的人，听说那位小姐向公爵的送信人求爱，特来向他挑战决斗。可怜的薇奥拉该怎么办呢？她虽然穿着像个男人，内心却完全是个女人，她连身上的佩剑都不敢瞧一眼！

当薇奥拉看到那可怕的情敌拔出剑，向她逼近，她开始想承认她是个女人。正这时，一个过路的陌生人立刻解除了她的恐惧，也使她避免了暴露身份的耻辱。这人走到他们两人面前，跟她的对手说："如果这位年轻的先生冒犯了你，错算在我身上；如果你冒犯了他，那就让我来替他跟你过过招。”听他说话的口气，似乎跟她交往了许多年，是她最亲密的朋友。

薇奥拉刚想谢谢他的保护，或问一下他为何如此热情相助，她新结交的朋友就碰上了一个叫他英雄无用武之地的敌人。因为正这时候，衙役走过来，为那个陌生人几年前所犯的一个旧案，奉公爵的命令将他逮捕。那人对薇奥拉说：“都是为了找你，”说完又向薇奥拉要钱袋，说：“我现在需要用钱了，得向你讨回我的钱袋。刚刚遇到的事对我来说不算什么，更令我难过的是，我不能为你尽力了。你站在那儿好像很吃惊，放心吧。”

他的话确实让薇奥拉很吃惊。她说她不认识他，也从没收到过他的钱袋。但因为他刚才好心相助，她倒愿意把自己的一小笔钱双手奉送，这几乎是她的所有财产。这时，那个陌生人说话不客气了，骂她忘恩负义和冷酷无情。他说：“你们现在看到的这个青年，是我把他从死亡的嘴边上救出来的。我也全是为了他才来到伊利里亚，落入这样危险的境地。”

衙役并不理会一个囚犯的抱怨，他们催他快走，说：“跟我们说这个有什么用！”他在被抓走的路上，管薇奥拉叫“西巴斯辛”。他把她当成西巴斯辛，骂他不认朋友，一直骂到听不见了。薇奥拉听到这个陌生人叫她“西巴斯辛”，尽管他被衙役匆忙带走，她来不及问清原委，事情显得不可思议，但她推测可能是那人把她错当成了她哥哥。她希望那个人所说被他搭救的，就是她哥哥。

事实的确如此。那个陌生人是一条商船的船长，名叫安东尼奥。当西巴斯辛在暴风雨中漂在那根桅杆上，累得几乎灭顶，安东尼奥把他救上了船。安东尼奥对他感情笃深，决定不论西巴斯辛到哪儿，他都相伴左右。当西巴斯辛对奥西诺的宫廷表示好奇，想去看看，安东尼奥明知自己在这里一旦被发现，性命难保，因为他曾在一次海战中让奥西诺公爵的侄子受了重伤，但他依然宁愿冒险陪西巴斯辛到伊利里亚来，也不肯跟他分手。他现在被抓为的就是这件事。

安东尼奥是在遇到薇奥拉之前几个小时，才同西巴斯辛上的岸。他交给西巴斯辛一个钱袋，让他看到有什么想买，就随便买点儿。西巴斯辛出去逛街，安东尼奥说在旅店里等他。可到了约好的时间西巴斯辛还没回来，安东尼奥就冒险出来找他。而薇奥拉衣着相貌又刚好跟她哥哥一模一样，安东尼奥这才拔出剑，保护这位（他认为是被他搭救的）少年。但当这个（他以为是西巴斯辛的）少年不仅不认他，连钱袋也不肯还他，他自然要骂他忘恩负义。

安东尼奥走了以后，薇奥拉惟恐对手再来挑战，赶快溜回了家。没多久，她的哥哥西巴斯辛碰巧走到这个地方，薇奥拉的情敌以为她又回来了，就说："哦，先生，又见面了？看拳！"说完，他打了他一拳。西巴斯辛可不是个胆小鬼，他更有力地还了一拳，然后，拔出剑来。

这场决斗被一位小姐阻止了。奥丽维娅从家里出来，也把西巴斯辛错认成了西萨里奥，请他到家去，对他遭到的粗野攻击表示很难过。尽管西巴斯辛对这位姑娘的殷勤款待，就像对那个陌生对手的粗暴一样感到非常吃惊。但他欣欣然就进了奥丽维娅的家。奥丽维娅高兴地发现西萨里奥（她以为是西萨里奥）对她的殷勤款待明显有了感觉。因为两个人长得一模一样，她在西巴斯辛的脸上，丝毫也看不到她在向西萨里奥求爱时，所看到的让她抱怨的蔑视和愤怒。

对这位小姐表现出的慷慨厚爱，西巴斯辛丝毫也不拒绝。看来他非常乐意接受，但他对这件事感到困惑，他心想可能是奥丽维娅精神失常了。但他发觉，她是一座华丽豪宅的女主人，家里的事都听她调派，而且把一个家管得井然有序。她怎么会忽然爱上他，除了这一点，她似乎精神很健全，他也就乐得同意了她的求婚。奥丽维娅见西萨里奥心情如此愉快，怕他一会儿又变主意，就说家里有位神父，提议两人马上结婚。西巴斯辛当然赞同，举行完婚礼，他暂时告别夫人，打算去找他的朋友安东尼奥，把自己交了好运告诉他。

与此同时，奥西诺公爵来拜访奥丽维娅。他刚走到奥丽维娅家门口，衙役正押着囚犯安东尼奥来见公爵。薇奥拉也跟着她的主人奥西诺一起来了。安东尼奥仍然认为薇奥拉就是西巴斯辛，他一看见薇奥拉，便告诉公爵，他是怎么把这个少年从海难的险境里救了出来。他把他的确给过西巴斯辛的种种好处详细叙述了一遍，最后埋怨说：三个月来，这个忘恩负义的少年每天都从早到晚跟他在一起。

正这时，奥丽维娅夫人从家里走了出来，公爵哪还有心思去听安东尼奥的陈述，他说：“伯爵小姐出来了，仙女下凡了！可你这家伙净说些疯话。三个月来，这个少年一直都在伺候我！”说完，他吩咐把安东尼奥带一边去。

然而，被奥西诺奉为仙女的伯爵小姐，很快也使公爵像安东尼奥一样，指责西萨里奥忘恩负义。因为他听奥丽维娅对西萨里奥所说都是温柔体贴的话，当他发现自己的侍僮竟然在奥丽维娅的心上占据了这么高的位置，就威胁说要他得到应有的报复。他走的时候，吩咐薇奥拉跟着他，说：“跟我来，孩子，看我怎么收拾你！”

似乎公爵对薇奥拉嫉妒得恼羞成怒，恨不能马上弄死她。但爱情的力量也叫薇奥拉不再胆怯，她说：如果能使她的主人得到宽慰，她情愿去死。可奥丽维娅怎么能就这样把丈夫失去了，她喊叫起来：“我的西萨里奥要去哪儿呀？”

薇奥拉回答说：“我跟爱他超过爱我自己生命的人走。”

奥丽维娅不让他们走，她大声宣布西萨里奥是她的丈夫，并把神父请出来。神父宣称，他为奥丽维娅小姐跟这位年轻人主持婚礼还不到两个小时。薇奥拉坚决否认她跟奥丽维娅结婚，没用。但奥丽维娅和神甫的证言，使奥西诺相信，一定是他的侍僮把他看得比自己生命还宝贵的情人夺走了。事已至此，无可挽回，公爵跟他那无情无义的情人及其丈夫分手。他管薇奥拉叫年轻的伪君子，警告说永远也不要让他再见到。正说着，一个在他们眼里的奇迹出现了，因为另外一个西萨里奥进来了，并把奥丽维娅称作妻子。这个新的西萨里奥就是西巴斯辛，奥丽维娅真正的丈夫。看到这两个人相貌、声音和服装都一模一样，大家无不感到惊异，停了一小会儿，兄妹俩彼此盘问起来。因为薇奥拉几乎不相信她的哥哥还活着，西巴斯辛也弄不明白，他认为已经淹死了的妹妹，会穿着青年男子的衣服出现在这儿。但薇奥拉很快承认，乔装的她，的确是他的妹妹薇奥拉。

当所有因这对儿孪生兄妹长相酷似而引起的误会都弄清楚了之后，大家笑奥丽维娅阴差阳错地爱上一个女人。不过，奥丽维娅发现是哥哥代替妹妹跟她结婚，心里也不会不高兴。

奥丽维娅一结婚，奥西诺的希望也就永远落空了。他的希望一破灭，他那只开花不结果的爱情好像也烟消云散了。这时，他把所有心思都放在了他所宠爱的年轻的西萨里奥变成了一位美丽的少女。他聚精会神地凝视着薇奥拉，想起他一直都觉得西萨里奥十分俊秀，相信她穿上女装以后一定非常漂亮。然后，他又想起，薇奥拉是如何时常说她爱他，而当时他还认为不过是一个忠实的侍僮理所当然的表示，现在推测起来，真是意味深长。她有许多甜言蜜语，当时听来都跟令人费解的哑谜似的，现在总算明白了。想到这一切，他决定娶薇奥拉为妻。他对她说（他仍然不由得要叫她西萨里奥，叫她孩子），“孩子，你对我说过一千次，你永远不会像爱我一样去爱一个女人。你不顾自己柔弱的身体和稚嫩的教养，忠心服侍我，叫了我这么长时间‘主人’，现在，你将成为你主人的女主人，奥西诺真正的公爵夫人。”

奥丽维娅察觉到，奥西诺正把被她如此冷酷抛弃的那颗心，全部放在薇奥拉身上，就邀请他们到家里，提议请早晨给她和西巴斯辛主持婚礼的那位好心神父，也在当天给奥西诺和薇奥拉举行婚礼。这样，这一对儿孪生兄妹，在同一天结婚。那曾使他们分离的风暴和海难，现在却给他们带来了鸿福好运。薇奥拉成为伊利里亚公爵奥西诺的妻子，西巴斯辛也成为一位富有、高贵的伯爵小姐奥丽维娅的丈夫。

雅典的泰门

H·华莱士　C·考森

雅典有个贵族叫泰门，家产堪比王侯，为人慷慨，仗义疏财，花钱如流水。他的家产多得不计其数，却都花在了不同身份的各种人身上，因而总是入不敷出。不仅穷人受惠于他，就连一些王公贵族也放下身份混在他的食客和随从当中。他的餐桌上全是些骄奢淫逸的客人，他的家向所有往来雅典的人敞开。他有万贯家财，又性情豪爽，过于慷慨，任意挥霍，自然赢得了大家的爱戴。从那些脸长得像镜子一样能反映主人当时心情的恭维献媚的老主顾，到那些粗鲁得不拘礼仪的愤世嫉俗者，三教九流，性情和志趣各不相同，都跑到泰门老爷这里来献殷勤。虽然愤世嫉俗者装做对凡尘人间不屑一顾，对世事漠不关心，但他们也经不起泰门老爷慷慨大方、毫不吝惜的性情的招引，居然也（有违本性）来分享泰门的豪华盛筵。而且，只要泰门对他们点下头，或招呼一声，他们回去的时候就自觉身价倍增。

如果一个诗人写了一部作品，希望有人推介给社会，他只要把它献给泰门老爷，不但不愁销路，还能得到一笔赠金，天天出入泰门府上当食客。如果一个画家有一幅画想出售，只要拿给泰门，假装请他品评鉴赏，这位慷慨无度的老爷不用劝，就会买下来。如果一个珠宝商有一颗价值连城的钻石，或一个绸缎商有什么华丽、贵重的料子，因为价钱太高，卖不出去，泰门老爷的家总是向他们敞开的现成市场，甭管多贵的货物或珠宝都能脱手。仁慈的泰门老爷还会对成交的这笔买卖向他们致谢，倒好像是他们出于客气，把这么贵重的商品先拿来给他挑。这样，泰门的家里就堆满了大量这些过剩的货品，毫无用处，只能增加令人不舒服的、华而不实的浮华虚饰。泰门本人整天被纠缠得无法脱身，在这些无所事事的访客中，有说谎的诗人、画家、贪得无厌的商人、贵族、贵夫人、穷困潦倒的朝臣、等着安排事儿的，他们一波接一波，挤满了他家的门廊，在他耳边跟下雨似地低声讲着令人作呕的恭维话，把他奉若神明，连他骑马用的马镫都当成了圣物，似乎他们啜饮到的自由空气，也都是他的恩准和赏赐。

在整天依赖泰门的人中，还有些出身高贵的青年，他们挥霍无度，资不抵债，被债主关进监牢，是泰门老爷花钱把他们赎出来。这些挥金如土的年轻人从此就缠上了泰门，好像彼此的交情已经到了一定份儿上，他对所有这些挥霍无度和生活浪荡的人，都得礼貌善待。他们虽比不上他富有，可他们发现，照着他的样子挥霍那些不属于自己的财物，倒很容易。其中有个麻蝇一样令人厌恶的食客，叫文提狄斯，非法欠下一笔债，是泰门刚用五个太伦替他还上。

在这些如潮水一样络绎不绝的食客中，最引人注目的是那些送礼和带东西来的人。如果泰门看上他们带来的一条狗，或一匹马，或一件不值钱的家具，他们就算交了运。只要泰门一说什么好，第二天清晨，那东西就一定会送到他府上，送礼的人还在上面写着希望泰门老爷笑纳的客气话，为区区薄礼表示歉意。无论送出去的是狗是马，或其他什么礼物，肯定都会得到泰门慷慨的回赠。他也许会送他们二十条狗，或二十匹马，总之，他还的礼要比原来送的值钱得多。那些假意送礼的人心里也清楚，他们只把假装送出去的礼当成一笔放出去的债，利息高，还得快。路歇斯老爷刚用这个办法，把他那四匹配着银质马具的乳白色骏马送给了泰门，因为这位狡猾的贵族注意到泰门有一次称赞过这些马。另外有个贵族路库勒斯，听说泰门喜欢他的一对儿猎犬，说它们体形漂亮，动作敏捷，也同样假意把它们当随便的礼物送给了他。心地善良的泰门接受这些礼物时，丝毫也不怀疑送礼的人会暗藏玄机，他便用比送来的那些虚假的、惟利是图的礼物贵重二十倍的一颗钻石或一些珠宝答谢他们。

有时候，这些家伙会做得更直截了当，手段更明显，也更露骨。可轻信的泰门仍然看不出来。他们要是看上了泰门的什么东西，不管是早买的还是最近刚买的，就故意以羡慕的口吻赞不绝口。他们只用很小的代价，随便几句便宜话和明显的奉承，就能从耳根子和心肠都软的泰门那儿，得到他们所称赞的东西。那一天，泰门就这样把自己正骑着的一匹栗色骏马，送给了一个卑鄙的贵族，只因那位贵族兴致勃勃地说那头牲口体格强健，奔跑如飞。泰门知道，一个人只会把它想要的东西夸得那么恰到好处。泰门是在用自己的君子之心，来考虑他那些朋友的喜好。他是如此喜欢给人东西，假如他有许多王国，也会分给这些他认为的朋友，永远不会感到厌烦。

泰门的家产并未都拿去充实这些卑鄙谄媚者的私囊，他也做一些了高尚和值得赞扬的事。泰门有个仆人爱上一个雅典富翁的女儿，但这个仆人的家产、地位都远不及那位姑娘，他没希望跟她结婚。年轻姑娘的父亲要求男方的家产，必须得跟他给的嫁妆相当，泰门老爷便慷慨解囊，送给仆人三个雅典太伦。然而泰门的家产大多还是用在了那些无赖和食客身上，而泰门竟然看不出他们都是些假装的朋友。他认为他们聚集在他周围，就是爱他。他们对他微笑，奉承他，一定说明他的行为得到了所有富于智慧、心地善良的人的赞许。当泰门跟所有这些谄媚者和虚伪的朋友一起吃着酒席，当他们吃光了他的家产，当他们为他的健康和幸福干杯，大量狂饮着贵重的酒，把他的家产耗尽的时候，他丝毫也分不出朋友和谄媚者有什么区别。他那双眼睛被蒙蔽了，因为他所看到的周围一切都令他感到骄傲。在他看来，能有这么多情同手足的朋友合着用一个人的钱财（虽然花的都是他个人财产），似乎快慰之极。他把这看成真是快乐、友好的聚会，并以愉快的心情重复着这一景象。

他就这样没完没了地乐善好施，好像黄金之神布鲁特斯就是他的管家。他这样恣意挥霍着，完全不在乎耗费了多少，也不问能否维系下去，根本不停止这狂泄如水的挥霍。他的家产终归有限，照这样毫无节制地挥霍，早晚有耗尽的一天。但谁会去跟他说呢？是那些谄媚者吗？他们倒巴不得他闭上眼睛。

泰门的管家弗莱维斯忠诚老实，他试图把家里的状况告诉泰门，把帐本给他看，劝导他，恳求他，流着眼泪乞求他查看一下家里的财政状况。要是换个时间，弗莱维斯执意这么做，早已经超出了仆人的身份。但这一切都无济于事。泰门不理不睬，总把话题岔开。家境衰败的富人是最不肯听人劝说的，他们最不愿相信本身的处境，最不愿相信现有的真实情况，最不愿相信自己会交厄运。当放荡的食客把泰门的豪宅的所有房间都挤得人满为患，酒淌满了一地，每个房间都灯火通明，回荡着音乐和吃喝喧闹的声音，这个好心的管家，这个诚实的弗莱维斯，就独自一人躲到一个角落，眼泪比酒桶里那么白白糟蹋的酒流得还要快。看到主人疯狂地慷慨解囊，他心里明白，所有这些恭维他主人的人，图的只是他的钱财，等他钱财耗尽，那片溢美之词也会很快就销声匿迹。凭酒席赢得的赞誉，来得快去得也快。哪怕出现一片蕴着冬雨的云彩，这些苍蝇会马上消失。

现在，泰门不能再堵上耳朵，对忠实管家的话不理不睬了。没有钱是万万不能的。当泰门吩咐弗莱维斯把他的部分田产卖掉，换成现钱，弗莱维斯把他以前曾好几次要告诉泰门，可他就是不肯听的话，又对他说了一遍：他的大部分田产已经卖掉或者抵了债，他现有的全部财产加在一起，连一半债务都还不上。

泰门听到目前是这种现状，非常吃惊。他赶快回答说："从雅典到拉西台蒙，都有我的田产！""哦，我好心的老爷，"弗莱维斯说，"世界只是这么一个，它也得有个边儿。假如这个世界都归了您，您也会一下子就把它送掉，也很快就没有了！"

泰门安慰自己说，好在他没资助过歹人做坏事，虽然家财散尽是愚蠢的，但他并没有拿钱助纣为虐，而是把钱都花在了朋友身上。他叫这个好心的管家（弗莱维斯已经哭了起来）放心，因为他的主人有这么多高贵的朋友，他绝不会缺钱的。这个昏头昏脑的泰门还在说服自己，只要他手头紧了，派人去向那些（曾受过他慷慨资助）人借，他就能像花自己钱似的，花他们每个人的钱。他似乎对这个判断信心十足，神情欢快地派人分头去见路歇斯、路库勒斯和辛普洛涅斯这些贵族，过去他曾从不计较或毫无节制地给这些人送过大量礼物。他还派人去见因泰门替他还了债，最近刚从监狱里放出来的文提狄斯。由于父亲去世，现在的文提狄斯继承了一大笔财产，照理有足够的能力，来报答泰门对他好心帮助。泰门要文提狄斯还他替他付的五个太伦，并向其他几位贵族每人借五十个太伦。他丝毫不怀疑，那些人对他充满了感激之情，就算他提出比五十个太伦多五百倍的要求（如果他需要），他们也会一个子儿都不少地给他。

第一个找的是路库勒斯。这个卑鄙自私的贵族一晚上梦的都是一只银盘和一个银杯，听说泰门的仆人来了，利欲熏心的他，脑子里马上想，一定是泰门替他圆梦，派人给他送银盘和银杯来了。但当他知道了实情，是泰门需要用钱，他就露出了冷漠的、像流水一样转瞬即逝的友谊本质。他对那个仆人发誓，一再声称他早就看出他主人的家产要挥霍待尽，他有好多次去泰门家赴宴，为的是要提醒他，而且，借着陪他吃晚饭，又可以劝说他节省开支。他每次去，都会向泰门提出规劝和忠告，可他就是不听。他的确经常参加泰门的酒宴（他这样说），也在更大的事情上得过他的慷慨相助。然而，对于他所说，到泰门家里是为了对泰门提出规劝或加以责备，简直是个无稽得不值一提的卑鄙谎言。路库勒斯说完，还不失时机，出手吝啬地要给那个仆人一点贿赂，叫他回去告诉他的主人，就说路库勒斯不在家。

派去见路歇斯贵族的那个送信人也是无功而返。这个满嘴谎言的贵族，肚子里填满了泰门的酒肉，泰门送的贵重礼品，使他富得几乎撑破了。当他听说风向变了，那个对他如此慷慨的源流突然中断，最初他几乎不相信。当他得知事情确实如此，便装出一副抱歉的样子，表示对泰门老爷爱莫能助。他说，不幸的是，昨天刚买了一大批东西（这是个无耻的谎言），现在手头没有现款。他甚至因自己能力所限，不能替这样一位好友出一点儿力，骂自己是畜生。他说，不能让这样一位高贵的绅士满意，真乃平生最大的苦恼。

有谁能说跟你蘸一个盘子的人就是你的朋友？每个谄媚者都是这么块料。人人都记得，泰门对这个路歇斯情同父子，自己掏腰包替他还债，替他给仆人付工钱，出资雇工人流着汗替他盖豪宅。贪慕虚荣的路歇斯，认为豪宅对他是必需的。可是，哎呀，人一旦忘恩负义，就会变成怪物！这个从泰门那里得到过许多好处的路歇斯，拒绝借给泰门的钱，还不如善人给乞丐施舍得多。

辛普洛涅斯和每一位泰门派人去恳求过的惟利是图的贵族，要不含糊其词，要不干脆一口回绝。甚至文提狄斯，泰门赎他出狱、现在富得流油的那个文提狄斯，居然连五个太伦都不肯借给泰门，帮他一把。因为在他困窘的时候，那五个太伦并不是泰门借给他的，而是慷慨相送。

到了这时候，正像泰门富的时候人人都向他献殷勤、向他求助，现在他穷了，人人都惟恐避之不及。同一条舌头，以前是最大声地歌颂，称赞他宽厚仁慈、慷慨无私、出手大方，现在又不知羞耻地指责他，说他的慷慨是愚蠢，大方是挥霍。事实上，泰门的愚蠢莫过于竟挑了这些卑鄙无耻之人作为他慷慨施舍的对象。也正因为此，泰门那王侯一样的豪宅，成了人们躲避、憎恨的地方，从他门前路过的人也不再像以前那样，得驻足留步，进去尝尝他家的美酒佳肴。现在家里挤满了，已不再是狂饮无度和喧闹无休的宾客，而是失去耐心的、吵吵嚷嚷的债主，放高利贷的和敲诈勒索的。他们凶狠地逼债，丝毫不留情面，催着要债券、要利息、要抵押，这些铁石心肠的人要起什么来都不容拒绝，迟延一下也不行。这样，泰门的豪宅成了他的监狱，他被逼得进不去，出不来，无法脱身。一个向他讨五十太伦的欠账，一个拿出一张五千克郎的债券，他就是用自己的血一滴滴地去数，一滴滴地去还，他全身也没有那么多血。

泰门的家产（似乎）已经到了绝望和无可挽救的地步，但大家忽然很惊奇地看到，这轮正在沉沦的落日，又放射出了令人难以置信的新的光芒。泰门老爷再次宣布请客，他把过去常请的客人，贵族和贵夫人，以及雅典所有的名人显贵都请了来。路歇斯、路库勒斯两位贵族来了，文提狄斯、辛普洛涅斯等等的也来了。没有谁比这些专会摇尾乞怜的卑鄙小人更难堪。他们发觉泰门老爷原来是装穷（他们是这样想的），只是为考验一下他们对他的爱戴，便后悔当时怎么没看穿泰门这个计策，否则，只需一点儿代价不就可以得到他的欢心吗？然而，他们更兴奋地发现，本以为已经干涸的高贵而慷慨的泉流，不还在那么鲜活地奔流着吗？他们都过来向泰门掩饰、表白说，泰门派人向他们借钱时，糟糕的是，他们正好手头没现钱，无法满足这位如此高贵的朋友的请求，感到十分抱歉和惭愧。泰门请他们不必介意这些微不足道的小事，因为他早已忘到脑后。

当泰门身处逆境，这些卑鄙、阿谀的贵族一个钱都不肯借他，但当泰门重新富起来，放出新的光芒，他们才不会拒绝前来。这帮趋炎附势的家伙，追逐起贵人的鸿福财运，比燕子追随夏天还迫切，可燕子离开冬天，却没有这帮家伙一见人家刚要倒霉便退缩来得迫切。人类就是这么一种夏天的鸟。这时，奏起了音乐，一个个冒着热气的盘子摆上了酒桌。宾客们吃惊不小，啧啧赞叹破产的泰门又从哪儿弄来钱，准备了如此考究的筵席。有人几乎不敢相信自己的眼睛，不知道眼前这一切景象是真是幻。正在这时，一个信号，盘子盖揭开了，泰门的意图显露出来：盘子里没有像以前泰门在他讲究的筵席大量供应的，令他们垂涎欲滴的来自远方的各种珍馐美味。眼下盖子下面露出来的东西，倒跟泰门的窘境更相称，因为盘子里只是一些蒸气和温热的水。当然，这酒席跟这帮口头上的朋友也更相配：他们的表白就像冒着的热气，他们的心就像泰门请这些惊异不已的客人喝的水，滑溜得难以捉摸。泰门吩咐他们说：“狗们，把盖子揭开，舔吧。”客人们惊魂未定，为让他们喝个够，泰门把水泼到他们脸上，接着又把盘子语摔到他们身上。这时，那些贵族贵夫人们，乱成一团，慌不择路，伸手抓起帽子，匆忙向外逃去。在一片光彩夺目的混乱中，泰门追逐着他们，嘴里骂着就该他们受骂的话：“你们这些油嘴滑舌、笑里藏刀的寄生虫，藏在殷勤面具下面的破坏者，假装友善的狼，故作温顺的熊，贪婪的小丑，酒肉朋友，趋炎附势的苍蝇！”为避开他，他们一窝蜂似的往外挤，比进来的时候迫切多了。有的人丢了长袍和帽子，有的人在惊慌中丢了珠宝，一个个倒是都很乐得能从这如此疯狂的贵族面前，以及他这顿意在嘲弄的假筵席中逃出来。

这是泰门举行的最后一次宴会，从此他告别了雅典和人的社会。宴会散了以后，他向森林走去。他要把他所憎恨的城市和所有的人类远远抛在身后，希望那个面目可憎的城市城墙倒塌，房屋就塌在房主的身上；希望各种侵害人类的瘟疫、战争、暴行、贫穷和疾病，缠扰着居民，祈祷公正的神明，不分老幼贵贱，把所有的雅典人全都毁灭。他这样想着，走进了森林。他说，他将发现，这里最凶残的野兽都要比人类更友善。他连人类的装束都不愿再保留，他赤身裸体，挖了个洞穴居住，过起了野兽一样的孤独日子。他吃野树根，喝生水，躲开同类的面孔，跟比人类更没有伤害性和更友善的野兽一起生活。

从富翁的泰门老爷，人人喜爱泰门老爷，到赤身裸体的泰门，憎恨人类的泰门，这个变化多大啊！他的那些献媚者现在哪儿？他的那些侍从和仆人在哪儿？那个粗壮结实的仆人，那个管家，会在这凛冽的寒风中，给他穿上保暖的衣服吗？那些生命比鹰还长、屹立不动的树木，会变成年轻活泼的侍僮，听他差遣吗？假如头天晚上因饱食生病，那冬天结了冰的小溪会为他准备温暖可口的汤和粥吗？那些住在原始森林中的畜生会来舔他的手，对他献殷勤吗?

一天，他正在挖树根，树根成了他赖以维生的东西，铁锹碰到了一堆重物，是金子。这一大堆金子可能是哪个守财奴在乱世中埋在了这儿，本想等回来再把它挖出来，可是没能等到这一天，也没来得及把埋藏的地方告诉别人，就死了。现在，金子就躺在大地之母的心脏，它好像从来也没有离开过大地，非善非恶，直到与泰门的铁锹不期而遇，方才重见光明。

如果泰门的想法还跟过去一样，这一大笔财富足够他再一次收买朋友和献媚者。但泰门对这个虚伪的世界已经厌恶透顶，瞅见金子反感。他本想把金子再埋回地里，可一想到金子可以给人类带来无限的灾难，人类会为了金子发生抢劫、欺诈、不公、贿赂、暴力和凶杀，他欢快地想象着（他对人类已经恨之入骨），他刨地时发现的这堆金子，可以给人类造成许多的灾难祸患。正这样想着，森林里走过一些士兵，来到他住的洞穴附近，原来是雅典的一个将领艾西巴第斯率领的一部分军队。艾西巴第斯因为恨透了雅典的元老们（这些雅典人以忘恩负义闻名，他们经常把自己的将军们和至交好友都得罪了），就率领着以前曾保卫过他们的那支胜利之师，来攻打他们。泰门很欣赏这些士兵的行为，就把金子送给艾西巴第斯，叫他分给士兵。泰门只要求他做一件事，就是挥师扫平雅典城，叫士兵把雅典城烧光，把雅典的居民杀光，不要放过一个长白胡子的老头，因为（他说）他们是放高利贷的；也不要放过那些似乎露出天真微笑的孩子，因为（他说）他们长大以后就会变成叛徒。泰门要艾西巴第斯堵上耳朵，闭紧眼睛，不要让什么景象或声音使他变得心慈手软，也不要让处女、婴儿或母亲的哭声妨碍他屠城，要他们在征服面前化为灰烬。泰门祈祷上苍，等他征服了雅典人，再将这个征服毁灭。泰门对雅典，对雅典人和一切人类充满了刻骨的仇恨。

正当泰门孤独地过着这种野人的生活，一天，他忽然惊讶地看到洞口站着一个对他心向往之的人，是他那个诚实的管家弗莱维斯。他爱主人，牵挂着他，一直找到这个可怜的住处，要来服侍他。当他看到主人，曾几何时的高贵泰门，竟落到这样凄惨的境地，像刚降生的婴儿一样浑身精赤条条，生活在野兽中间，过着野兽一样的生活，整个人就像他自己阴郁的废墟，又像一座剥蚀的纪念碑。这个善良的仆人站在那儿，悲伤得一句话也说不出来，被恐怖笼罩着，手足无措。等他终于能开口说话，也是哽咽得泣不成声。泰门毫不容易才认出他是谁，或者说认出是谁在他身处险境的时候要来服侍他（这跟他所认识的人类截然相反）。泰门看到弗莱维斯是人的形状，便怀疑他是叛徒，连他流的眼泪也怀疑是假的。但这个好心的仆人，用了许多事实证明他对泰门确实忠心不二，表明他到这儿来，仅仅是出于对亲爱的旧主人的爱和关心。这样，泰门不得不承认，世界上还有一个诚实的人。然而，弗莱维斯长着人的形状貌相，泰门一看到他的脸，就不由得感到讨厌，听到他从人的两片嘴唇中发出的声音，就不由得感到憎恶。这个唯一诚实的人，也只好走开。因为他是人，虽然他的心地比一般人善良，悲天悯人，可他毕竟有着人类令人憎恶的形状貌相。

但有些身份比这个可怜的管家高得多的访客，要来打扰泰门孤独而宁静的野人生活。因为这个时候，雅典城里那些忘恩负义的贵族，对当初他们那么不公正地对待高贵的泰门，感到后悔不迭。艾西巴第斯像一只被激怒了的野猪，猛烈地围攻雅典城的城墙，发狠誓威胁要把美丽的雅典城化为灰烬。到了这时候，那些贵族们健忘的脑子里，才想起泰门老爷以前的神武勇猛。泰门过去当过雅典的将军，精通军事，骁勇善战。他们相信，在所有雅典人中，现在只有他，能够抵御目前这样威胁着他们的围攻，打退艾西巴第斯的猛烈进攻。

情急之下，元老们推选出几个代表来拜访泰门。当他们身处险境，就想起了泰门，可当泰门身处险境，他们却不理不睬。好像他们没满足他的求助，而他却要感激他们；他们最不讲情面，毫无同情心，现在却又需要他慷慨大方。

他们最诚挚地哀求他，流着眼泪乞求他，回到不久前才被那些忘恩负义的人赶出来的雅典，去拯救雅典城。现在，他们愿意献出钱财、权力、地位，补偿过去给他造成的伤害，让他得到所有人的尊重和爱戴。他们愿把自己的身家性命和财产都交给他支配。但浑身赤裸的泰门，憎恨人类的泰门，已不再是泰门老爷，不再是挥霍无度的贵族，不再是军中将花，不再是战时为他们打仗，和平时为他们装点门面的泰门。假如艾西巴第斯要杀他的同胞，泰门漠不关心；假如美丽的雅典惨遭劫掠，老老少少被屠杀，泰门高兴还来不及呢。他就这样告诉他们，还说，在他眼里，残暴阵营里的一把刀，比雅典元老们的喉咙更值钱。

这是泰门给那些失望得以泪洗面的的元老们的唯一答复。但在分手时，他吩咐元老们替他问候一下同胞，告诉他们，要想减轻悲伤和忧虑，躲避狂怒的艾西巴第斯所带来的残忍局面，只剩下一条路可走，由于他对亲爱的同胞感情尚在，他愿在死以前为他们做点儿好事，为他们指明出路。这话让元老们的精神为之一振，他们希望他又恢复了对雅典的感情。泰门告诉他们，在他洞穴附近有一棵树，他很快就要砍倒它。他邀请雅典所有希望躲避苦难的朋友，不分高低贵贱，在他把树砍倒以前，都来尝一尝这棵树的滋味。他的意思是，他们要想逃避苦难，来这儿上吊是唯一的出路。

泰门以前给了人类太多的慷慨馈赠，这是他最后一次的恩惠。这也是他的同胞见他的最后一面。没过多少天，一个可怜的士兵走过离泰门时常出没的森林不远的海滩，在海边发现了一个墓碑，上面刻着字，表明这是那个憎恨人类的泰门的墓碑，墓文写着："他活着，痛恨一切活着的人；他死了，愿一场瘟疫把所有留在人世的卑鄙小人毁灭！"

泰门是用暴力结束了自己的生命，还是死于厌世和对人类的憎恨，无人知晓。不过，所有人都称赞他的墓志铭写得恰到好处，与他的结局相符。他死了，跟活着的时候一样，也憎恨人类。有人觉得他是刻意选择海滩，作为自己的葬身之所，认为这样一来，一望无际的大海便可以永远在他的墓边洒泪，并以此来蔑视伪善、虚假的人类那转瞬即逝而浅薄轻浮的眼泪。

罗密欧与朱丽叶

H·布利格斯　S·桑斯特

E·M·渥德 H·博恩

凯普莱特家和蒙太古家是维洛那城的两大望族，家里都很阔。以前，两家发生过一次争吵，后来竟愈演愈烈，积怨极深，连最远的亲戚，甚至双方的随从和仆人都牵涉进来，最后弄到只要蒙太古家的仆人与凯普莱特家的仆人，或凯普莱特家的人与蒙太古家的人遇见了，就会恶语相向，有时还会紧接着发生流血事件。这种因偶然相见就时常发生的争吵，把维洛那街道惬意的宁静打破了。

老凯普莱特大人举办一次盛大的晚宴，邀请了许多漂亮太太和高贵的客人。维洛那所有公认的漂亮姑娘都来了。只要不是蒙太古家的人，所有来宾都受欢迎。老蒙太古大人的儿子罗密欧所爱的罗瑟琳，也参加了凯普莱特家的这次宴会。假如有蒙太古家的人被发现来参加这个宴会，是很危险的，可罗密欧的朋友班伏里奥还是撺掇这个少爷，为能看到他的罗瑟琳，可以戴上假面前往。（班伏里奥说）等见了她，把她跟维洛那其他精挑细选的美人一比，罗密欧就会觉得，他心目中的天鹅只不是一只乌鸦。罗密欧不相信班伏里奥的话，但为了爱罗瑟琳，他还是同意去了。罗密欧是个真挚热烈的情人，为了爱，他夜不能寐，一个人跑得远远的，思念罗瑟琳。而罗瑟琳却看不起他，对他的求爱无动于衷，哪怕连一点有礼貌或带感情的表示也没有。为医治他对罗瑟琳的痴情，班伏里奥想让他的朋友去见识一下不同类型的女人和伴侣。于是，年轻的罗密欧、班伏里奥和他们的朋友茂丘西奥，戴上假面具来参加凯普莱特家的这次宴会。老凯普莱特对他们说了些欢迎的话，告诉他们，只要姑娘们脚尖上没长鸡眼，谁都愿意跟他们跳舞。老人的心情轻松愉快，他说自己年轻时也戴过假面具，还伏在美丽姑娘的耳边悄声说着情话。他们跳起了舞。忽然，罗密欧被一位正跳舞的姑娘异乎寻常的美丽惊得目瞪口呆，他觉得火把好像因为她燃得更亮，她的美貌就像黑人戴的一颗珍贵的宝石，在夜晚显得格外璀璨。这样的美在人间太贵重了，简直不忍触碰！她的美貌及其聪明才智远在跟她在一起的姑娘们之上，（他说）她就像乌鸦群里一只雪白的鸽子。正这样赞美着，凯普莱特大人的侄子提伯尔特，从声音中听出是罗密欧。这个提伯尔特的脾气暴躁，容易激动，他不能容忍蒙太古家的人竟然戴着面具溜进来，嘲弄和讥讽（他这样说）他们这隆重的盛宴。他怒不可遏，情急之下，恨不能将年轻的罗密欧致以死地。但他的伯父老凯普莱特大人认为，作主人的应该尊敬客人，再说罗密欧为人举正派，举止优雅，全维洛那城的人都夸他是个品行端正、教养良好的青年，不肯让提伯尔特在这样的场合伤害他。提伯尔特不得不强压怒火，抑制住自己，但他发誓，换个时间一定要好好教训这个闯进来的卑鄙的蒙太古。

跳完舞，罗密欧还望着那姑娘站的地方出神。似乎有面具遮挡，他的无礼可以部分得到谅解似的，罗密欧冒昧地、极其温柔地握了一下她的手，管她的手叫神龛。既然他握了它是不敬，作为一个羞怯的朝香人，正好吻它一下来赎罪。

“好一个朝香人，”姑娘回答说，“你的朝拜过于出格，也过于殷勤了。圣人有手，可朝香人只许摸，不许吻。”

“圣人有嘴唇，朝香人不也有嘴唇吗？”罗密欧说。

“唉，”姑娘说，“他们的嘴唇是为祈祷用的。”

“哦，是这样，那我亲爱的圣人，”罗密欧说，“请你倾听我的祈祷，答应我，不然我就会绝望。”

他们彼此间正说着这种暗寓和想象的情话，姑娘被母亲叫走了。罗密欧一打听她的母亲是谁，才知道让他如此动心的这位亘古未见的美丽少女，原来是蒙太古家的大仇人凯普莱特大人的女儿和继承人，年轻的朱丽叶，才知道自己不知不觉地爱上了仇人。这使他痛苦万分，却不能叫他放弃那份爱情。当朱丽叶发觉跟她谈话的那个绅士，是蒙太古家的罗密欧，她同样感到不安，因为正如他爱上她一样，她也不加考虑地就轻易爱上了罗密欧。朱丽叶觉得，这爱情对她来说，似乎很奇怪，因为她必须去爱她的仇人，她的心归所属，从家庭来说，也必须是她最该恨的地方。

罗密欧和他的同伴离开时，已经半夜。可他们很快就找不着他了，因为罗密欧把心留在了朱丽叶家里，无法离去。他翻过朱丽叶住的房子后面一个果园的墙跳了进去，在那儿沉思默想着刚刚到来的爱情，不一会儿，朱丽叶出现在上面的窗口。她无与伦比的美貌像东方的太阳放出迷人的光采。暗夜中，果园上空的月色，在这新的太阳的光辉映照下，显得苍白、暗淡，一副愁容。朱丽叶屈身，用手托着面颊。为能摸她的脸，多情的罗密欧真希望自己是她手上的一只手套。她当然以为这儿只有她一个人，便深深叹了口气，喊了声：“唉，我啊！”

罗密欧听到她说话，狂喜不已。他轻声说，轻得朱丽叶都没听见："哦，光明的天使，说下去。你这样出现在我的上方，就像一个从天而降长着翅膀的使者，凡人只能仰望。"

朱丽叶哪会想到有人偷听，夜晚的奇遇在她心里生起了一股新的情感，她叫着情人的名字（她以为他不在那儿）说："哦，罗密欧，罗密欧！"她说，"你在哪儿，罗密欧？为了我，别认你的父亲了，把你的姓氏丢掉！如果你不肯，只要你发誓永远爱我，我就不再姓凯普莱特。"

这番话使罗密欧鼓起勇气，他想说话，但他还想多听听她怎么说。那位姑娘继续满含深情地独自（她以为是）倾吐着心声，仍然嗔怪罗密欧不该叫罗密欧，不该是蒙太古家的人。真希望他姓别的姓，或把那可恨的姓扔到一边。因为那个姓，本来就不是他本身的一部分，丢掉那个姓，他就能得到她的一切。听到这情意绵绵的爱语，罗密欧再也抑制不住。像她刚才就是在直接对他说，而不是想着对他说一样，他接过话茬说下去。他要她管他叫"爱"，或随便叫个什么名字。假如她不喜欢罗密欧这个名字，他便不再叫罗密欧。朱丽叶听到花园里有男人的声音，大吃一惊。最初她不知道是谁，半夜躲在黑暗里，偷听她无意中说出的秘密。但一个情人的耳朵是如此敏锐，虽然她耳朵里还没听罗密欧说过一百个字，可当他再一开口，马上就听出正是年轻的罗密欧。她说翻过果园的墙很危险，万一被她家里人发现，因为他是蒙太古家的人，一定会送命。

"啊呀，"罗密欧说，"你的眼睛危险得比得上他们的二十把剑。姑娘，只要你温情地看一眼，我保证不怕他们的仇恨。我情愿在他们的仇恨下死去，也不愿这可恨的生命苟活而得不到你的爱。"

"你怎么到这儿来的？"朱丽叶说，"是谁的指引？"

"是爱情的指引，"罗密欧回答说，"我不是向导，可就算你身在最遥远的海边，为能得到你这样的珍宝，我也会冒险前往。"

一想到她对罗密欧的爱，让他无意中发觉，朱丽叶的脸上泛起一层红晕。好在没让夜色中的罗密欧看出来。她一心想收回她的话，已经不可能了。她本想按照矜持的大家闺秀的习俗，跟情人保持一定距离，愁眉不展，发发小姐脾气，先把求婚者无情回绝。明明心里爱得发狂，表面却要故意装出一副冷漠、腼腆，或者无所谓的样子，似乎这样才能让情人觉得，她们不是轻易就能得到的。一件东西越不易到手，就越显得弥足珍贵。可是现在，她已经无法再用回绝、延迟或求婚时惯用的那些拖延的计策。在她做梦也想不到罗密欧会出现在她身边的时候，他已经亲耳听到了她对他爱的表白。正因为处在这种新奇的情形下，朱丽叶只好坦承，他刚才听到的都是心里话。她称为英俊的蒙太古（爱情能把一个刺耳的姓氏变甜蜜）。她要他别因为她那么容易就答应了，就以为她轻浮或有失体统。他一定要把这个错，（如果这是一个错），怪在今晚的巧遇，正是这样的巧遇让她如此奇异地袒露了心声。她补充说，如果按照女性的习俗礼法，她的品行也许不够谨慎稳重，但与那些遮遮掩掩的端庄和矫揉造作的矜持比起来，她的更真实。

罗密欧刚要对天起誓，说他连一点儿怪这样一位令人尊敬的姑娘有不名誉之处的意思都没有，朱丽叶制止住他，求他不要发誓。她虽然喜爱罗密欧，但她并不乐意当晚就彼此交换誓言，那样也太匆忙、太轻率、太突然了。可罗密欧急不可耐地要在当天晚上，跟她交换爱情的海誓山盟。朱丽叶说，在他没要她发誓之前，她已经对他发过誓了。她的意思当然是，他已经偷听到了她的爱情表白。不过，她要收回已发的誓言，要再一次享受向他发誓的快乐，她的爱情像海一样无边无际，她的爱也像海一样深厚。两个人正在情浓意浓地交谈，朱丽叶的奶妈叫她进去。临近黎明，跟她睡在一起的奶妈觉得她该睡觉了。可她又急匆匆地跑回来，跟罗密欧说了三四句话。她向他表示，假如他真心爱她，真想娶她，明天她就派人去见他，约好结婚的时间，她要把自己的整个命运托付给他，嫁给他，跟随她的主人直到海枯石烂。他们正商量着这件事，奶妈不断喊着催促朱丽叶。她进去又出来，再进去，再出来，就像一个年轻姑娘对待自己的鸟一样，不愿让罗密欧离开，她让它从手掌心跳出去一点点，再用丝线把它拽回来。罗密欧也同样不愿离开她，因为在这夜深人静的时候，最甜美的音乐是情人之间彼此倾吐的缠绵话语。他们最后还是分了手，彼此祝愿在那个夜晚安然地进入梦乡。

分手的时候，天已经亮了。罗密欧心里想的，全是他的情人和他们那幸福甜蜜的会面，不想睡觉。他没有回家，而是拐了个弯，到附近的修道院去找劳伦斯神父。这位善良的神父已经起床，在做祷告了，看到年轻的罗密欧这么早就来了，猜想一定是青年人的什么感情烦恼，叫他难以成眠，彻夜没睡。他猜罗密欧没睡觉是因为爱情，确实猜对了，可却猜错了他爱的对象。他还以为罗密欧是因为对罗瑟琳的爱睡不着觉。但当罗密欧告诉劳伦斯神父，他刚刚爱上了朱丽叶，并请神父帮忙，请他当天就替他们主持婚礼，这位圣洁的人抬起眼睛，举起手，对罗密欧感情上的突然变化感到惊奇。因为神父对罗密欧与罗瑟琳的爱，以及他多次埋怨罗瑟琳看不起他，知道得一清二楚。他说，年轻人的爱不是真把它放在心上，而是放在眼睛里。可罗密欧回答说，神父自己经常责备他痴情地爱着并不爱他的罗瑟琳。现在，他爱朱丽叶，朱丽叶也爱他。神父在某种程度上同意了，心想，年轻的朱丽叶跟罗密欧联姻，或许可以使凯普莱特跟蒙太古两家多年的积怨深仇化干戈为玉帛。没有谁比这位好心的神父对两家的冤仇更感到悲伤的了，他是两家人共同的朋友，老想从中替他们调解，但一直没有结果。神父一半是为此动的心，一半也是因为他喜爱年轻的罗密欧，对他提出的任何要求都无法拒绝，老人答应替他们主持婚礼。

这时的罗密欧完全沉浸在幸福之中。朱丽叶照约好的派了人来，并由那人知道了罗密欧的心意，便不失时机地尽早赶到劳伦斯神父修道的密室，他们在那里举行了神圣的婚礼。好心的神父祈祷上天祝福他们喜结连理，希望年轻的蒙太古跟年轻的凯普莱特的婚姻，能把两家昔日的争吵和长期的宿怨埋葬掉。

举行完婚礼，朱丽叶匆忙赶回家中，急切地等待着夜幕降临，因为罗密欧答应，天一黑就到头天晚上他们见面的果园去跟她幽会。天黑之前的这段时间，让她感到百无聊赖，就像大节日前夜一个急不可耐的孩子，做了身漂亮衣服，却非要等到第二天早晨才能穿。

当天大约中午时分，罗密欧的朋友班伏里奥和茂丘西奥走在维洛那城的街道上，与凯普莱特家的一群人相遇，性情暴烈的提伯尔特走在那群人的前头。就是这个提伯尔特，怒气冲冲地要在老凯普莱特大人的宴会上跟罗密欧打架。看到茂丘西奥，他粗鲁地指责他不该跟蒙太古家的罗密欧交往。茂丘西奥也跟提伯尔特一样性如烈火，血气方刚，就以激烈的言辞回答了他的指责。尽管班伏里奥说了劝解的话，让他们息怒，两个人还是吵了起来。正在此时，罗密欧刚好经过这里，暴怒的提伯尔特撇开茂丘西奥，转过来冲着罗密欧，指名道姓地骂他“恶棍”。由于提伯尔特是朱丽叶的亲戚，朱丽叶也很爱他，罗密欧想避免跟他争吵。另外，这个年轻的蒙太古，生性聪明，为人谦和，他从来没有介入过两个家族之间的争吵。而且，凯普莱特现在是他亲爱的姑娘的姓，它已经不是挑起积怨的暗语，而更是减轻怨恨的符号。他试图跟提伯尔特讲理，亲切地招呼他“好凯普莱特”，好像他自己虽然是个蒙太古，可叫起凯普莱特这个姓氏，却能暗自感到一种快乐。然而，提伯尔特像恨地狱一样恨蒙太古家的所有人，怎么说也听不进去。他拔出剑。茂丘西奥并不了解罗密欧想跟提伯尔特讲和的隐秘原因，把他眼下的这种忍耐，视为想息事宁人的叫人名誉扫地的屈服。于是，他说了很多轻蔑的话，以激怒提伯尔特，叫他继续刚才跟自己的争吵。提伯尔特和茂丘西奥交起手来。当罗密欧和班伏里奥徒劳地试图把格斗双方分开，茂丘西奥受了致命一剑，倒下了。茂丘西奥一死，罗密欧再也抑制不住胸中的怒火，就用刚才提伯尔特骂他“恶棍”那句话，轻蔑地回骂提伯尔特。他们打在一起，最后，罗密欧杀死了提伯尔特。这场可怕的流血冲突正值中午发生在维洛那城市的中心。一大群人很快闻讯赶到出事地点，其中有老凯普莱特夫妇和老蒙太古夫妇。不一会儿，亲王也来了。亲王跟被提伯尔特杀死的茂丘西奥是亲戚，再说，凯普莱特和蒙太古两家的争吵，经常扰乱他辖区的和平与安宁，他决定要查出凶犯，绳之以法。班伏里奥是这场格斗的目击者，亲王吩咐他把事情的详细经过叙述一遍。他在不损害罗密欧的情形下，尽量照实讲述了一遍，还少不了要替他的朋友开脱辩解。凯普莱特夫人对她家的提伯尔特被杀死，悲痛欲绝，说什么也要报仇，敦促亲王惩办凶手，不要理会班伏里奥的话，他既是罗密欧的朋友，又是蒙太古家的人，说话肯定偏袒一方。她在不知道罗密欧已经成为她新任女婿和朱丽叶丈夫的情况下，就是这样反驳对罗密欧的辩解。另一方面，蒙太古夫人恳求亲王饶了她孩子的性命，她的争辩不无道理。她说，虽然罗密欧杀了提伯尔特，可他不应受到惩罚，因为提伯尔特杀茂丘西奥在先，他已经触犯了法律。两个情绪激动的女人叫喊着，亲王不为所动，他在详细调查了事情的经过后宣判，罗密欧要从维洛那流放。

对年轻的朱丽叶来说，这是个沉痛的消息。刚当了几个小时的新娘，现在，一纸判决，似乎就是永久的离婚！当她听到这个悲伤的消息，心里先是对罗密欧充满了愤怒，因为他杀了她亲爱的堂兄，她叫着罗密欧“潇洒的暴君”，“天使般的恶魔”，“贪婪的鸽子”，“狼性的羔羊”，“花容下藏着一副蛇蝎心肠”，还有其他诸如此类自相矛盾的名字，表明她的内心正在爱与恨之间挣扎。最后，爱情占了上风。她开始为堂兄被罗密欧所杀而流出的伤心泪，变成了为丈夫还活在人世而感到快乐的泪水，因为若非如此，那就是她的丈夫会被提伯尔特所杀。但紧接着，她又泪如雨下，这回完全是为罗密欧要被流放感到伤心。对她来说，听到罗密欧被流放，要比听到死了许多个提伯尔特更可怕。

那场格斗发生之后，罗密欧跑到劳伦斯神父的密室里躲了起。他在那儿听到亲王的判决，觉得流放远比死刑更可怕。对罗密欧来说，在维洛那城墙以外就没有世界，看不见朱丽叶他就没法活。朱丽叶生活的地方就是天堂，这之外全是炼狱、酷刑和地狱。好心的神父想安慰他，这一切都是命中注定的，可这个疯狂了的年轻人什么也听不进去。他就像个疯子，撕扯着头发，整个人直挺挺地躺在地上，说要量一量他墓穴的尺寸。正当罗密欧做着这有失体面的举动，他亲爱的妻子忽然派人送信来了，使他精神稍微振作了一些。这时，神父进而劝戒他说，他刚才表现出了没有男人气概的软弱。他已经杀了提伯尔特，难道还要杀了自己，杀了与他生死相依的亲爱的妻子不成？他说，人如果只有表面的高贵，而缺乏内心的勇气，那不过一尊蜡像而已。法律对他已经很仁慈，他本来犯了死罪，亲王却亲口只判他流放。提伯尔特本想杀死他，他却杀了提伯尔特，这本身就是一种幸福。朱丽叶仍然活着，而且（他意想不到），成了他亲爱的妻子，就此来说，他最幸福不过了。当神父说着这一连串的幸福，罗密欧却像一个不懂规矩的小女孩，绷着脸，理都不理。神父要他当心，像他如此绝望（他说），最后会死得很惨。等罗密欧稍微平静了一些，神父劝他当天晚上就秘密地去跟朱丽叶告别，然后赶快直接去曼多亚，就在那儿住下，直到神父觉得时机成熟时公布他跟朱丽叶的婚事，也许这样可以化解两家的仇恨。神父丝毫不怀疑，到那时，身受感动的亲王会赦免他。罗密欧现在是伤心而去，到时将满怀着二十倍的喜悦回到维洛那。罗密欧被神父这些智慧的话语说服了，起身向他告辞，然后去看他的妻子，打算当天晚上跟她住在一起，天一亮就独自动身去曼多亚。好心的神父答应会不时给他往曼多亚捎信，让他了解家里的情况。

当天晚上，罗密欧从头天夜里听朱丽叶向他倾吐爱情的那个果园，偷偷爬进她的卧房，跟亲爱的妻子一起度过了一夜。那是充满快乐和狂欢的一夜，可一想到就要分手，并回想起头一天的不幸遭遇，那良宵的欢乐和两人交欢时的快活，又被忧郁的心绪消解了。不受欢迎的黎明似乎来得太快。当听到清晨云雀的歌声，朱丽叶还想让自己相信那是夜晚的夜莺在唱歌。可的确是云雀在唱，那歌声听起来是那么的不和谐，不悦耳。这时，东方的曙光也不容质疑地预告着这对情人分别的时刻。罗密欧怀着一颗沉重的心跟亲爱的妻子分手，答应到曼多亚以后每时每刻都给她写信。罗密欧从她卧房的窗户爬下来，站在地上抬头仰望，此时悲伤的朱丽叶有一种不祥的预感。在她眼里，他好像是墓穴里的一具尸体。罗密欧对朱丽叶也有同样的担心，但他现在必须得赶快离开，因为如果天亮以后他被人在维洛那城里发现，就得死。

这仅仅是这对儿不幸的情侣悲剧的开始。罗密欧没走几天，老凯普莱特大人就给朱丽叶提了一门亲。他作梦也不会想到女儿已经结婚，他替她挑选的丈夫是帕里斯伯爵，一位有骑士风度的高贵绅士。如果年轻的朱丽叶从没遇到过罗密欧，他倒真是向她求婚的最佳人选。

惊恐中的朱丽叶听到父亲给她提亲，陷在忧伤和苦恼之中。她恳求说，她年纪还小，不适合结婚；刚刚死去的提伯尔特也使她身心疲惫得无法对丈夫笑脸相迎；凯普莱特家才刚办完丧事，接着就举行婚宴，也太不合礼节。她一条一条地列举出理由反对这门亲事，可就是不提那个真正的理由，也就是，她已经结婚了。但凯普莱特大人把她提出的这些理由全当成了耳旁风。他以命令的口吻叫她准备好，因为下个星期四她就得嫁给帕里斯。他以为给朱丽叶找到的这位富有、年轻、高贵的丈夫，就算维洛那城里最骄傲的女孩子，也会兴高采烈地接受，于是就把朱丽叶的拒绝当成假装的羞涩，他不能容忍她来妨碍自己美好的未来。

处在这种极度绝望之中的朱丽叶，只好去请教那位乐于助人的神父。凡有痛苦，他总是她的顾问。神父问她是否敢采取一种铤而走险的补救办法，她回答说，宁可被活埋，也不能在她亲爱的丈夫活着的时候嫁给帕里斯。神父叫她先回家，装出高兴的样子，并按照父亲的意愿答应跟帕里斯结婚。他交给她一小瓶药，叫她第二天晚上，也就是结婚的头天晚上，把它吞下去。在那以后的四十二小时，她看上去就跟死人一样僵冷、生息皆无。等第二天早晨新郎来接，就会认为她已经死了。然后，按照当地风俗，她就会被放在棺架上，脸也不蒙地运走，葬进本族的墓穴。假如她能克服女人的胆怯，答应进行这个可怕的尝试，在吞下那瓶液体四十二小时之后，肯定会醒过来（这药的效果没问题），就仿佛做了一场梦。她醒来以前，他会先把这个计划告诉她丈夫，叫他必须半夜赶来，把她带到曼多亚。对罗密欧的爱和害怕跟帕里斯结婚，使年轻的朱丽叶鼓起勇气，进行这一令人毛骨悚然的冒险。她从神父手里接过药瓶，答应照他的吩咐去做。

从修道院回来的路上，朱丽叶遇到年轻的帕里斯伯爵，她故作羞怯地答应作他的新娘。对老凯普莱特夫妇来说，这真是个令人兴奋的消息，它好像一下子让老人变年轻了。当朱丽叶刚拒绝跟伯爵结婚时，凯普莱特大人非常生气。现在见她答应了，就又宠爱起她来。全家从里到外都为即将举行的婚礼忙碌着，凯普莱特家要不计花消地来准备维洛那这次前所未见的喜筵。

星期三晚上，朱丽叶把药喝了下去。开始她还有很多担心，她怕神父是为了逃避主持她跟罗密欧结婚的责任，给她喝的是毒药。但他是一个人所共知的圣洁的人。她又担心没等罗密欧来接，她就先醒了过来，要是这样，这个可怕的地方，墓穴里葬满了凯普莱特家的尸骨，又躺着浑身是血、正在尸衣里腐烂着的提伯尔特，是否足以把她吓得精神失常。接着，她又想起以前听见过的所有有关幽灵围着尸体打转的故事。但她一想到她对罗密欧的爱和对帕里斯的厌恶，她不顾一切地把药吞了下去，然后就失去了知觉。

年轻的帕里斯一大早就来了，他想用音乐把新娘叫醒，但他看到的已不是一个有生命的朱丽叶，而是卧房里呈现的悲凉景象，一具无生命的朱丽叶的尸体。难道他的希望就这样死去了！整个家处在一种怎样的混乱啊！可怜的帕里斯对他的新娘，生生被那最面目可憎的死神，从他手里骗去，甚至没等他们结合就拆散了，伤心欲绝。老凯普莱特夫妇的悲叹听起来更引起人们的同情，他们只有这一个女儿。这个被他们宠爱的可怜孩子，给他们带来快乐和安慰。就在这两位处事谨慎的父母，答应了一门可以高攀的亲事，眼看女儿要跟这位前途无量的女婿结婚（他们这样认为），冷酷无情的死神竟把她从他们身边攫走了。这样，原本为婚礼准备好的一切，就都改来办丧事了。喜筵变成凄婉的丧席，婚礼时唱的圣歌变成悲哀的安魂曲，轻快的乐器变成忧郁的钟鸣。鲜花本该撒在新娘走过的路上，现在却拿来撒满她的尸体。请来神父本是让他主持婚礼，现在也只能请神父来主持她的葬礼。她果然被抬进了教堂，却不是为给活着的人增添令人愉快的希望，而是为在死去的人里又增加一名不幸者。

然而，坏消息总是比好消息传得快。劳伦斯神父派人去曼多亚通知罗密欧，说葬礼是假的，他亲爱的妻子不过是装死，只是躺在墓穴里待一会儿，就等罗密欧赶快来，把她从那阴郁的墓穴里解救出来。但在劳伦斯神父派去的人到达之前，罗密欧已经得到朱丽叶死去的不幸消息。在此之前，罗密欧还曾感到一种非同寻常的轻松、愉快。夜里，他梦见自己死了（一个奇怪的梦，死人还能在梦里想事情），等妻子赶来，发现他死了，就吻他，在他的嘴唇上，用生命之吻让他复活，成为一个皇帝！正在这时候，有人从维洛那城里送来了信。他想，这肯定是为了证实他梦里对好消息的预感。但他所听到的，跟他梦里感到愉快的情景截然相反，是他的妻子真的已经死了，无论怎么吻也吻不活了。他吩咐备马，决定连夜赶回维洛那，到妻子的墓穴去看她。人在身处绝境的时候，脑子里很容易就会冒出引起灾难的念头。他记起曼多亚有个可怜的药剂师，前不久他还从他门前走过。那人一副乞丐的模样，瘦骨嶙峋，在他药店肮脏的货架上排列着许多空盒子，显得很寒酸，另外还有些迹象表明他已经到了穷困潦倒的境地。看到这番景象，罗密欧当时就说（他有些担心自己的不幸生活或许也会落到如此绝望的地步）："按照曼多亚的法律，卖毒药的要被处死。可谁要是需要毒药，这儿有个可怜虫愿意卖给他。"现在，这句话又钻进了他脑子里。他找到这个药剂师，药剂师故做迟疑，等罗密欧掏出金子，贫穷便使他不再抵抗。他卖给罗密欧一剂毒药，说如果把这药吞下去，就算他有二十个人的力气，也能让他立刻毙命。

罗密欧带着这剂药动身去维洛那，到墓穴中去看他亲爱的妻子，他想见到妻子的心愿得到满足，他吞下毒药，就可以埋在她的身边。到维洛那时已是半夜，他找到教堂墓地，正中间就是凯普莱特家古老的坟墓。他准备了火把、铲子和火钳。正要撬开墓穴，被一个声音打断了。那个声音叫着他卑鄙的蒙太古，要他停止干这违法的行为。说话的是年轻的帕里斯伯爵，他正好在这么个不凑巧的夜半时分，来到朱丽叶的坟前，想替她撒些鲜花，为这个本该成为他新娘的朱丽叶哭上一场。他一点儿也不知道罗密欧跟死者是一种什么关系，但知道他是蒙太古家的人，是所有凯普莱特家人的死敌（他这样认为）。他估计罗密欧半夜到这儿来，一定是要对尸体进行邪恶的侮辱。因此，他以愤怒的语气叫他住手，还说罗密欧是被维洛那法律判了刑的罪犯，进城就得处死。帕里斯要抓他。罗密欧竭力劝帕里斯走开，否则，他的命运会跟埋在这儿的提伯尔特一样。他警告帕里斯不要激怒他，逼着他把帕里斯也杀了，再犯一次罪。但伯爵对他的警告不屑一顾，伸手就要把他当成一个重罪犯去抓。罗密欧还手了，两个人打在一起，帕里斯倒下。借着火把的光亮，罗密欧想看看被他杀死的是谁，一看是本来准备跟朱丽叶结婚的帕里斯（这是他在从曼多亚来的路上知道的），就拉住这个死去的青年的手，好像不幸的命运使帕里斯跟他成了伙伴，说要把他葬在凯旋的坟墓里，他是指已经被他打开的朱丽叶的坟墓。里面躺着他的妻子，好像死神也无法改变她的容貌和肤色，她还是那么美丽绝伦；或者连死神也爱她，好像这个瘦削、令人憎恶的恶魔，把她保存下来是为了让他高兴。因为她躺在那儿还是那么鲜活，富有光润，跟她刚吞下那服令人失去知觉的药睡去时一样。她旁边躺的是提伯尔特，尸衣上血迹斑斑。罗密欧见了，就向这具无生命的尸体乞求原谅，并因为朱丽叶的缘故，叫他堂兄，说自己正准备替提伯尔特把仇人杀死。

在这里，罗密欧用亲吻跟妻子的嘴唇做最后的告别。在这里，他从已经疲倦的身上卸下不幸命运的重负，把那药剂师卖给他的毒药吞了下去。这个药的药效可真是致命的，跟朱丽叶吃的那服麻醉知觉的药不一样。她的药效已经快散尽，再过一会儿她就会醒来，抱怨罗密欧不遵守时间，或者应该说，他来得太早了。

这时，神父所承诺她苏醒的时间到了。神父听说他派去曼多亚送信的人，不幸在路上耽搁了，一直没把信送到罗密欧手里，便亲自拿着鹤咀锄和提灯赶来，准备把关在墓穴里的朱丽叶救出来。但他惊讶地发现，凯普莱特家已经在墓园点起了火把，附近有剑和血迹，又看到罗密欧和帕里斯倒在墓穴旁，停止了呼吸。

神父还没来得及想这一不幸的意外是如何发生的，朱丽叶从昏迷中醒了过来。见神父在旁边，才恍惚记起她是在哪儿，和为什么会在这儿。她问起罗密欧。但神父听到外面有声音，叫她离开这个死亡和非自然睡眠的地方，因为他们的计划被一种无法抗拒的力量挫败了。神父听到有人走近的声音，因为害怕，就跑掉了。朱丽叶看到她忠实情人手里握着的杯子，猜他是服毒而死。如果杯中还有毒药的残渣，她也会吞下去。她吻他依然还有些余热的嘴唇，想舔去上面哪怕还残留的一点点毒药。然后，听到人声越来越近，她迅速拔出随身佩带的一把短剑，刺向自己，死在了她忠实的罗密欧身旁。

这时，守卫来到了这地方。帕里斯伯爵的一个侍僮，亲眼目睹了他主人跟罗密欧格斗，马上跑去报信。消息在市民中传遍了，市民们在维洛那街道上跑来跑去，交替喊着“帕里斯！”“罗密欧！”“朱丽叶！”大家听到的传言都是不完整的。蒙太古大人和凯普莱特大人在人们吵闹的喧嚣中下了床，跟亲王一起来查看骚乱到底因何而起。神父已经被一些守卫抓住了，当他从教堂墓地走出来，浑身哆嗦，叹着气，流着泪，看着就令人起疑。一大群人聚集在凯普莱特家的墓地。亲王吩咐神父，把他所知道的这一离奇而灾难性的事件说出来。

这样，神父当着老蒙太古大人和老凯普莱特大人的面，把他们两家儿女这场不幸的恋爱如实讲了一遍。还说到他是如何想促成他们的婚姻，并希望能以这次联姻来结束两家多年来的争吵。他指着说，死在那儿的罗密欧，是朱丽叶的丈夫；死在那儿的朱丽叶，是罗密欧忠实的妻子。可没等他找到一个恰当的时机公布他们的婚姻，又有人给朱丽叶提婚了。为避免犯下重婚罪，朱丽叶就（照他的指点）吃了安眠药。大家都以为她死了。与此同时，他给罗密欧写信，叫他来，等药力一过就把她带走。可不幸的是，送信的人误了事，罗密欧始终也没接到信。这后面的事，神父就说不上来了，他只知道，他亲自来，本打算把朱丽叶从这个死亡之地救出去，但他看到了被刺死的帕里斯和罗密欧。再往后的情节，由那个看到帕里斯跟罗密欧交手的侍僮和跟随罗密欧到维洛那来的那个仆人补充。忠实的情人罗密欧曾把写给父亲的信交给这个仆人，嘱咐他，在他死后，再把信交给父亲。罗密欧的信印证了神父所说的话，他在信里承认跟朱丽叶结婚，恳求父母饶恕，还提到从那个可怜的药剂师手里买到毒药，以及到墓穴来就是为求一死，与朱丽叶长眠在一起。所有这些情节都丝毫不差，本来还以为神父可能参与了这场复杂的残杀，这下洗清了他的嫌疑，证明他是出于好心，不过他的计策过于玄妙，也太不自然，无意中竟招致这样的后果。

听完以后，亲王转过身，责备老蒙太古大人和老凯普莱特大人彼此竟种下这种野蛮而非理性的仇恨，而且，他们触犯了天庭，天怒甚至以他们子女的恋爱，来惩罚他们这种人为的冤仇。这两家旧日的死对头，同意将他们多年的争吵埋葬在子女的坟墓里，以后不再为敌。凯普莱特大人请求蒙太古大人跟他握手，叫他“兄长”，似乎这样就等于承认，年轻的凯普莱特和年轻蒙太古的婚姻已经把两家结成了亲家。他请蒙太古大人把手伸给他（作为和解的表示），把握手言和当作他送给女儿的遗产。但蒙太古大人说，他愿给得更多，他要为朱丽叶塑一尊纯金的雕像，只要维洛那的名字存在一天，就不会有一尊雕像比真实忠诚的朱丽叶的雕像更辉煌，更精美。凯普莱特表示，也要替罗密欧塑一尊雕像。两位可怜的老人就这样，在事情发展到了无可挽回的时候，才彼此争着表示好感。过去，他们的愤怒和仇恨是如此不共戴天，只有经历了儿女这样可怕的毁灭（成为他们之间争吵、仇怨的可怜牺牲品），两个贵族家庭之间根深蒂固的仇恨和妒忌才得到化解。

哈姆莱特

D·麦克利斯 C·罗斯

A·休斯 C·考森

丹麦王后葛楚德，在国王哈姆莱特突然去世之后，作了还不到两个月的寡妇，就跟国王的弟弟克劳狄斯结了婚。这件事在当时引起所有人的注意，人们都觉得她这个奇怪的行为做得轻率，冷酷无情，或者更糟。因为这个克劳狄斯的品行意志，都跟他的外貌和性情一样，卑劣可鄙、猥琐不堪，没有一处可以和她已故的丈夫相提并论。这难免引起了一些人的猜测，怀疑他是为了迎娶国王的寡妇，并攫取丹麦王位，偷偷谋杀了他的哥哥，已故国王，而把被埋葬的国王的儿子，王位的合法继承人年轻的哈姆莱特排除在外。

然而，对于王后这个不明智之举，没有一个人像年轻的王子留下如此深刻的印象。他深爱并崇敬死去的父亲，几乎把他当成崇拜的偶像。哈姆莱特自己为人正直，品行端正，举止高雅，对母亲葛楚德有损尊严的卑劣行为，心里感到非常悲伤。在这样的情形下，年轻的王子对父亲的死感到难过，同时又对母亲的婚姻感到耻辱。他被一种沉重的忧郁所笼罩，失去了往日的快乐，面容也日渐憔悴。平日沉浸在书中的喜悦离他而去；适合他这样的年轻王子的娱乐、运动，他兴趣全无。他对这个世界感到厌倦，这个世界对他似乎就是一座杂草丛生的花园，里面所有生机勃勃的鲜花都枯萎凋零了，只有野草倒长得茂盛。给他造成如此大精神压力的，还不是他被排除在了合法继承王位之外，尽管这对于一个年轻、心高气傲的王子来说，是一种难以忍受的伤痛，一种令人悲伤的侮辱。而令他如此痛苦难忍，失去所有精神快乐的，是他母亲这么快就把他的父亲忘掉了，那是一个多么好的父亲啊！一个如此爱她，对她又如此温情的丈夫啊！葛楚德似乎也总显出是一个多情、温顺的妻子，跟丈夫缠绵得好像爱情就是为他而生。可现在，丈夫死了还不到两个月，或者说，年轻的哈姆莱特似乎觉得还不到两个月，她就再婚了，嫁给王子的叔叔，她亲爱的丈夫的弟弟。单就这最近的血缘关系来说，这个婚姻本身就极其不成体统，也不合法。特别是她如此匆忙地结婚，完全不合礼仪，更有甚者，她居然选了这么一个没有一点儿国王品德的克劳狄斯，与她分享王座，同床共眠。所有这些比失去十个王国，更让这位值得尊敬的年轻王子精神萎靡，给他心灵蒙上一层阴霾。

不论是他母亲葛楚德还是国王，想尽一切办法使他快乐，毫无效果。

在宫里，为了哀悼他死去的父王，他仍然穿着深黑色的衣服。他从来不肯脱去丧服，甚至在他母亲结婚的那天，他也不肯为了庆贺而把衣裳换掉。在这可耻的日子里（似乎对他是这样），他不参加任何的宴会或欢庆。

最令他苦恼的是，他无法确定父亲的死因。克劳狄斯宣布说，国王是被一条蛇咬死的，但年轻的哈姆莱特敏锐地怀疑，那条蛇就是克劳狄斯自己。说白了，克劳狄斯是为了头上的王冠谋害了哈姆莱特的父亲，而现在坐在王位上的，正是咬了他父亲的那条蛇。

他这样推测到底有几分正确，他该如何看待他的母亲，这个谋杀她参与到什么程度，是否经她同意，或她是否知情，这些疑问不断地折磨着他，搅得他心烦意乱。

这时，有一则传闻传到了年轻哈姆莱特的耳朵里，据在宫殿前高台上守望的哨兵说，已连续两三个晚上，都在半夜看见一个长得跟他已故的父王完全一样的幽灵。这个幽灵来的时候，从头到脚总是穿着同一套盔甲，就是谁都知道的死去的国王穿的那一套。凡是看到幽灵的人（其中一个是哈姆莱特的知心朋友霍拉旭），谈起幽灵出现的时间及其露面的样子，都十分一致：当钟敲响十二下它就来了，脸色苍白，表情是愤怒里带着更多的忧伤，胡子灰白，颜色是黑中带银，跟他们在国王生前看到的一样。哨兵对它讲话，它不回答。曾有一次，他们觉得它抬起了头，作出要说话的姿势。可正这时候，报晓的公鸡打鸣了，它赶快缩回去，从他们的视线里消失了。

年轻的王子听到他们这番讲述，感到十分惊奇。所有人说的都那么吻合，使他不能不信。他推断，他们看到的一定是父亲的幽灵，决定当天晚上就跟哨兵一起守望，没准有机会看到它。因为他鬼魂这样出现不会没有来由，它一定有什么话要说，虽然迄今为止它一直保持沉默，但它会对他开口。他急不可耐地等待着黑夜的到来。

当黑夜降临，他跟霍拉旭和一个叫马西勒斯的卫兵登上了高台，幽灵经常在那儿走来走去。这是一个寒冷的夜晚，寒风凛冽，冰冷刺骨。哈姆莱特、霍拉旭和跟他们一起守望的人，正谈着夜晚的寒冷，谈话突然被霍拉旭打断了，说幽灵来了。

哈姆莱特见到父亲的幽灵，面对这突如其来的意外和恐惧，他惊呆了。起先他还请求天使和守护神保护他们，因为他不知道这幽灵是好是坏，也不知道它带来的是善是恶。他的胆量逐渐变得大起来。他父亲（对他那似乎是父亲）那么可怜地望着他，好像急于跟他谈话。幽灵从各个方面都显示出，跟他父亲本人在世时一样。年轻的哈姆莱特不由得叫着他的名字，跟他打招呼："哈姆莱特，国王，父亲！"恳求它说明，人们都看到他被静静地安葬，为什么他要离开坟墓，在月光下再次来到人间？他恳请幽灵让他们知道，怎样才能使他的灵魂得到安息。听到这儿，幽灵伸手示意让姆莱特跟它到僻静的地方，他们可以单独在一起。霍拉旭和马西勒斯都劝年轻的王子不要跟它走，他们唯恐它是个邪恶的幽灵，把他引诱到附近的海边，或可怕的悬崖峭壁，然后露出狰狞的面孔，把王子吓得失去理智。但他们的这些劝告和恳求无法改变哈姆莱特的决心，他对生命已经无所谓了。他说，至于他的灵魂，既然它同样永生不朽，那幽灵又怎么能够伤害它呢？他感觉自已像狮子一样勇猛健壮，尽管他们想拉住他，他还是挣脱开，听凭幽灵随便把他带到什么地方。

等他们单独在一起了，幽灵打破沉默，说它是哈姆莱特父亲的幽灵，被人残忍谋害，并说出是怎样被谋害的。正如哈姆莱特早已深深怀疑的，这件事是父亲的亲弟弟克劳狄斯（哈姆莱特的叔叔）干的，目的是为了攫取他的床位和王位。当老哈姆莱特按照每天午后的习惯，在花园里睡觉时，邪恶的弟弟趁他熟睡，偷偷走到他身边，把有毒的莨菪汁灌进他的耳朵。那致命的毒汁像水银一样快迅速流进全身的血管，把血烘干，使他的皮肤长满了麻风病人那样的一层硬壳。国王的手足兄弟，就这样在国王睡觉的时候，夺去了他的王位、他的王后和他的生命。幽灵对哈姆莱特恳求说，如果他真的爱他亲爱的父亲，他就要向这个卑鄙的凶手报仇。幽灵对儿子悲痛地说：他的母亲竟然道德如此沦丧，背弃了同第一任丈夫的恩情，嫁给了谋杀他的凶手。但幽灵告戒哈姆莱特，在向他邪恶的叔叔报仇时，无论如何不能对母亲采取任何暴力的行为，只把她留给上天，让她接受良心的刺痛。

哈姆莱特答应一切照幽灵的吩咐去做，然后，幽灵消失了。等剩下哈姆莱特一个人，他做出一个严肃的决定，除了在脑子里保留幽灵告诉他的话和吩咐他做的事，立刻把他所有的记忆，把从书本和观察中学到的所有知识都忘掉。关于与父亲幽灵谈话的细节，哈姆莱特没告诉任何人，只告诉了他亲密的朋友霍拉旭。他嘱咐霍拉旭和马西勒斯，要对晚上看到的一切绝对保密。

在此之前，哈姆莱特就很虚弱，精神也很沮丧，他所看见的幽灵给他带来的恐惧，几乎使他精神失常。哈姆莱特担心如此继续下去，会引起注意，叫叔叔对他提防起来，怀疑他是否对他有什么图谋，或者哈姆莱特对父亲的死实际上知道的比他公开承认的要多，便做了一个奇怪的决定，从那一刻开始，他假装真地是疯了。他想，这样的话，他叔叔就不会认为他能有什么可怕的图谋，对他也就不会有什么猜疑了。而他的心烦意乱、焦躁不安，倒真可以在假装的疯狂下巧妙地掩饰起来。

从这时起，哈姆莱特在服装、言谈和举止上，都装出某些疯狂怪异的样子。他确实装得像个疯子，国王和王后都被他骗了。他们并不知道幽灵的出现，认为他发疯不光是为了哀悼父亲的死，断定他是因为爱情发了疯，而且，他们也认为看出了他爱的是谁。

在哈姆莱特陷入如前所述的忧郁之前，他深深地爱上了一个叫奥菲利娅的美丽姑娘，她是御前国务大臣波洛涅斯的女儿。他给她写过信，送过戒指，多次向她表示好感，不止一次郑重其事地向她求爱。她相信他的誓言和求爱都是出于真诚。但他近来陷于忧郁之中，变得对她视而不见。从他定下装疯的计划那一刻起，他故意装出对她冷酷、粗暴。可这位善良的姑娘并没有指责他背信弃义，她努力说服自己，哈姆莱特之所以对她失去了以前的好感，并非他性情冷酷，而都是因为他精神错乱。她把他以前高贵的心灵和出色的理解力，比成美妙的铃铛，能奏出最动听的音乐，可现在，压在他心灵和理智之上的深深的忧郁损害了他，如果那铃铛摇不成调子或摇得很粗暴，只能发出尖利的令人不愉快的声响。

尽管哈姆莱特要向杀死父亲的凶手报仇，这件暴烈的事，与他求爱的轻快心情并不相称，或者不容许他现在享受对他来说属于过于闲情逸致的爱情，但这并不能阻止他还会满怀柔情地想到他的奥菲利娅。有一次他在想到奥菲利娅时，觉得自己对这位温柔的姑娘严厉得不可理喻，便给她写了一封充满了狂烈热情、措词夸张的信，这跟他假装的疯态倒十分相符。但字里行间也多少流露出温馨的柔情，不能不让这位令人尊敬的小姐感到，哈姆莱特仍然在心底深深爱着他。他叫她可以怀疑星星是一团火，怀疑太阳会动，怀疑真理是谎言，但永远不要怀疑他的爱。信里还有更多诸如此类夸张的话。孝顺的奥菲利娅把这封信拿给她父亲看，老人认为一定得报告给国王和王后。从那时起，国王和王后推断，爱情是造成哈姆莱特发疯的真正原因。王后当然希望，他最好是因为奥菲利娅的美貌才发的疯，因为这样一来，她希望最好奥菲利娅的美德也能叫哈姆莱特恢复如初，这是给他们两个人脸上增光的事。

然而，哈姆莱特的病症比她想的厉害，或者说靠这个办法无法治愈。他所见到的父亲的幽灵始终纠缠在他的脑子里，只要他没有实现为被谋害的父亲报仇这个神圣的指令，他无法得到安宁。似乎每个小时的迟延对他都是犯罪，都有违父命。可国王身边始终都有卫兵保护，看来想把他弄死真不是件容易的事。即便很容易得手，但哈姆莱特的母亲一般也总是跟国王在一起，这对他的计划是个妨碍，使他无法行动。除此之外，一个非常特殊的情形是，这个篡位者又正好是他母亲现在的丈夫，难免心生悲悯，这使他行动变得迟缓。再说，对天性如此温厚的哈姆莱特来说，仅仅把一个同类活活杀害，这行为本身就是可憎而可怕的。另外，他长期特定的忧郁和精神低落也使他产生了犹豫不决、摇摆不定的心理，所有这一切都使他没能最后采取极端的行动。更有甚者，他对所看到的幽灵是父亲，还是魔鬼，心里都不由得产生了怀疑。他听说魔鬼可以变成他喜欢变的样子，或许趁他虚弱、忧郁，为让他不顾一切地去干谋杀那样可怕的事，故意装出父亲的样子。他决定要找到比幻觉或幽灵更确实有力的证据，因为那有可能是出于一种错觉。

正当他心里这样踌躇不决，宫里来了几个演员。哈姆莱特以前很喜欢看他们表演，尤其喜欢听其中一个演员，说那段描述特洛伊国王老普里阿摩斯被杀和王后赫卡柏伤心欲绝的悲剧台词。哈姆莱特对老朋友们表示欢迎，他记起过去听那段台词时有多么高兴，便要那个演员再表演一次。那个演员真的又活生生地演了一遍，表现衰老的国王怎样被残忍地谋杀，他的城市被火烧毁，年老的王后忧伤得像疯了一样，光着脚在宫里跑来跑去，戴着王冠的头上顶着一块碎布，披着王袍的腰上，只裹着一条惊慌中抓来的毯子。如此生动的表演，不仅使站在旁边的人都流下了眼泪，以为他们看的就是真实的一幕，甚至演员在说台词时，声泪俱下，连嗓子都哑了。

这使哈姆莱特想到，如果那个演员仅仅念了一段虚构的台词，竟然可以那么动情，为他从未见过面的好几百年前的古人赫卡柏流下眼泪，那他自己得有多么愚钝。他有真正的动机和情绪，为一个真正的国王，为一个亲爱父亲的被谋杀而流泪。然而，他竟如此无动于衷，他的复仇之心似乎此时在麻木不仁、模糊不清的睡眠里遗忘了。他想到演员和剧情，想到一出活灵活现的好戏，能给观众带来多么大的影响。这时，他想起有这样的例子，有些凶手看到舞台上表演的谋杀，仅仅是受了感人剧情和相似情节的感染，居然会当场承认自己所犯的罪行。他决定叫这几个演员在他叔叔面前，表演跟他父亲被谋杀类似的情节，他要仔细观察他叔叔的反应，从他的表情神色就更可以推断他是不是凶手。他吩咐演员们照这个剧情准备一出戏，他要邀请国王和王后来观看演出。

这幕剧情故事描写的是维也纳的一个公爵被谋杀。公爵叫贡扎古，他的妻子叫白普蒂丝妲。剧情表现公爵的一个近亲琉西安纳斯，为了图谋公爵的财产，如何在花园里把他毒死，以及这个凶手后来又是如何在谋杀不久，就得到了贡扎古的妻子的爱。

国王并不知道这演出是特地为他设下的圈套，他和王后以及满朝官员看戏的时候都来了。哈姆莱特坐得离他很近，仔细观察着他的表情。剧情开始，是贡扎古和妻子两人的谈话。妻子向丈夫一再表白爱情，说如果贡扎古比她先死，她决不再改嫁，如果她哪天有了第二个丈夫，她希望受到诅咒。她还说，只有那些谋害亲夫的邪恶女人，才会再嫁。哈姆莱特观察到，他的国王叔叔听到这段话时脸色起了变化，这话对他和王后来说，心里都像吃了苦艾一样不好受。当琉西安纳斯按照剧情，来到花园，毒死正在睡觉的贡扎古，这情景跟国王在花园里毒死他哥哥已故国王的邪恶行为，有着惊人的相似。这个篡位者的良心被深深刺痛了，他不能坐下去把戏看完。国王忽然喊人，点上火把回寝宫。他假装得了急病，也许部分是真的，突然离开了剧场。国王一走，戏也落了幕。哈姆莱特现在所看到的，已经足以使他确信，幽灵所说是实情，而非幻觉。正如一个人有一些很大的疑问，或迟疑不决的事突然得到了解决，哈姆莱特感到兴奋不已。他对霍拉旭发誓说，为了幽灵说的话，他愿出一千镑。现在，他已经确定，他叔叔就是谋杀他父亲的凶手。在他还没决定该怎样为父报仇之前，他的王后母亲派人叫他去她的内宫密谈。

叫哈姆莱特去见王后是国王的旨意，他要王后向她儿子表明，对他刚才的举动，他们俩都很不高兴。国王想知道这次谈话的全部，同时，又担心作母亲向他报告时对儿子太过偏袒，或许会漏掉一些国王可能觉得非常重要的内容，他吩咐老国务大臣老波洛涅斯躲在王后内宫的帏幕后面。这样，他用不着看，什么话就都可以偷听到了。这个计谋尤其适合波洛涅斯的性格，他能在朝廷的政治生活一直混迹到晚年，靠的就是居心叵测，他喜欢用转弯抹角或诡诈狡猾的手段来了解内情。

哈姆莱特来到母亲面前。她开始委婉地责备他的行为表现，说他重重地伤害了他的父亲，她指的是国王，他的叔叔。因为她嫁给了他，所以称他为哈姆莱特的父亲。哈姆莱特听到她把父亲这个对他来说如此亲热、值得尊敬的称呼，用来指一个卑鄙的人，而这个人实际上正是谋杀他亲生父亲的凶手，极为愤怒，他相当严厉地回答说：“母亲，是你重重伤害了我的父亲。”

王后说，他的话简直是瞎扯。

哈姆莱特说：“既然你是这么问的，就该得到这样的回答。”

王后问他是否忘了他正在跟谁讲话。

“哎呀！”哈姆莱特回答说，“但愿我能忘记。你是王后，是你丈夫的弟弟的妻子，又是我的母亲。真但愿你不是。”

“不，”王后说，“你既然这么不尊重我，我只好去找那些让你会讲话的人来。”王后要去找国王或波洛涅斯来跟哈姆莱特谈话。

但哈姆莱特不让她走。现在，他既然已经跟她单独在一起了，就想试着用言语让她对自己的邪恶生活能多少有点儿意识。他一下抓住母亲的手腕，按着她坐下。哈姆莱特的严肃神情叫她害怕，惟恐他的疯狂行为会伤害到她，大声叫起来。与此同时，帏幕后面也发出“救命！来救王后！”的声音。哈姆莱特听到以后，认定是国王本人藏在那儿，就拔出剑，向发出声音的地方刺去，好像是在扎一只从那儿跑过的大鼠，直到那个声音停止了，断定那人已死。等他把尸身拖出来一看，被他扎死的不是国王，而是躲在帏幕后面当密探的国务大臣老波洛涅斯。

“唉呀！”王后嚷着，“瞧你干了一件多么鲁莽血腥的事！”

“母亲，这的确是一件血腥的事，”哈姆莱特回答说，“可还没有你干的血腥。你杀了一个国王，又嫁给他的弟弟。”

哈姆莱特随口而出，根本收不住。他当时的想法，是想跟母亲把话挑明，就那么做了。对于父母的过错，作儿女的应当巧妙处理，可如果父母犯了大罪，作儿子的即便对自己的母亲，也可以严加斥责。当然，这种严厉指责得是为她好，为叫她改邪归正，而不仅仅是责备。这时，品德高尚的王子用感人肺腑的言辞指出王后犯下了可憎的罪行。说她不该这么快就把已故的父王忘掉，又在这么短的时间就跟他的弟弟，也是他认为的凶手结婚。她对先夫发过誓，却做出这样的事，这足以使人怀疑女人的所有誓言。一切美德被当成伪善，婚约还不及赌棍的诅咒，宗教成了嘲笑的对象，只是徒有其表的空言虚词。他说她做了一件让苍天蒙羞、叫大地受辱的事。哈姆莱特给她看两幅肖像，一幅是已故国王，她第一任丈夫，另一幅是现在的国王，她第二任丈夫。他让她注意他们之间的区别。他父亲的表情多么像上帝，仁慈高贵！他有着阿波罗的卷发，前额像朱庇特，眼睛像战神，他的姿势像传信神刚刚降落在吻着苍天的山峰上。他说，这个人曾是她的丈夫。说完，他又让王后看代替父亲的是怎样一个人。因为他把身体强健的哥哥摧残了，看他的脸色那么像一个枯萎病或霉病患者。哈姆莱特就这样让王后看到了内心深处，使她羞愧难当，认清了自己肮脏丑陋的行为。哈姆莱特问她如何还能继续跟这样一个人生活，还怎么能给这样一个谋杀了她先夫、又用贼一样的欺骗手段攫取王冠的人作妻子。他正说着，父亲的幽灵出现了，他的样子跟生前，也跟哈姆莱特最近看到的一样。他进了房间，哈姆莱特非常害怕地问它来做什么。幽灵说，它是来提醒，他似乎已经忘了答应替它报仇的承诺。然后，幽灵叫他去跟母亲说话，以免她会在悲伤和恐惧中死去。说完，幽灵就消失了。只有哈姆莱特一个人能看见幽灵，不论他怎么指它站的哪儿，或如何说给母亲听，王后都看不见。听着哈姆莱特的谈话，她似乎觉得他是在对空说话，心里一直很害怕，以为这是他精神失常造成的。

然而，哈姆莱特恳求她，别再用这种方式哄骗自己那邪恶的灵魂了，认为把父亲的幽灵再次带到人间，只是因为他发疯，而不是王后自己的罪恶。他让她感觉一下他的脉搏，跳得多么正常，根本不像个疯子。他流着眼泪恳求王后对上天承认过去的罪恶，以后要避免跟国王在一起，别再继续作他的妻子了。如果她能像母亲一样待他，并缅怀尊敬父亲，他也会作为一个儿子为她祈祷祝福。她答应照他说的做，谈话结束了。

现在，哈姆莱特可以从容地看看被他不幸一时冲动杀死的人是谁了。当他发现这人是他如此深爱的奥菲利娅姑娘的父亲波洛涅斯，他把尸身拉到一边。他稍微稳定了一下情绪，为他干的这件事流下了眼泪。

波洛涅斯不幸的死，使国王找到一个把哈姆莱特派出国的借口。国王感到哈姆莱特对他是个威胁，情愿把他弄死。但他又怕爱戴哈姆莱特的人民，也怕王后，虽然她有一身的过错，她还是非常喜爱她的王子，儿子。因此，这个诡计多端的国王要哈姆莱特在两个朝臣的陪护下，坐船去英国。他假装这是为了王子的安全，因为这样一来，他或许就不会因波洛涅斯的死受到惩罚。当时，英国是向丹麦纳贡的属国，国王写了一封特别的信，让这两个朝臣带给英国宫廷，信里编造了一些特殊理由，要求他们等哈姆莱特在英国一上岸，立刻将他处死。哈姆莱特怀疑这里面可能有阴谋，在夜里偷偷拿到这封信，巧妙地把自己的名字擦掉，把看护他的那两个朝臣的名字写成要被处死的人，然后把信封起来，再放回原地。没不久，船受到海盗的攻击，发生了一场海战。海战中，哈姆莱特急于表现自己的勇敢，手里挺着剑只身登上敌船，他自己坐的那条船怯懦地逃走了。那两个朝臣把他留给命运，带着信匆忙赶往英国。已被哈姆莱特改了内容的信，给他们自身带来应有的毁灭。

海盗抓住王子以后，向这个敌人表示好感。知道了抓的俘虏是谁，他们就把哈姆莱特带到最近的一个丹麦港口，让他上岸，希望王子可以在朝廷帮他们些忙，以报答他们的这番好意。哈姆莱特从这个地方给国王写信，告诉他自己因奇遇又回到本国，说他第二天就要来面君。回到家时，最先看到的是一片悲凉凄惨的景象。

正在举行哈姆莱特曾经深爱的情人，年轻、美丽的奥菲利娅的葬礼。自从奥菲利娅可怜的父亲死了以后，这个年轻姑娘就开始变得神智不清。波洛涅斯死于暴力，竟还是死在奥菲利娅所爱的王子之手，使这位温柔的年轻姑娘伤透了心，很快她的精神就完全失常了。她跑来跑去，把花送给宫里的女人们，说是要撒在父亲的墓地。她唱着关于爱情和死亡的歌，有时又唱得毫无意义，似乎她以前发生的事，都从记忆里消失了。一棵柳树斜着伸进小溪的上边，水面上倒映着柳叶。一天，她趁没人的时候来到这条小溪边，用雏菊、荨麻、野花和杂草编了一个花环，然后爬到柳树上，想把这个花环挂在柳枝上，柳枝折断，这个美丽、年轻的姑娘跟她编的花环和采的花草一起，跌进了溪水。她靠衣服托着在水上漂了一会儿，还时断时续地唱了几句古老的歌，似乎对所遇到的灾难毫无知觉，或好像她原本就是生在水里的生灵。但没多久，衣服被水浸湿，变得沉重，她就在那美妙的歌声中，被拖到污泥里，悲惨地淹死了。哈姆莱特到的时候，她哥哥雷欧提斯正在为这个美丽的姑娘举行葬礼，国王、王后和所有的朝臣也都到了。

哈姆莱特并不知道这一切意味着什么，只是站在一旁，不想去打扰这仪式。他见他们按照未婚女子葬礼的习俗，往她的墓地上抛撒鲜花。王后亲自抛撒鲜花，她一边抛一边说：“鲜花应当抛撒给美人！可爱的姑娘，我本想用鲜花来装饰你新娘的婚床，可没想到，却撒在了你的坟墓上。你本该成为我的哈姆莱特的妻子。”他听见奥菲利娅的哥哥说，希望从她的坟墓中生长出紫罗兰。同时，他看到雷欧提斯跳进了奥菲利娅的坟墓，悲伤得像发了疯。他让随从们在他身上用土堆成小山，让他跟奥菲利娅一起埋葬。这时，哈姆莱特对这位美丽的姑娘的爱又回来了，他不能忍受一个哥哥有如此悲痛欲绝的伤心，因为他觉得，他对奥菲利娅的爱要超过她四万个哥哥对她的爱。哈姆莱特一露面，就跳进雷欧提斯还待在里面的坟墓，跟他一样疯狂，甚至比他更疯狂。雷欧提斯一看是哈姆莱特，父亲和妹妹都是因他而死，就把他当成敌人一样掐住他的喉咙，直到随从把他们拉开。举行完葬礼，哈姆莱特表示道歉，说刚才的轻率之举，让人看了还以为他是要跳进坟墓跟雷欧提斯打架。但他说，他不能容忍有谁为了美丽的奥菲利娅的死，比他显得更伤心。两个高贵的青年似乎也得到了一时的和解。

然而，国王，也就是哈姆莱特邪恶的叔叔，打算利用雷欧提斯对他父亲和奥菲利娅的死带来的悲愤，设计杀死哈姆莱特。他鼓动雷欧提斯以言归于好做幌子，向哈姆莱特挑战，来一场剑术友谊比赛。哈姆莱特接受了挑战，并约好比赛的日子。比赛的时候，所有宫里的人都在场。按照国王的授意，雷欧提斯准备了一把毒剑。因为大家都知道哈姆莱特和雷欧提斯两个人剑术高超，朝臣们为这次比赛下了很大的赌注。按照比剑规则，要求使用圆头剑，或钝头剑。哈姆莱特挑了一把圆头剑，他丝毫不怀疑雷欧提斯会耍什么诡计，也没有仔细检查雷欧提斯的剑。雷欧提斯不仅使的是一把尖头剑，还在上面抹了毒药。刚开始，雷欧提斯并没有认真比剑，让哈姆莱特占了些优势。国王故意夸大哈姆莱特的胜利，赞扬他剑术高超，为他的胜利干杯，为哈姆莱特一定能赢下了大赌注。但几个回合之后，雷欧提斯气势越来越猛，用毒剑刺了哈姆莱特一下，给他致命的一击。哈姆莱特被激怒了，可他对整个阴谋还是一无所知。双方激战正酣，他用自己那把没有毒的剑，换过雷欧提斯那把毒剑，又用雷欧提斯自己的剑回刺了他一下。雷欧提斯就这样正中了自己的奸计。正在此时，王后尖声大叫自己中了毒。原来，国王还为哈姆莱特准备了一碗水，打算等他比剑热的时候给他喝。这个背信弃义的国王在碗里下了剧毒，这样，如果雷欧提斯比剑失了手，这也能保证把他毒死。结果，由于国王忘了事先警告王后碗里有毒，王后无意之中喝了以后，马上就死了。她用最后一口气惊叫，她是被毒死的。

哈姆莱特怀疑这里有阴谋，吩咐关闭大门，他要查出个究竟。雷欧提斯告诉他用不着查了，自己就是出卖朋友的人。他感觉自己被哈姆莱特刺伤，快要死了，便供出他所使的奸计，以及他自己怎样也成了这个阴谋的牺牲品。他告诉哈姆莱特，剑头上涂了毒，哈姆莱特也活不过半个小时，而且无药可救。他乞求哈姆莱特宽恕他，说着就断了气。临死前，他控诉国王是这一切灾难的罪魁祸首。哈姆莱特眼看自己就要死了，剑头上还残留着一些毒，他猛地转身，向那个背信弃义的叔叔冲过去，把剑头刺进他的心窝。这样，他就实现了对父亲的幽灵许下的诺言，完成了幽灵的吩咐，向那个卑鄙邪恶的谋害父亲的凶手报了仇。哈姆莱特觉得呼吸就要停止，生命就要离他远去，他转过身，冲着他亲密的朋友，这场悲剧的见证者霍拉旭，用最后一口气要他活在世上（因为看霍拉旭当时的样子像要自杀，想跟王子一起死），把他的故事告诉全世界。霍拉旭答应一定忠实地告知世人，因为他是唯一知道这一切内情的人。这样，哈姆莱特满意了，他高贵的心裂开了。霍拉旭和所有在场的人，流着眼泪把这个可爱的王子的灵魂托付给天使去守护。哈姆莱特是一位充满深情、仁慈和蔼的王子，他那些高贵的美德赢得了人们的厚爱。毫无疑问，如果他没死，他会是一位最高贵尊严、完美无缺的丹麦国王。

奥瑟罗

C·W·库普　T·凡农

威尼斯有位有钱的元老勃拉班修，他女儿是美丽、温柔的苔丝狄蒙娜。因品德出众，将来又会继承一大笔遗产，向她求婚的人络绎不绝。但在她所生活的地区和同肤色的人中，她一个也看不上，这位高贵的姑娘比起相貌把心灵看得更重。她以一种值得钦佩却不可模仿的独特眼光，看上了一个是黑人的摩尔人。这人她父亲也很喜欢，经常请他到家里来。

然而，说什么也不能责怪苔丝狄蒙娜这个情人选得不合适。因为除了肤色黑，奥瑟罗这个高尚的摩尔人，凡能得到最高贵的小姐爱情的素质，他都具备了。他是一位骁勇善战的军人，由于在跟土耳其人之间发生的多次血战中，战功卓著，被提升为威尼斯军队里的将军，受到国家的尊敬和信任。

奥瑟罗曾是一个旅行家，而苔丝狄蒙娜（跟所有姑娘一样）喜欢听他讲述自己的冒险经历，从早年的往事，讲到他亲身经历的战役、围攻和遭遇战，讲到他在水上和陆地面临的种种险境，讲到他冲进突破口，或向着炮口挺进，最后死里逃生。他讲到如何被粗野无礼的敌人俘虏，被当作奴隶卖掉，他是如何使自己屈尊，最后又如何逃掉。在讲这些经历的时候，他还附带讲了他在外国看到的一些新奇事物：一望无际的荒野、浪漫的大洞穴、采石场、岩石和高耸入云的山峰。他还讲到一些野蛮的国家和吃人的部落，讲到非洲有一个民族，脑袋长在肩膀下边。这些旅行家的故事把苔丝狄蒙娜深深吸引了，如果听的时候因家务一时被叫走，她总是赶紧把事情料理完，马上回来，然后用贪婪的耳朵如饥似渴地听奥瑟罗的讲述。一次，奥瑟罗利用一个适当的机会，引得苔丝狄蒙娜向他提出一个请求，将他一生完整的经历跟她讲一遍。虽然过去她已经听了许多但那都是一段一段的。奥瑟罗答应了。当他讲到少年时代遭受的悲惨痛苦，害得她流下许多眼泪。

经历讲完了，苔丝狄蒙娜为他所遭受的痛苦感叹不已。她发了一个动听的誓言：那些事非常离奇，令人同情，惊人地令人同情。（她说）但愿没听就好了，但她还是希望上天为她造出这样一个男人。然而，她向奥瑟罗致谢，并对他说，假如他有个朋友爱上了她，他只需教会那人如何讲他的经历，就能得到苔丝狄蒙娜的爱情。得到这样一个坦率却不失矜持的暗示，而且，伴随着这暗示，还有苔丝狄蒙娜那令人陶醉的美丽与羞涩，奥瑟罗自然明白她的意思。于是，他更直白地向她表达爱情，趁此良机征得豪爽的苔丝狄蒙娜姑娘的同意，答应跟他秘密结婚。

不论奥瑟罗的肤色，还是他的财产，勃拉班修都没指望让他来作女婿。对女儿的终身大事他一向不干预，但他真心希望，苔丝狄蒙娜不久就会像威尼斯的高贵小姐们一样，挑选一位元老级别，或将来有可能成为元老的人作丈夫。没想到，女儿让他失望了。苔丝狄蒙娜爱这个摩尔人，虽然他是个黑人，她却要把自己的身心和财产全部献给这个勇敢而高尚的人。她挑选这个人作她的丈夫，要把爱毫无保留地献给他。所有姑娘都看不上他这另类的肤色，但在这位有眼力的苔丝狄蒙娜眼里，他的肤色比那些向她求过婚的威尼斯年轻贵族溜光水滑的白净肤色，更值得尊敬。

他们的婚礼是秘密举行的，但很快，这个秘密就传到了老勃拉班修的耳朵里。勃拉班修在庄严的元老院会议上，指控摩尔人奥瑟罗，（他坚持说）凭借符咒和巫术骗取了美丽的苔丝狄蒙娜的爱情，使她未经父亲同意，就嫁给了他。奥瑟罗的做法违反了主客之间交往的礼法。

在这危机时刻，正好威尼斯政府刻不容缓地需要奥瑟罗为国效命。有消息传来说，土耳其人调派了强大的舰队，正向塞浦路斯岛挺进，要把这个控制在威尼斯人手里的坚固要塞重新夺回去。危难关头，威尼斯政府把希望寄托在奥瑟罗身上，认为只有他能够抵御土耳其人的进攻。奥瑟罗就这样召到元老院，站在了元老们面前，既是要委以国务要职的候选人，又是一个被控犯罪的人。按照威尼斯法律，如果他被指控的罪名成立，将判处死刑。

老勃拉班修年事已高，又位居元老，在这严肃的场合，每一个人都以最大的耐心听着他的指控。但这位气愤的父亲在指控时，情绪太无节制。他所举出的都是一些具有可能性但并不充分的证据，因此，奥瑟罗站出来替自己辩护，只需要将他跟苔丝狄蒙娜恋爱的经过如实讲一遍。他自然而得体地如上所述，将他向苔丝狄蒙娜求婚的全部经过叙述了一遍。他的辩护言辞是如此坦白直率（这就是真实的证据），连主审的公爵也禁不住承认，如果他自己的女儿听了这样的故事，也会爱上奥瑟罗。很明显，奥瑟罗求婚时所用的符咒和巫术，只不过是恋爱中的男人使用的最诚实的办法。他所用的唯一的巫术，就是靠给姑娘讲柔情故事的才能，赢得姑娘的芳心。

苔丝狄蒙娜姑娘自己的证词也印证了奥瑟罗的叙述。她来到法庭，表示对生养并教育了自己的父亲，有一份作女儿的责任。然后向父亲提出一个正当要求，承认她对她的主人和丈夫，有一份更高的责任，甚至就像她母亲所表现出来的，对他（勃拉班修）的感情要在对自己父亲的感情之上。

这位年老的元老，不能再坚持自己的诉讼。他十分悲伤地把摩尔人叫到面前，不得已将女儿嫁给了他，对他说，如果他有扣留苔丝狄蒙娜的权利，他休想得到她。他还说，他真高兴没有别的孩子，因为苔丝狄蒙娜的这种行为会使他变成一个暴君，他会为了苔丝狄蒙娜的私奔，给他们的脚绑上木头，看他们还往哪儿跑。

奥瑟罗对艰苦的军旅生活习以为常，把它看得像家常便饭一样自然。这件麻烦解决以后，他准备欣然前往塞浦路斯，指挥那里的战事。苔丝狄蒙娜更希望她的丈夫去赢得荣誉（虽然很危险），而非像一般新婚夫妇，在声色犬马中消磨时光。她还愿意跟他一起去。

奥瑟罗和妻子在塞浦路斯一上岸，就听到消息，说土耳其舰队被一场剧烈的暴风雨驱散了。这样，塞浦路斯岛就解了受攻击的燃眉之急。但奥瑟罗要遭受的另一场战争开始了，有人挑拨他猜忌清白的妻子。猜忌这个敌人，就其本性来说，比陌生人或异教徒更可怕。

在将军的朋友中，最受信赖的莫过于凯西奥。迈克尔·凯西奥是个年轻军官，佛罗伦萨人，性情欢快，多情，会献殷勤，善讨女人欢心。他相貌英俊，能言善辩。也正是这种人，最能引起年纪稍长（奥瑟罗的年龄也不轻了），又娶了年轻美丽妻子的人的嫉妒。如同奥瑟罗的高贵，他从不猜忌别人，正像他自己不会做卑鄙的事，他也从不怀疑别人会做。他跟苔丝狄蒙娜恋爱时，曾请这个凯西奥替他牵线搭桥。奥瑟罗担心自己不善对女人说她们爱听的柔情蜜意的话，觉得他这位朋友很有这方面的本领，便经常请凯西奥（奥瑟罗这样说）代表他去求婚。这样的纯洁、真诚，正是这个勇敢的摩尔人的一种荣耀，而不是缺点。正因为此，温柔的苔丝狄蒙娜除了奥瑟罗，喜欢和信任凯西奥（但作为一个贤德的妻子，她总与凯西奥保持一定距离）也就不奇怪了。他们俩结婚以后，她对迈克尔·凯西奥的态度丝毫也没有改变。他还是经常去他们家。他那欢快的谈话，总能让性情严肃的奥瑟罗感到愉快。因为严肃之人经常能从性格与其相反的人的谈话中得到快慰，以此释放内心的郁闷。凯西奥也像当年替他朋友去求婚时一样，跟苔丝狄蒙娜有说有笑。

奥瑟罗刚把凯西奥升为副官，这是个受信任的位置，跟将军也最接近。但这次提升令伊阿古极为不悦，他是个资格稍老的军官，认为自己比凯西奥更该被提升。他经常嘲笑凯西奥只适于陪陪女人，对于进攻战术或排兵布阵，他并不比一个女孩子懂得多。伊阿古恨凯西奥，因为奥瑟罗对凯西奥偏心，他也恨奥瑟罗。另外，他凭空猜疑，轻率而毫无理由地认为这个摩尔人还喜欢他的妻子爱米利娅。有了这些凭空想象出来的令他恼火的事，诡计多端的伊阿古想出一条可怕的计策，要报复凯西奥、摩尔人和苔丝狄蒙娜，叫他们一起毁灭。

伊阿古为人狡诈，深悉人性，知道在一切折磨人精神的痛苦（远比对肉体的折磨更痛苦）中，叫人最难以忍受，也最能刺伤人心的，就是由嫉妒带来的痛苦。如果他能叫奥瑟罗嫉妒凯西奥，那会是实施报复的绝妙之计，没准能让凯西奥或奥瑟罗死掉一个，或者两个都死掉，反正对他来说无所谓。

将军和夫人抵达塞浦路斯时，正赶上敌人的舰队被暴风雨驱散的消息传了出来，整个海岛沉浸在节日气氛里，每个人都在欢快的喜宴上，纵情豪饮，为黑人奥瑟罗及其夫人美丽的苔丝狄蒙娜的健康，祝酒干杯。

那天晚上的警卫由凯西奥负责，奥瑟罗吩咐他不要让士兵们过量饮酒，以免打架斗殴，让当地居民受了惊吓，或让他们讨厌新登陆的军队。伊阿古当天晚上就开始了他那深藏于心的阴谋。他以向将军表示忠诚和敬爱为名，撺掇凯西奥毫无节制地喝酒（纵酒对负责警卫的军官来说是严重的过错。）凯西奥最初拒绝了，但伊阿古很会套近乎，凯西奥终于坚持不住，就一杯接一杯地喝了起来（伊阿古一边不断添酒，一边唱着劝酒歌），嘴里不停地称赞苔丝狄蒙娜，一次又一次地为她干杯，肯定地说，她是一位最美丽绝伦的夫人。最后，这个他喝到肚子里的敌人，使他鬼迷心窍，有个家伙受伊阿古唆使，故意向他挑衅，两个人都把剑拔了出来。一位可敬的军官蒙太诺过来劝解纠纷，在扭打中受了伤。宴会骚乱起来了。已经开始实施阴谋的伊阿古，最先喊着报警，并叫人敲响了城堡上的警钟，（好像这不是一起醉酒打架，而是危险的哗变。）奥瑟罗被警钟吵醒，匆忙穿上衣服，赶到出事地点，问凯西奥发生了什么事。凯西奥这时清醒过来，酒劲儿也过去了一点儿，但他感到羞愧难当，无言以对。伊阿古假装极不情愿地指责凯西奥，那意思好像是奥瑟罗逼着他一定得说出事情的真相，他才不得已说出了事情的全部经过，（他把自己参与的那部分省略掉，当时凯西奥醉得厉害，也记不清了。）听上去伊阿古好像是在替凯西奥开脱，而事实上却大大加重了他的罪责。结果，从严治军的奥瑟罗被迫撤了凯西奥副官的职。

伊阿古阴谋的第一步就这样大功告成了。他利用阴险的手段陷害了他所恨的仇人，搞掉了凯西奥的副官。但他还要更进一步地利用在这个不幸的夜晚发生的事情。

这场不幸让凯西奥完全清醒了。他向虚假的朋友伊阿古表示，对怎么竟愚蠢到把自己变成了一只野兽，感到后悔不已。现在他算是完蛋了，因为他如何去向将军请求恢复职位呢？将军一定会说，他是个酒鬼。他看不起自己。伊阿古假装什么事也没发生地说，他自己或随便什么活着的男人，谁都有偶尔喝醉的时候。现在所能做的，就是想尽办法补救这个糟糕的结果。他说，将军夫人就是现在的将军，奥瑟罗对她言听计从，并劝凯西奥最好去请苔丝狄蒙娜，替他在她丈夫面前求情。苔丝狄蒙娜性情豪爽，乐于助人，她肯定愿做这种替人调解的事。那就能使凯西奥重新得到将军的喜爱。同时，他与将军的情谊经过这次破裂，反而会变得比以前更牢固。如果伊阿古没有抱着邪恶的目的，这是一个好主意。从下文就可以看出他的邪恶用心。

于是，凯西奥按照伊阿古的建议，去求苔丝狄蒙娜夫人。无论谁只要真诚相求，苔丝狄蒙娜都会答应。她答应替凯西奥在丈夫面前求情，说她宁愿一死也不会不管他的事。苔丝狄蒙娜立刻去找奥瑟罗，她说得如此诚恳，又很巧妙，尽管奥瑟罗对凯西奥非常不满，也不能拒绝她。但现在就原谅一个如此违犯军纪的人，也太快了。当奥瑟罗提出稍微缓一下，她把他的话堵了回去，坚持说，要在第二天晚上，或第三天的早晨，最迟不过第四天的早晨，恢复凯西奥的职位。然后她又说，可怜的凯西奥是如何感到后悔和羞愧，他所犯的罪过本不该受到如此严厉的惩罚。

她见奥瑟罗还是不肯，就说："怎么，我的丈夫。我替凯西奥求情要费这么大的劲儿？当初迈克尔·凯西奥来替你求婚时，我对你稍有贬损，他总是替你求情！我要求你做的，只是考虑这么一件小事。如果我真考验一下你的爱情，我也会要你做一件大事。"像苔丝狄蒙娜这样的求情者，奥瑟罗没什么能拒绝的，他只是要求苔丝狄蒙娜给他一些时间，他答应会再次重用迈克尔·凯西奥。

巧的是，当奥瑟罗和伊阿古走进苔丝狄蒙娜的房间，刚才来求苔丝狄蒙娜替他说情的凯西奥，正从对面的门走出去。心怀狡诈的伊阿古像是自言自语地小声说："我看有点不对劲儿。"奥瑟罗对伊阿古说了什么并没在意，而且，他一跟夫人商量事，也把那话茬儿给忘了。但事后他又想了起来。因为苔丝狄蒙娜一走开，伊阿古假装只是想确认一下自己的想法，就问奥瑟罗向苔丝狄蒙娜求婚时，迈克尔·凯西奥是否知道他恋爱的事。对这一点，将军的回答是肯定的。他又补充说，求婚时是凯西奥经常替他们牵线搭桥。伊阿古听了，皱起眉头，好像在什么可怕的事上有了新的发现，叫起来："真的吗？"这一下子让奥瑟罗想起了伊阿古刚进屋，看见凯西奥跟苔丝狄蒙娜在一起时无意中说的那句话。他开始觉得伊阿古话中有话，因为他相信伊阿古是个正直的人，对他充满了爱戴和忠诚。如果这话出自一个无赖之口，就一定是个骗局，但这话从伊阿古这样诚实人的嘴里说出来却显得很自然，好像他有什么大事憋在心里，想说出来。奥瑟罗恳求伊阿古，不论他想说的事情有多么坏，也要把他所知道的说出来。

"那我可说了，"伊阿古说："如果一些卑鄙的想法像宫殿进了污秽的东西一样，硬挤进我的心中呢？"伊阿古继续说，如果他不甚完整的观察给奥瑟罗带来什么麻烦，未免可惜。他说，奥瑟罗要是知道了他的想法，就会心神不安，可不能因为轻率的猜疑把一个人的好名声给毁掉。当奥瑟罗的好奇心被这些暗示和半遮半掩的话弄得几乎精神错乱了，伊阿古又假装真心实意地关心起奥瑟罗的身心安宁，恳求他当心不要猜疑。这样，这个坏人就用故意劝他得特别当心不要猜疑的狡诈伎俩，反而让毫无戒心的奥瑟罗起了猜疑。

"我知道，"奥瑟罗说，"我的妻子漂亮，喜欢社交和参加宴会，说起话来无拘无束，也喜欢唱歌、弹琴、跳舞。但她只要贞洁，这些爱好也都是德行的体现。要是觉得她有什么行为不当，我必须得有确凿的证据。"

听到奥瑟罗并不轻易怀疑夫人的贞洁，伊阿古好像很高兴，他坦率直言，并没有什么证据，他只是恳求奥瑟罗当凯西奥在场的时候，注意观察苔丝狄蒙娜的行为举止。他劝奥瑟罗既不要嫉妒，也不要放任自流，因为他

（伊阿古）比奥瑟罗更了解他本乡本土的意大利女人的性情。他说威尼斯女人有许多计谋，不敢让她们的丈夫知道，可上天却看得一清二楚。然后，他又狡猾地暗示，苔丝狄蒙娜跟奥瑟罗结婚就是骗过了她的父亲，做得非常隐秘，而那位可怜的老人还以为是奥瑟罗使用了巫术。奥瑟罗听了这话，深为所动，觉得在理，心想苔丝狄蒙娜既然能骗父亲，为什么就不能骗丈夫呢?

伊阿古为害得奥瑟罗情绪激动请求原谅。不过，奥瑟罗尽管表面装得无所谓，但实际上，听了伊阿古的话，他的内心早已难过得颤栗起来。他要伊阿古继续讲下去。伊阿古先是说了一堆抱歉的话，好像并不情愿讲被他称为朋友的凯西奥的坏话，然后就狠狠地讲了要命处。他提醒奥瑟罗，苔丝狄蒙娜是如何拒绝了许多本国的、肤色相同的人名正言顺的求婚，而嫁了他，一个摩尔人，这显示她非比寻常，证明她倔强任性；等她有了较清醒的判断，她又怎样有可能拿奥瑟罗，跟那些相貌英俊、皮肤白净的她意大利的本国青年去比较。最后，他建议奥瑟罗把跟凯西奥和解的事再往后推迟一下，与此同时，正好留意苔丝狄蒙娜替他求情是多么迫切，因为从中可以发现许多蛛丝马迹。这个挑拨离间、阴险狡诈的邪恶之徒，就这样利用清白的苔丝狄蒙娜的温柔性情，为她设计了一个毁灭的计谋，把她的善良变成捕捉她自己的罗网：第一步，唆使凯西奥向她求情，然后再通过这种别有用心的调解，实施毁灭她的阴谋。

谈话结束时，伊阿古恳求奥瑟罗，如果没有拿到更多充分的证据，仍要认为妻子是清白的。奥瑟罗答应忍耐。可从那一刻开始，被蒙骗了的奥瑟罗就尝到了从未有过的心乱如麻的滋味。无论罂粟、曼陀罗汁还是世上所有的安眠药，都无法再叫他恢复昨夜还在享受的安眠。他对现有的职务感到厌倦，不再喜欢打仗。以他的性情，向来是一看到队伍、军旗、战阵就兴奋，听到鼓声、号角或战马的嘶鸣就激动不已、跃跃欲试。而现在，体现一个军人尊严和志向的那些美德似乎都消失了。他的军事热情和以往所有的快乐，也都消失殆尽。他一会儿觉得妻子忠实，一会儿又觉得她不忠实；一会儿觉得伊阿古正直，一会儿又觉得他不正直。他真希望自己根本不知道有这回事，只要不知道，即便她爱上了凯西奥，对他也没有坏处。他的心被这些令他发狂的想法撕得粉碎。一次，奥瑟罗掐住伊阿古的喉咙，命令他拿出苔丝狄蒙娜犯罪的证据，威胁他如果对她诽谤诬陷，就立刻要了他的命。

伊阿古假装很生气，说把他的一片真心实意当成了邪恶。他问奥瑟罗，是否见妻子手里有时拿着一块上面带着草莓花样的手绢。奥瑟罗回答说，是给过她这么一块手绢，那是他送她的第一件礼物。

“就是那块手绢，”伊阿古说，“今天我看见迈克尔·凯西奥用它擦脸了。”

“如果的确如你所说，”奥瑟罗说，“不用疯狂的报复把他们俩活吞了，我誓不为人。第一，为表现对我的忠诚，限你三天之内，把凯西奥弄死。至于那个美丽的魔鬼（指的是他妻子），我这就回去，想个快捷的方式叫她死。”

轻如空气一样无关紧要的东西，对于好嫉妒的人，也会成为《圣经》一样强有力的证据。一块在凯西奥手里看到的妻子的手绢，就足以成为受骗的奥瑟罗宣判他们两个人死刑的动机，至于那手绢是怎样到了凯西奥的手里，他连问都不问一声。苔丝狄蒙娜从没给过凯西奥这样的礼物，这位忠贞的夫人，怎么也不会做出把丈夫的礼物送给另一个男人那样的下流事。凯西奥和苔丝狄蒙娜都是清白无辜的，他们没有什么地方得罪过奥瑟罗。但这个邪恶的伊阿古，时刻都在想着阴谋陷害人。伊阿古假装要把苔丝狄蒙娜手绢上的花样描下来，就叫他的妻子（一个善良、却很软弱的女人）从苔丝狄蒙娜那儿把手绢偷出来，他其实是为了把手绢丢在凯西奥路过时能发现的地方。这样，伊阿古就拿到了一个把柄，也就能让奥瑟罗联想到，手绢是苔丝狄蒙娜送给凯西奥的。

奥瑟罗见到妻子没多久，假装头痛（头疼也可能是真的），要借她的手绢来系太阳穴。她就给了他一块。

“不是这块，”奥瑟罗说，“要我送你的那块。”

苔丝狄蒙娜没有那块手绢。（因为如前所述，它的确被偷去走了。）

“什么？”奥瑟罗说，“这可真麻烦了。那块手绢是一个埃及女人送给我母亲的。那女人是个巫婆，能看透人的心事。她跟我母亲说，只要手绢在手，它就能让她和蔼可亲，我父亲也会爱她。如果手绢丢了，或是送给别人，我父亲对她的爱就会改变，当初怎么爱她，现在就会怎么厌恶她。临终前，她把手绢给了我，叫我什么时候结婚，就送给我的妻子。我就照着她说的做了。你可要留心保存，把它当成像你的眼睛一样珍贵的宝贝。”

“这可能吗？”夫人说的时候，心里有些害怕。

“是真的，”奥瑟罗继续说，“这是一块有魔力的手绢，由一个活了两百岁的女巫，在神灵附体的迷狂中织成。还有，那丝是神蚕吐的丝，然后又在保存的处女木乃伊的心脏里浸染过。”

苔丝狄蒙娜听说那块手绢有如此神奇的魔力，吓得要死，因为她清楚地记得把它丢了，她担心这会使她失去丈夫的爱。然后，奥瑟罗开始发作了，看他那神情似乎要做出什么轻率鲁莽的事来。他仍逼着要手绢，苔丝狄蒙娜拿不出来，便极力想让心情沉重的丈夫转移注意力。她欢快地跟奥瑟罗说，他只是想用刚才讲的关于手绢的话，让她别再为迈克尔·凯西奥求情了。随后（正像伊阿古事先所说），她又称赞起凯西奥。等奥瑟罗完全疯了一般冲出门去，苔丝狄蒙娜才开始怀疑她的丈夫是吃醋了，其实她并不愿这么想。

苔丝狄蒙娜搞不清是什么原因叫他吃起醋来，她责怪自己不该责怪高贵的奥瑟罗，心想一定是威尼斯方面来了什么不幸的消息，或是国家遇到了什么麻烦事搅得他心神不安，使奥瑟罗脾气这样暴躁，不像以前那么温柔了。她说：“男人又不是神，甭指望他们在婚后对妻子的表现跟结婚那天一样。”苔丝狄蒙娜诅咒自己不该如此无情地去想奥瑟罗对自己的冷酷。

奥瑟罗再次见到苔丝狄蒙娜时，更直言不讳地指责她不忠实，说她爱上了另一个男人，可他又不说爱上的是谁。说完，奥瑟罗哭了。苔丝狄蒙娜说：“哎呀，不幸的日子！你为什么哭啊？”奥瑟罗对她说，他能够坚韧地承受各种不幸——贫穷、疾病和耻辱，可她不贞的行为让他心都碎了。他管苔丝狄蒙娜叫毒草，样子是如此美丽，气味也如此芳香，可就是令感官疼痛难忍，但愿她根本就没生下来过。奥瑟罗离开以后，这位清白的夫人听了丈夫的无端猜疑，感到惊讶，茫然不知所措，晕晕沉沉地只想睡觉，只好让仆人替她整理床，铺上结婚时用的床单。她说，要是大人教孩子做什么，总是态度温和地教他从容易的事情做起。奥瑟罗也完全可以用温和的态度来责备她，因为当她受责备时，说实话，她也只是个孩子。这位温柔夫人的所有抱怨全在这儿了。

苔丝狄蒙娜躺到床上，心想丈夫随后就会来。因为情绪低落，很快就睡着了。奥瑟罗进了卧室，他的心里充满了要致夫人于死地的邪恶念头。

见她睡得正香，奥瑟罗想，不能叫她流血，也不能在她那比雪花石膏还要白皙的皮肤上，留下伤痕。但他决计要让苔丝狄蒙娜死，否则，（如他所说）她活着，会像背叛他一样，还会背叛更多的男人。然后，他最后一次吻她，（如他所说）这个吻是如此甜蜜，得再吻一次。吻完，他哭了，可他说，这是令人痛苦的泪水。

苔丝狄蒙娜被他吻醒了。她望着奥瑟罗，见他咬住下嘴唇，转动着眼珠，知道只要他一露出这种神情，总要有什么决定命运的事情发生。他让苔丝狄蒙娜准备受死，叫她祈祷，因为他不想杀死她的灵魂。这个清白的妻子只有任凭摆布，她恳求奥瑟罗有一点儿同情心，让她知道自己到底做了什么错事。然后，奥瑟罗提到凯西奥的名字和（他说是）苔丝狄蒙娜送给他的那块手绢。这位清白的夫人正要澄清事实，他突然不肯再听下去，用被子把她蒙起来，活活把她闷死了。

就在此时，受了伤流血不止的凯西奥被抬进屋里。伊阿古派一个帮凶去行刺凯西奥，那家伙失了手，没有杀死凯西奥（他被刺伤，却没有伤到要害。）为防止罪行败露，伊阿古把那个行刺的人杀了。但死者衣袋里发现的一些信，证实了伊阿古的罪行，也证实了凯西奥的清白。这一下，所有的事实都清楚了。凯西奥现在来是恳请奥瑟罗原谅，并要问清楚自己在哪儿冒犯了他，竟使他派了伊阿古来暗杀他。

真相大白，对奥瑟罗犹如一个晴天霹雳。他这时才清楚地意识到，自己就是一个货真价实的凶手，他的妻子（可怜的清白无辜的夫人）一直是忠实于他的。这件事一经揭露，他痛苦到了极端，感到无法再活下去，拔出剑，刺向自己，倒在他那亲爱的、名誉受损的妻子的身体上，死了。

这些草率之举使在场的人无不感到恐怖和震惊，因为奥瑟罗声誉极高，在他被那个恶棍的阴谋诡机蒙骗之前，他是一个多情的丈夫，深爱着自己的妻子。而且，他高贵的性格使他对那个恶棍也从没有过怀疑。他爱得不明智，却又爱得很深。他那双刚毅的眼睛，虽然不会为每一件小事而流泪，可（当他认识到自己的错误以后）他的眼泪，会像阿拉伯橡树的树胶一样泪流不止。他死了以后，他以前的卓越功绩和骁勇善战留在人们的记忆里。现在，他的继任者所做的，只有用最严厉的刑罚折磨伊阿古，将他极刑处死。同时，把这位著名将军令人痛惜的死亡经过呈报威尼斯政府。

泰尔亲王配力克里斯

泰尔亲王配力克里斯发现希腊的邪恶皇帝安提奥克斯，很诡秘地干了一件令人震惊的事，这个皇帝为了报复，威胁要给亲王的臣民和泰尔城带来可怕的灾难。为避免这场灾难，配力克里斯自愿离开自己的领地，流落他乡。这又证明了，窥探大人物的隐秘罪恶一般是危险的。他把国事政务交给了诚实正直、富有能力的大臣赫力堪纳斯，坐船离开泰尔，等这个强大的安提奥克斯愤怒平息了再回来。

亲王直接去的第一个地方是塔色斯。他听说塔色斯城的人当时正遭受严重的饥荒，便带了大量的食品去救济他们。到了那里，他发现这场最大的不幸已使这座城难以为继，他给他们带来了梦想不到的援助，好像从天而降的救星。塔色斯的总督克利翁以万分感激的心情对他表示欢迎。配力克里斯在这里没待多少天，就接到他忠实大臣的来信警告，说待在塔色斯不安全，安提奥克斯已经知道他的住处，秘密派了人前来谋害他。配力克里斯一接到信，只得再次出海。当地所有得到过他救济的人，为他祝福，替他祷告。

航行了没多远，遇到一场可怕的风暴，除了配力克里斯，船上的人都淹死了。配力克里斯裸着身被海浪冲到了一个不知名的海岸。他在那里无目的地走着，没过多久，碰到几个贫穷的渔夫。他们把他请到家中，送给他衣服和食物。渔夫告诉配力克里斯，这个国家叫潘塔波里斯，他们的国王是西蒙尼狄斯，一般都叫他善良的西蒙尼狄斯，因为他治理有方，国泰民安。他还从他们那儿了解到，国王西蒙尼狄斯有个年轻漂亮的女儿，第二天就是她的生日，宫里要举行一场盛况空前的马上比武，有许多王子和骑士为能赢得这位美丽的泰莎公主的爱，从各地赶来比武场一展身手。听到这话，亲王正暗自为他丢失了那副精美的盔甲，使他不能加入到那些勇敢的骑士的行列，感到痛惜，另有个渔夫带来了他用鱼网从海里捞上来的一副完好的盔甲，就是配力克里斯丢的那副。配力克里斯看着自己的盔甲，说：“感谢命运！在我遇到了这么多的苦难之后，你总算给我一些补偿。这副盔甲是亡父留给我的，为怀念亲爱的父亲，我对它格外珍视，无论走到哪儿都随身携带。狂暴的大海使它离我而去，现在风平浪静，大海又把盔甲送回来。为此，我感谢大海。因为有了父亲的遗物，我所遇到的海难也就没什么不幸了。”

第二天，配力克里斯穿着神武的父亲的盔甲，到了西蒙尼狄斯的王宫。比武场上，他表现神勇，武艺超群，不费吹灰之力，就把那些要靠比武来赢得泰莎的爱的勇敢的骑士和英勇的王子们全打败了。当勇敢的骑士们齐聚王宫，为赢得国王女儿的爱竞技比武，如果有位勇士打败了所有人，一般来说，这位尊贵的小姐应向那位为她表现神勇的胜利者表达敬意。泰莎也没违反这个习俗，她马上把被配力克里斯打败的王子和骑士们全都打发走，对配力克里斯表示特别的好感和敬意，给他戴上胜利的花冠，作为那天的幸福之王。配力克里斯从见到这位美丽公主的一瞬间，就变成了一个最多情的情人。

配力克里斯真是一位最有造诣的绅士，本领超群，武艺出众。善良的西蒙尼狄斯对他的神勇和高贵的品质十分赏识，他虽然对这个王族出身的陌生人还不了解（配力克里斯怕安提奥克斯知道，只说自己是泰尔的一个普通绅士），但当他察觉女儿已深深爱上了配力克里斯，也并不反对这个名不见经传的勇士作他的女婿。

配力克里斯跟泰莎结婚没几个月，接到消息说，他的仇人安提奥克斯已死。因他离开泰尔太久，他的臣民失去了耐心，以造反相威胁，谈论着要让赫力堪纳斯来接替他空下来的王位。这个消息来自赫力堪纳斯自己，他是亲王忠实的大臣，不接受别人给的高官显位，只是派人送信，让配力克里斯对他的臣民的意图有所了解，以便他能回国，重新享有他的合法权利。西蒙尼狄斯知道他女婿（那位身份不明的勇士）原来是众所周知的泰尔亲王，惊喜交加。可一想到现在必须得跟他所钦佩的女婿和心爱的女儿分手，又懊悔配力克里斯原来不是他所认为的普通绅士。他担心在海上遇到危险。泰莎已经怀孕，配力克里斯也希望她先留在父亲身边，等孩子生下来再走。但这位可怜的夫人非常恳切地要跟丈夫一起走，最后他们同意了，希望她到了泰尔以后再分娩。

大海总是跟不幸的配力克里斯过不去。当他们离泰尔还有很远的一段航程，海上又刮起了一场可怕的风暴，泰莎惊吓过度，生了病。时间不长，她的奶妈利科丽达怀里抱着一个婴儿来见配力克里斯，告诉他一个凄惨的消息，婴儿刚一降生，妻子就死了。奶妈把孩子抱到父亲面前说：“情况就是这样，在这么一个地方，孩子这么小。可他是您死去的王后生下的。”

配力克里斯听说妻子死了，内心所遭受的痛苦折磨无以言表。他刚能开口说话，就说：“哦，上帝，为什么让我们爱上你美好的馈赠，然后又把这份礼物夺走？”

“坚强些，仁慈的殿下，”利科丽达说，“王后死了，这个小女儿是她留给我们的小生命。请您为了孩子振作起来。仁慈的殿下，为了抚养这个宝贝儿，您也得坚强起来。”

配力克里斯把这个新生婴儿抱在怀里，对她说：“愿你的一生过得风平浪静，因为从没有一个孩子是在这样的狂风巨浪中降生！愿你的成长环境温馨平稳，因为作为一个亲王的孩子，你竟受到最粗暴的欢迎！愿你以后的日子幸福吉祥，因为你的诞生在胎宫中就报知了空气和天地水火。甚至你刚一降生，就有所丧失，”指的是她母亲的死，“你初来人间，你会发现，对于母亲的去世，人间的所有快乐都不能补偿。”

暴风雨继续疯狂地肆虐着。航海者有个迷信，认为如果船上有死尸，风浪永远也不会平息。他们来见配力克里斯，要求把王后的遗体扔到海里。他们说：“您勇气还在吗，殿下？上帝保佑您！”

“我有足够的勇气，”悲伤的亲王说，“我不惧怕风暴，它已经带给我最大的不幸。可为了爱这个可怜的婴儿，爱这个新生的航海者，但愿风平浪静。”“殿下，”水手说，“那就必须把王后扔进大海。风大浪高，如果不把死人扔下船，风暴不会平息。”

尽管配力克里斯知道这个迷信是多么毫无根据，荒诞不经，他还是耐着性子同意了，说：“那就照你们的意思，把最悲惨不幸的王后丢下海去吧！”

这时，不幸的亲王看了他亲爱的妻子最后一眼。他望着泰莎说：“亲爱的，你的分娩有多么可怕，没有光，没有火，冷酷的大自然彻底把你遗忘。现在，没时间给你弄一块神圣的墓地，只能几乎连棺材都没有就把你扔进大海。本来该在你的尸骨上面立一座墓碑，现在也只能把你的遗体跟那些简陋的贝壳一起淹没在咆哮的海水下面。哦，利科丽达，吩咐涅斯托把我的香料、墨水、纸、珠宝盒和宝石拿来，叫聂坎德把装缎子的匣子拿来。把孩子放在枕头上。利科丽达，趁我替神父为泰莎做永别的祷告，赶快去办。”

他们给配力克里斯搬来一只大箱子。配力克里斯用缎子把王后包裹装殓起来，放进箱子，把芬芳的香料撒在她身体上，旁边放了珍贵的宝石和一张字条，上面写明她的身份，并说如果有人刚好捡到这只装着他妻子遗体的箱子，拜托把她埋葬。然后，配力克里斯亲手把箱子投进大海。风平浪静以后，他吩咐船员把船开到塔色斯。“因为，”配力克里斯说。“如果直接到泰尔，孩子会撑不住的。在塔色斯，我要把她交给人精心养育。”

泰莎被扔进大海的那个暴风雨之夜过去之后，第二天一大早，以弗所一位受人尊敬的绅士萨利蒙，他也是个医术高超的医生，正在海边站着，仆人们给他抬来一只箱子，说是被海浪冲上岸的。

“我从未见过这样的巨浪，”一个仆人说，“把箱子都抛到岸上来。”萨利蒙吩咐把箱子搬到家里，打开一看，非常惊讶，原来是一位年轻美丽的夫人的遗体。他从那芬芳四溢的香料和装满了宝石的珠宝盒推断，葬得如此奇怪的一定是位大人物。继续搜寻，又发现一张字条，这他才知道躺在面前的死人曾是一位王后，而且是泰尔亲王配力克里斯的妻子。萨利蒙对这件意外到非常惊讶，更加同情那位失去了这样可爱的夫人的丈夫。他说：“配力克里斯，假如你还活着，你也一定悲伤得肝肠寸断。”他仔细观察泰莎的脸，看到她的脸色是那么清新，一点儿也不像死人的脸色。于是，他说：“你是匆匆忙忙被扔到海里去的。”他不相信她已经死了，便吩咐生上火，把适合的强心剂拿来，奏起轻柔的音乐。因为这样，假使她能苏醒，会有助于稳定她受了惊吓的心灵。仆人们围着泰莎，惊奇地看着。萨利蒙对他们说：“恳请你们让她透透风，这位王后会醒来的。她昏迷没超过五个小时。看，她又开始呼吸了，她活着。快看，她的眼睫毛在动。等这位美夫人一活过来，讲起她的命运，一定是催人泪下。”

其实，泰莎根本就没有死，她只是产后晕厥，看到她的人都断定她死了。而今，在这位善良绅士的照料下，她重新见到了生命的光华。她睁开双眼，说：“我这是在哪儿？我丈夫呢？这是什么地方？”

萨利蒙一点一点地让泰莎了解她所遇到的事。当他觉得她的精神已恢复到能够看那些东西了，便把她丈夫写的字条和那些珠宝拿给她看。她看到字条，说：“这是我丈夫的笔迹。对海上航行的事我记得很清楚。但我是否在海上生了孩子，向天神发誓，我说不清。既然我再也见不到我的丈夫，我要去当女祭司，不再享受人世的欢愉。”

“夫人，”萨利蒙说，“如果您想这样，这附近有一座狄安娜的神庙，您可以住在里面修道。而且，如果您愿意，我有个侄女可以服侍您。”

泰莎表示感谢，接受了这个建议。等她身体完全恢复，萨利蒙就安排她进了狄安娜神庙，当上那位女神的圣女，也就是祭司。泰莎每天都为她认为已经死去的丈夫而悲伤，并照当时的规矩虔诚修行。

配力克里斯把他的小女儿（因为她生在海上，配力克里斯给她起名叫玛丽娜）带到塔色斯，打算把她留给那个城的总督克利翁和总督夫人狄奥妮莎。他想，塔色斯闹饥荒时，他曾救济过他们，他们一定会善待这个没娘的小女儿。克利翁一见到配力克里斯亲王，听说了他所遭受的巨大灾难，说：“哦，那真是一位可爱的王后！如果上天能让您把她带来，让我也一餐她的秀色该多好啊！”

配力克里斯回答说：“我们得服从命运的安排。即便我像埋葬泰莎的大海那样暴怒咆哮，结局也还是一样。这是我的宝贝儿玛丽娜，我得请你们以仁爱之心对她。我把这个年幼的孩子交给你们抚养，恳求你们要让她接受公主规格的教育。”然后，他又对克利翁的妻子狄奥妮莎说：“仁慈的夫人，我求您把我的孩子抚养成人。”她回答说：“殿下，我自己也有孩子，我对她的疼爱不会比您的少。”克利翁也作出同样的承诺：“配力克里斯亲王，您曾用粮食救济过我的百姓，（他们每天都在祷告中提到您，）您的高尚行为，也使我们不会亏待您的孩子。万一您的孩子有什么闪失，所有受过您救济的我的人民，也会强迫我尽到责任。但假如我非得有人督着才尽责，就让神明把惩罚降在我和我的后代身上。”

这样，配力克里斯确定他们会精心照顾他的孩子，就把她交给克利翁和他妻子狄奥妮莎去抚养，他把奶妈利科丽达也留下来。配力克里斯临走，小玛丽娜还意识不到她失去了什么，而利科丽达在跟她的亲王主人分别时，却哭得很伤心。“哦，利科丽达，不要哭。”配力克里斯说，“别哭了。照看好你的小女主人，你以后还得仰仗她的恩惠呢。”

配力克里斯安全抵达泰尔，顺利地重掌王权。这时，他认为已死、满怀忧伤的王后仍然留在以弗所。而从没见过不幸的母亲面的幼儿玛丽娜，由克利翁按照符合她高贵出身的方式抚养长大。克利翁给予玛丽娜最精心的教育，当她长到十四岁，所学到的知识和当时最博学的先生们比起来已不在其下。她歌唱得犹如天音，舞跳得像女神，做起针线，手巧得能把鸟、水果和鲜花绣得以假乱真；她用绸子做的玫瑰花几乎跟天然玫瑰不差分毫，就算两朵天然玫瑰，都没有这么像。玛丽娜学会的所有这些本领，人人看了都称奇。这让克利翁的妻子狄奥妮莎产生了嫉妒，视她为敌，因为她自己的女儿脑子不灵，做得总不能像玛丽娜那样完美。她发现大家把赞美都给了玛丽娜一个人，相比之下，对她的女儿却不屑一顾。她们虽然跟玛丽娜同岁，受到同样精心的教育，可就是做不出同样的成绩。狄奥妮莎想了一条计策，要除掉玛丽娜。她愚蠢地想象，只要人们见不到玛丽娜，她不幸的女儿就会得到更多的尊敬。

为达到这个目的，她雇了一个人谋害玛丽娜。她把实施这个邪恶计划的时间，专门挑在了那个忠实的奶妈利科丽达刚刚去世的时候。狄奥妮莎跟派去谋杀的那个人谈话时，年轻的玛丽娜正为死去的利科丽达哭得伤心。

被狄奥妮莎雇来干这件坏事的里奥宁，尽管生性邪恶，可连他都不忍下手。可以说，玛丽娜赢得了所有人的心，人们都爱她。里奥宁说：“她真是个善良的人！”

“那她更应该跟神在一起，”玛丽娜冷酷无情的敌人回答说，“看，她来了，还在为她死去的奶妈利科丽达落泪。你决定了照我的吩咐做吗？”

里奥宁哪敢违背她的意思，回答说：“我决定了。”

于是，短短的一句话就注定了举世无双的玛丽娜将要过早地夭折。这时，玛丽娜手里提着一篮鲜花走了过来，她说，她每天都要往善良的利科丽达的坟墓上撒花。只要还是夏天，她要在她的坟上像绒毯一样撒满紫罗兰和金盏花。

“哎呀，”她说，“我可真是个可怜的不幸的姑娘！在暴风雨中出生时，母亲就死了。这个世界对我来说就像一场没有停歇的暴风雨，匆忙间就把我和朋友们隔开了。”

“怎么了，玛丽娜，”虚伪的狄奥妮莎说，“你怎么一个人在哭？我女儿怎么没陪你？别再为利科丽达伤心，就把我当成你的奶妈好了。老这么伤心也无济于事，你哭得都没原来漂亮了。来，把花给我，海风会把它们吹坏的。你去跟里奥宁走走，空气新鲜，会给你带来活力。来，里奥宁，搀着她，陪她一起去。”

“不，夫人，”玛丽娜说，“请您不要让我使用您的仆人。”原来，里奥宁是狄奥妮莎的一个随从。

“去吧，去吧，”这个狡诈的女人说，她想找个借口让玛丽娜单独跟里奥宁在一起。“我爱你的父王，也爱你。我们每天都期盼着你父亲会来。等他来时，要是他看到你因悲伤改变了样子，远没有我们说的那么美丽无双，他一定会觉得是我们没有照顾好你。我恳求你，去走走吧，重新高兴起来。可得保养好你的绝世美貌，男女老幼都为之倾倒。”

她一再恳求，玛丽娜说：“好，我去，可我真的没心情散步。”

狄奥妮莎一边走开，一边对里奥宁说：“记住我刚才说的话！”这句令人震惊的话，意思是要里奥宁记住把玛丽娜杀死。

玛丽娜望着海，这是她的出生地，说：“现在刮的是西风吗？”

“是西南风。”里奥宁回答说。

“我出生时刮的是北风。”她说。这时，狂风暴雨、对父亲的悲伤和母亲的死，思绪全都涌到脑子里。她说：“利科丽达告诉我，我父亲一点儿也不害怕，只是对水手们喊着：‘好水手，鼓起勇气！’缆索擦破了他尊贵的双手。他紧紧抓住桅杆，承受住了一股几乎把甲板劈成两半的海浪。”

“这是什么时候的事儿？”里奥宁问。

“我出生的时候，”玛丽娜回答说，“从没有比那更猛烈的风浪。”然后，她描绘着风暴、水手的动作、水手长吹的哨子和船主的大声叫喊。“这些加在一起，”她说，“船上的混乱增加了三倍。”

利科丽达以前经常给玛丽娜讲她不幸的出生的故事，这些事她始终记在心里。但说到这儿，里奥宁打断了她，要她祈祷。

“你什么意思？”玛丽娜说。她虽然还不知道为什么，却感到了害怕。

“如果你的祷告只需要一小会儿，我就答应你，”里奥宁说，“但别废话太多，神的耳朵灵着呢，何况我也发誓要尽快了结。”

“你要杀我吗？”玛丽娜说：“哎呀！可为什么呀？”

“这是夫人的吩咐。”里奥宁回答说。

“她为什么要杀我呢？”玛丽娜说，“我能记得的是，我对她从未有过任何伤害。没说过她一句坏话，也没虐待过随便什么活物。相信我，我从来没打死过一只老鼠，连一只苍蝇也没伤害过。有一次不小心踩了一条虫子，我还为它流了泪。我犯了什么错吗？”

凶手回答说：“我的使命就是来杀你，不需要杀你的理由。”就在他刚要动手杀她的非常时刻，正好有一群海盗上了岸。他们看到玛丽娜，就把她抢走，作为战利品带到船上。

把玛丽娜作为战利品抢走的这个海盗，把她带到密提林，当奴隶给卖了。尽管玛丽娜的身份沦落到如此卑下，但因为人长得美丽，品行端正，她很快就在整个密提林城出了名。她为买她当奴隶的那个人赚了许多钱，使他变成富人。她教人音乐、舞蹈和针织手艺，她把学生交来的钱都给了她的主人夫妇。玛丽娜的学识和勤劳声名远扬，连密提林的总督、一位年轻的贵族拉西马卡斯都知道了，亲自来到玛丽娜的住处，看这位全城上下赞不绝口的旷世才女。拉西马卡斯对她的谈吐极为欣赏，关于这位值得钦佩的姑娘，他虽然听了很多，可还是没想到，玛丽娜会像他看到的现在这样聪慧敏锐，品行端庄，仁慈善良。临走时，拉西马卡斯说，希望她永远勤劳，美德永在。还说如果她再听到他的消息，对她一定是好事。拉西马卡斯想，玛丽娜温淑贤良，富有教养，品德出众，正好与她的绝世美丽、仪态万方相配，简直是个奇迹。他希望能娶她。虽然她目前身份卑微，但他希望能发现她有着高贵的出身。但一有人问起玛丽娜的父母，她总是坐在那儿掉眼泪。

这时候，在塔色斯，里奥宁怕狄奥妮莎生气，告诉她已把玛丽娜杀死。于是，这个邪恶的女人宣布，玛丽娜死了，还虚情假意地为她举行了葬礼，立了一座豪华的墓碑。没过多久，配力克里斯由他忠实的大臣赫力堪纳斯陪同，从泰尔坐船来到塔色斯。他是特为看女儿而来，打算把她接回家。当玛丽娜还是个幼儿，配力克里斯就把她托付给了克利翁和他的妻子，打那以后，父女没再见过面。这位仁慈的亲王，一想到就要跟死去的王后遗留下的这个亲爱的孩子见面了，心里是多么高兴啊！但当他们告诉他，玛丽娜已经死了，并带他去看了为玛丽娜立的墓碑，这个最不幸的父亲伤心欲绝。这里埋葬着亲爱的泰莎留下的独生女，同时把配力克里斯最后的希望也一起埋葬了。他不忍再看一眼，上了船，匆忙离开了塔色斯。从登船那天起，他整个人都变得愚钝了，被一种沉重阴郁的心绪笼罩着，一句话也不说，似乎对周围事物完全失去了知觉。

从塔色斯到泰尔，船要经过玛丽娜住的密提林。密提林总督拉西马卡斯从岸上看到这只王家的船，特别想知道上面坐的是什么人。为使好奇心得到满足，他乘坐一只平底船靠近了那只大船。赫力堪纳斯对他以礼相待，告诉他这只船从泰尔开来，现在正把亲王配力克里斯送回去。

“大人，都三个月了，亲王跟什么人也不讲话，”赫力堪纳斯说，“东西也吃得很少，好像只为延长他的悲伤。要把亲王怎么得的病从头到尾说一遍，太冗长，一句话，他的病根主要是失去了妻子和心爱的女儿。”

拉西马卡斯恳求见见这位痛苦的亲王。见到配力克里斯，拉西马卡斯对他说：“尊敬的亲王殿下，上帝保佑您！欢迎您的到来，亲王殿下！”

配力克里斯对拉西马卡斯说的这些话毫无反应。他没有回答，好像对有陌生人来到面前根本就没理会。后来，拉西马卡斯想到那位旷世才女玛丽娜姑娘，觉得她也许能用温柔的话语使沉默的亲王开口说话。征得赫力堪纳斯的同意，他派人去把玛丽娜找来。玛丽娜的生父正悲伤地坐在船上，一动也不动。她刚一上船，大家就好像早知道玛丽娜是他们的公主，对她表示欢迎。他们叫着：“好一位绝世美女。”

拉西马卡斯听到他们的赞美，非常高兴，他说：“像这样出色的姑娘，如果能确定她出身高贵，我将别无选择，能娶她作妻子已是心满意足。”说完，他把这个地位看似卑微的姑娘，当成他希望中出身高贵的姑娘，称呼她美丽漂亮的玛丽娜，温文尔雅地对她说，船上有一位尊贵的亲王，因悲伤过度，沉默不语。好像玛丽娜有天赐健康和幸福之力，他恳求她治好这位陌生亲王的忧郁症。“大人，”玛丽娜说，“我愿尽我所能给他治病。但除了我和我的女仆，任何人都不许靠近他。”

玛丽娜在密提林特别谨慎地隐瞒了自己的身世，她羞于让人知道，一个王族出身的人现在沦为了奴隶。可是对配力克里斯，她却开口就说自己命运的变幻莫测，说她是从多么高贵的身分沦落到现在这个地步。玛丽娜似乎知道她是站在父王面前，一上来就讲起了自己的悲哀。她之所以这样做，是因为她懂得，听别人讲跟自己遭受同样不幸的命运，最能引起不幸的人的注意。她甜美的声音唤醒了情绪低落的亲王，亲王抬起那双呆视良久的眼睛，看到长相完全跟她母亲一样的玛丽娜，非常吃惊，这让他想起了已故王后的音容笑貌。沉默了多少天的亲王又开口说话了。

“我最亲爱的妻子，”神志清醒的配力克里斯说，“长得跟这位姑娘很像，假如我的女儿还活着，应该也是长得这个样。我的王后眉宇方正，身高跟她一英寸也不差，身材也是这么纤细匀称，声音像银铃，眼睛像宝石。年轻的姑娘，你住在哪儿？把你的身世告诉我。好像你说过，你也曾受过伤害和屈辱，还说你觉得，要是咱们把心里的苦都倒出来，你跟我一样不幸。”

“我说过这样的话，”玛丽娜回答说，“我认为我这样说是有充分理由的。”

“把你的不幸遭遇告诉我，”配力克里斯回答说，“如果让我知道，你所遭受的苦难有我的千分之一，那你就像个男子汉似地忍受了苦痛，而我却像个经不起磨难的姑娘。不过，你看起来真像凝视着君王坟墓的‘忍耐女神’，以微笑来面对一切苦难。最善良的姑娘，你是怎么把你的名字丢失的？请把你的身世告诉我。来，坐我旁边。”

当配力克里斯听她说名叫玛丽娜，得有多么吃惊。因为他知道这是个不同寻常的名字，是他特意为自己的孩子起的，意思表示她生在海上。“哦，跟我开玩笑，”他说，“一定是我惹恼了的哪位神灵派你来，叫世人嘲笑我。”

“好心的殿下，请您耐心些，”玛丽娜说，“要不我就不说了。”

“别。”配力克里斯说，“我会耐心听。你不知道，你说你叫玛丽娜，我听了是多么吃惊。”

“这个名字，”玛丽娜回答说，“是个有些权力的人给我起的，也就是我的父亲，他是一位国王。”

“怎么，一个国王的女儿！”配力克里斯说，“还叫玛丽娜！你真是个有血有肉活生生的人吗？你不是精灵吧？接着说，你生在哪儿？怎么会叫玛丽娜？”

她回答说，“我叫玛丽娜，是因为我生在海上。我母亲是个国王的女儿。我那善良的奶妈利科丽达经常流着眼泪告诉我，说我刚一降生她就死了。我父王把我留在塔色斯，后来克利翁那个残忍的妻子想害死我。一群海盗跑来救了我，把我带到了密提林。善良的殿下，您怎么哭了？您可能觉得我是个冒名顶替的，可是，如果善良的配力克里斯国王还活在人世，我真的就是他的女儿。”

听到这儿，配力克里斯似乎为自己突然的狂喜感到害怕，又怀疑这不会是真的，他大声喊侍从们过来。侍从们听到他们所爱戴的国王的声音，十分高兴。他对赫力堪纳斯说：“哦，赫力堪纳斯，打我一下，给我划开一条伤口，让我立刻感到疼痛，以免这片像大海一样冲过来的喜悦，把我生命的海岸冲垮。哦，过来，你这个生在海上、葬在塔色斯、现在又在海上找到的孩子。哦，赫力堪纳斯，跪下，盛谢神圣的众神！这就是玛丽娜。我的孩子，祝福你！我的赫力堪纳斯，把我的新衣服拿来。她差点儿被那凶残的狄奥妮莎害死在塔色斯，可她没有死。你们跪下，她就是你们的公主，叫她吧，她会告诉你们一切。这位是谁？”（他第一次注意到拉西马卡斯。）

“殿下，”赫力堪纳斯说，“这位是密提林的总督。他听说您心情忧郁，是特来看望您的。”

“殿下，我拥抱您，”配力克里斯说。“把长袍给我！一见玛丽娜，我就没事儿了——哦，上天祝福我的女儿！可是听啊，这是什么音乐？”这时，他仿佛听到了轻柔的音乐，不知是哪位仁慈的神弹奏的，还是他自己的快乐使他产生了幻觉。

“殿下，我没有听到什么音乐。”赫力堪纳斯回答说。

“听不见？”配力克里斯说，“这是天上的音乐。”

当时确实没有听到音乐，拉西马卡斯推断，是突然的狂喜使亲王有些神志不清。他说：“反驳他会坏事，随他说有音乐，就有音乐好了。”

然后，他们告诉他，也听到了音乐。这时，配力克里斯抱怨，他感到昏昏欲睡。拉西马卡斯劝他在一张躺椅上休息一下，并在他头下面放了个枕头。兴奋过度使他疲倦不堪，他一倒下就酣然入眠。玛丽娜静静地坐在躺椅旁边，守候着熟睡的父亲。

配力克里斯睡觉时，做了一个使他决定去以弗所的梦。在梦中，他看见以弗所的女神狄安娜出现在他的面前，吩咐他去以弗所她的神庙，在祭坛前讲述他的生活经历和不幸。她以银弓发誓说，如果照她吩咐的去做，他将会遇到百年难逢的福气。等他醒来，他的精神竟奇迹般地重新振作起来。他把梦讲给大家听，并决定服从女神的吩咐。

拉西马卡斯邀请配力克里斯上岸，说密提林没什么好招待的，也就是让他的精神恢复过来。盛情难却，配力克里斯答应在此逗留一两天。在密提林这段期间，我们可以充分想象，总督是如何设宴欢庆，用多姿多彩的表演和娱乐活动接待他亲爱的玛丽娜的父王。在玛丽娜身份微贱的时候，拉西马卡斯对她就那么尊重。因此，当拉西马卡斯向玛丽娜求婚，配力克里斯不会不高兴，他当然清楚他的孩子身处逆境时，拉西马卡斯对她如此尊敬。同时，玛丽娜本人对拉西马卡斯的求婚，也一点儿不反对。但配力克里斯有一个条件，在他答应婚事以前，他们俩得陪他去以弗所的狄安娜神庙朝拜。没过不久，三个人一起坐船向神庙驶去。女神护佑着他们一帆风顺，几个星期之后，他们平安抵达以弗所。

当配力克里斯及其随从走进神庙，把配力克里斯妻子泰莎救活的善良的萨利蒙（这时他年事已高）正在女神的祭坛旁边站着。作为神庙的一位女祭司，泰莎站在祭坛的前边。虽然在这么多年里，配力克里斯一直沉浸在对亡妻的悲伤中，样子变了不少，泰莎还是认得出丈夫的模样。当他走近祭坛，刚一说话，泰莎就听出了他的声音。而且，听到他说的话，她真是惊喜万分。

配力克里斯在祭坛前是这么说的：“致敬，狄安娜女神！我谨遵您公正的吩咐，到这里表明：我本人是泰尔亲王，因逃难离开本国，在潘塔波里斯跟美丽的泰莎结婚。她在海上死于分娩，生下一个女孩叫玛丽娜。玛丽娜在塔色斯由狄奥妮莎抚养，长到十四岁，狄奥妮莎想杀害她，但吉星高照，将她带到了密提林。我正坐船经过密提林海岸，好运又把这孩子送到了我的船上。她记忆力惊人，这使她知道，她是我的女儿。”

听配力克里斯说完，泰莎万分激动，抑制不住地叫出来：“你是，你是，哦，尊贵的配力克里斯！”然后就晕了过去。

“这个女人怎么了？”配力克里斯说，“她要死了！诸位，救救她！”

“阁下，”萨利蒙说，“如果您在狄安娜的祭坛前说的都是实情，这位就是您的夫人。”

“可敬的先生，不会啊，”配力克里斯说，“我是亲手把她扔进大海的。”

这时，萨利蒙把事情经过详细叙述了一遍，讲在一个暴风雨的早晨，这个女人如何被冲上以弗所的海滩；他如何打开棺材，看到里面有贵重的宝石，还有一张字条；他又是如何幸运地把她救活，安顿在了这座狄安娜神庙。

这时，泰莎从昏迷中苏醒过来，说：“哦，殿下，你不是配力克里斯吗？你说话的声音跟他一样，相貌也跟他一样。你刚才不是还提到什么风暴，生了一个和死了一个人吗？”

他吃惊地说：“这是死去的泰莎的声音！”

“我就是泰莎，”她回答说，“就是你们认为葬身海底的那个泰莎。”

“哦，狄安娜真是灵验啊！”配力克里斯叫起来，心里对神明充满了虔诚和敬畏。

“现在，”泰莎说，“我更认得你了，咱们在潘塔波里斯跟我父王挥泪告别时，他送你一枚戒指，跟你手上戴的一模一样。”

“众神啊，我心满意足了！”配力克里斯大声叫着，“你们现在所给予的恩泽，把我过去的苦难变成了游戏。哦，过来，泰莎，再一次埋在我的怀抱里！”

玛丽娜说：“我的心跳着要投入母亲的怀抱。”

于是，配力克里斯叫她们母女相见，说：“看谁跪在这儿！是你的亲生骨肉，是你在海上生的孩子，就因为她生在海上，所以给她起名叫玛丽娜。”

“上帝保佑你，我的心肝宝贝儿！”泰莎说着，欣喜若狂地搂住她的孩子。这时，配力克里斯跪在祭坛前说：“圣洁的狄安娜，谢谢你恩赐我梦幻。为此，我要每晚向你供奉。”

然后，配力克里斯征得泰莎的同意，当场庄严地把他们的女儿，贞洁的玛丽娜，许婚给值得她深爱的拉西马卡斯。

这样，从配力克里斯、他的王后及女儿身上，我们可以看到一个极好的榜样，即品德高尚的人受到灾难的打击（上天默许这样的灾难是为了教给人们忍耐和坚贞），并在灾难的引导下，战胜灾难和变化，最后走向成功。而在赫力堪纳斯身上，我们可以看到正直、信仰和忠诚的卓越楷模。当他有可能成功登上王位，他却选择了宁可把合法的权力所有者请回来，也不肯给他人造成严重伤害。从救了泰莎一命的值得尊敬的萨利蒙身上，我们得到这样的教诲，即怎样在知识的指引下做好事，造福于人类。这样做也是接近神的本性。

我们还剩一件事没说，克利翁那个邪恶的妻子狄奥妮莎，最后终于得到了应有的惩罚。当她企图残害玛丽娜的阴谋暴露以后，塔色斯的居民齐心协力起来为他们恩人的女儿报仇，放火烧了克利翁的宫殿，把他们夫妻俩及全家都烧死了。似乎众神对这个结局很满意，因为这起卑鄙的谋杀虽只是个图谋，并未成为事实，但对残暴给以这样的惩罚也恰如其分。

编 后 记

呈现在读者面前的三卷本《莎士比亚经典》，包括《莎士比亚经典悲剧》、《莎士比亚经典喜剧》和英国18世纪随笔作家兰姆姐弟改写的《莎士比亚戏剧故事》。《莎士比亚经典悲剧》和《莎士比亚经典喜剧》，采用的是朱生豪先生的译本。虽然朱译本影响深远，但由于其完成时间尚早，许多语言表述已不符合今天的话语习惯。为适应现在的阅读口味，编辑时在不影响朱译整体风格的前提下，对部分译文，尤其是其中英语语序的倒装句，均按汉语规范重新进行了必要的修订。《莎士比亚戏剧故事》为全新译本。